DESTINS
troublés

Titre original : *The Sins That Bind Us*
Première édition : Estate books

© 2019, Hugo Roman, département de Hugo Publishing
Collection New Romance créée par Hugues de Saint Vincent,
dirigée par Arthur de Saint Vincent
Ouvrage dirigé par Isabelle Antoni
Photos de couverture : © Shutterstock

Pour la présente édition :
© 2020, Hugo Poche, département de Hugo Publishing
Collection Hugo Poche dirigée par Franck Spengler
34-36, rue La Pérouse
75116 - Paris

ISBN : 9782755682663
Dépôt légal : septembre 2020
Imprimé en Espagne par Liber Dùplex

PAR L'AUTEUR DE ROYAL SAGA
GENEVA LEE

DESTINS
troubles

*Traduit de l'américain
par Claire Sarradel*

Hugo Poche

NEW ROMANCE®

DU MÊME AUTEUR

*À ceux qui ont bravé la tempête, celles
qui sont encore en plein dedans
et à toutes celles et ceux qui s'y sont
perdus malgré nos efforts.*

NOTE DE L'AUTEURE

Tout d'abord (et surtout), merci de prendre le temps de lire ce roman. L'histoire que vous vous apprêtez à découvrir est éprouvante.

Je n'ai jamais écrit de livre qui me touche d'aussi près, car il puise sa substance dans des événements qui m'ont profondément affectée. Je suis restée spectatrice des ravages de l'addiction et je l'ai vue m'enlever des gens que j'aimais depuis ma naissance. Certains sont devenus des monstres, d'autres ont été brisés. Parfois, les voir partir m'a pratiquement détruite aussi.

Pas d'amalgame, s'il vous plaît, il s'agit bel et bien d'une œuvre de fiction. L'intrigue de ce roman n'est pas basée sur des faits réels et même si de nombreux personnages partagent des traits de caractère avec des personnes que j'ai connues, leur existence reste fictive. Toutefois, l'exploration de problèmes dont on ne parle pas et le lourd fardeau porté en silence par les toxicomanes et ceux qui les aiment sont au cœur de ce roman. À plus d'un titre, j'ai écrit cette histoire toute ma vie et, d'un certain côté, j'aurais aimé ne jamais l'avoir commencée.

Si le cours de votre vie a été affecté par l'abus de drogue ou d'alcool, ce livre pourrait déclencher des choses en vous, mais j'espère que vous le finirez quand même. Je l'ai écrit pour nous tous. Si à un moment, pendant la lecture de ce texte, vous éprouvez le besoin de parler à quelqu'un, faites-le. Et s'il y a bien une leçon à en tirer, c'est celle-ci : vous n'êtes jamais seul.

Avec tout mon amour,
Geneva

CHAPITRE 1

Parfois, une vie peut basculer en une fraction de seconde. Un bouleversement si brutal et inattendu qu'il vous coupe le souffle. Mais, généralement, ce sont de toutes petites altérations, très subtiles, une série de petits remous qu'on sent à peine. On arrête d'aimer quelqu'un aussi graduellement et inexorablement qu'on en tombe amoureux. Ce boulot idéal qui n'arrive jamais, le futur radieux qui ne prend pas vraiment forme. L'effondrement de ce possible avenir n'est ni abrupt ni tragique. Il est juste inévitable.

C'est pour cette raison que je me retrouve ici, toutes les semaines, dans le sous-sol d'une église moderne.

Je mélange un innommable lait concentré en poudre avec un vieux café encore plus immonde. Sa seule caractéristique notable est qu'il est complètement cramé. Peut-être que tout le monde se moque du goût. Ou peut-être que toutes les personnes présentes sont tellement habituées à son amertume qu'elles le préfèrent ainsi. Je m'en prépare un, par habitude. Ça me fait toujours quelque chose de chaud. Je peux le siroter pendant les longues pauses inconfortables et les moments de malaise qui surviennent lorsque quelqu'un raconte son histoire. C'est un accessoire, mais je m'y agrippe comme à un doudou.

Mon gobelet en polystyrène dans les mains, je me tourne et percute un mur. Non, pas un mur – *lui*. Le liquide chaud et clair déborde de son contenant et l'homme échappe de peu à une tache indélébile sur sa chemise, avec l'instinct de celui qui sait comment éviter de se faire brûler. Le temps tourne au ralenti tandis que le café se répand par terre. Je suis déjà en train de réfléchir à la meilleure manière d'éponger ma bêtise quand je lève brièvement les yeux pour lui présenter mes excuses. Je parcours des yeux un torse musclé que son T-shirt noir n'essaie pas de cacher. Des tatouages s'enroulent autour de ses biceps et j'imagine qu'ils lui remontent jusqu'aux épaules, puis passent sur les pectoraux qu'on devine à travers le fin coton. Un bracelet de cuir usé lui encercle le poignet. Quand j'arrive à son visage, je m'arrête net.

Son regard n'a rien à voir avec le reste de son apparence – il est doux et chaleureux, bleu aussi, quelque part entre la nuance d'un saphir et celle du ciel. Quel contraste saisissant avec les lignes sinueuses de son corps et l'ovale ciselé de son visage, caché sous une barbe fournie aussi sombre que ses cheveux noirs et hirsutes ! Quand il m'observe, ses yeux durcissent et se transforment en deux perles méprisantes.

Je recule d'un pas pour le laisser passer, à la recherche d'une serviette en papier.

– Désolée.

– C'était un accident, répond-il d'une voix aussi froide que son regard est devenu. Ça arrive.

Mais pas à lui. Je l'entends dans le ton de sa voix. Peut-être est-ce dû à une vie entière à vivre exactement le contraire – une vie de mauvaise fortune et de difficulté à prendre les bonnes décisions – mais son attitude me déplaît. Hérissée, j'en oublie la serviette en papier et le café renversé, pour lui répondre :

– Ça va, hein, ce n'est pas la peine de jouer au con.

Il hausse les sourcils qui disparaissent sous une mèche de cheveux qui retombe.

– Je pensais être assez poli, mais quand j'y pense, c'est vous qui avez failli arroser mon pantalon avec du café bouillant. Un homme doit veiller à ses priorités, dit-il en se penchant vers moi, m'offrant une bouffée de son odeur de savon mêlée d'un soupçon d'épices.

Alors, il est de ce genre-là, du genre à constamment attirer l'attention sur sa bite comme si c'était un trésor national. Arrogant. Enfin bon, c'est un *homme*.

Je me concentre sur la colère qui m'envahit et ignore le fait que mon corps soit arrivé à la même conclusion. Je fais comme si je ne ressentais pas la douce attirance et l'accélération soudaine de mon rythme cardiaque quand le fantasme de mon corps pressé contre le sien traverse mon esprit.

Je m'écarte sans dire un mot de plus, les laissant, lui et mon café renversé, derrière moi. Il est aussi responsable que je le suis de cet incident et, d'après moi, il pourrait bien tirer profit d'une petite leçon sur la notion de torts partagés.

Pas du tout, parce que je ne me fais pas confiance.

Je prends place, misant sur le fait que Stéphanie, l'animatrice trop zélée de notre groupe de parole, ne s'assiéra pas à côté de moi. Quand tout le monde s'installe, les pieds d'une douzaine de chaises métalliques raclent le sol en béton. Stéphanie prend le siège voisin du mien. Il va me falloir plus qu'un gobelet de café pour me cacher, mais aujourd'hui, son regard est braqué sur notre nouvelle recrue : M. Arrogant.

Je ne peux pas lui en vouloir. Moi aussi, j'ai fait pareil, jusqu'à ce que je l'entende parler. Impossible de déceler s'il a retrouvé sa douceur ou si notre petit incident a irrémédiablement affecté son humeur. Je ne devrais pas m'en soucier, mais je suis curieuse, et ça m'énerve vraiment. Les mecs qui deviennent agressifs pour une broutille, comme du café renversé, sont tout en haut de ma liste des gens à éviter.

Stéphanie parvient à se reprendre juste avant de se mettre à baver. Mais, en se levant pour nous faire ânonner un mantra inepte sur l'acceptation et le pardon, elle donne un peu de volume à ses cheveux blonds décolorés.

Je me concentre sur les mots. Je les ai répétés un million de fois. Je les ai criés dans mon oreiller. Je les ai murmurés comme une incantation. Ils n'ont jamais eu la moindre substance. Pendant longtemps, j'ai cru que les prononcer rognerait progressivement l'immense masse d'autorécrimination accumulée sur mes épaules. Maintenant, je sais que je suis devenue assez forte pour en supporter le poids. Après tout, ce n'est pas comme si les erreurs impardonnables qu'on avait commises tendaient à s'effacer. On ne peut pas les faire disparaître par magie en prononçant une série de mots bien intentionnés, parce que le pardon s'accorde, il ne se prend pas.

– Est-ce que quelqu'un veut prendre la parole ? lance Stéphanie.

Sa voix est tellement sirupeuse qu'immédiatement Ian me manque, Ian, notre ancien animateur qui n'avait jamais de temps pour les conneries. Il a pris cette philosophie de vie au pied de la lettre et il est parti sillonner la côte à la voile. Je n'arrive toujours pas à apprécier sa remplaçante.

Je me recroqueville sur ma chaise pour qu'elle ne me désigne pas. Partager son histoire est censé être une démarche personnelle. Il y a toujours une personne assez désespérée pour vomir ses échecs ou clamer ses réussites, mais quand ce n'est pas le cas, quelqu'un est mis sous la lumière des projecteurs jusqu'à ce que la séance prenne son rythme de croisière. Ce n'est pas que je veuille rester assise ici à contempler un cercle d'étrangers aussi familiers. Mais je ne veux pas prendre la parole en premier. Pas aujourd'hui.

– Peut-être que…

Stéphanie n'achève pas sa phrase, mais son regard est braqué sur M. Arrogant. En fait, elle me fait pitié. Il est évident qu'elle est déjà en train de se l'envoyer mentalement. Ça ne serait pas plus flagrant si elle se levait pour faire un dessin cochon à la craie sur le tableau noir de la salle paroissiale.

– Jude, dit-il pour répondre à sa question muette.

Bon Dieu. *Jude*. J'espère qu'il a une moto. Comme ça, il pourra être notre nouveau rebelle municipal. Il lève brièvement les yeux sur moi, comme s'il pouvait entendre mes pensées. Son regard a repris toute sa douceur, mais il passe vite à autre chose. J'ai des frissons dans le dos qui remontent jusqu'aux terminaisons nerveuses de mon crâne, et mon cœur bat à toute vitesse.

J'espère qu'il va se mettre à parler maintenant. J'ai envie qu'il partage son histoire pour comprendre l'étrange effet qu'il a sur moi. Même comme ça, entourés d'une douzaine de personnes, une sorte de lien palpable entre nous – une connexion tangible – nous relie. Je n'ai pas ressenti ça depuis… eh bien, jamais en fait. Pas pour un homme.

Certainement pas pour un étranger.

Même lorsqu'il se tourne et s'adresse à l'ensemble du groupe, il continue de nous attacher l'un à l'autre.

16

Il fourre ses mains dans ses poches et sourit d'un air suffisant avant de se lancer :

– Comme je le disais, je m'appelle Jude. Euh, vous voulez mon CV ? Une liste de mes transgressions ?

Quelques petits rires accueillent sa sortie. Tous les nouveaux tombent dans le piège du classique « bonjour, je m'appelle Nancy et je suis toxico » qu'on leur a servi dans les films. La réalité est plus compliquée que ça. Certains passent à table et vident leur sac dès leur première séance, comme si l'un des participants avait un secret qu'il pourrait partager pour résoudre tous les problèmes. D'autres s'installent et fulminent dans leur coin. Il y a aussi ceux qui sont là parce que leur conjoint ou un tribunal le leur a ordonné. Les pires sont ceux qui viennent et pensent déjà connaître toutes les réponses. On ne peut pas les aider. Et puis, il y a ceux qui écoutent.

Ceux qui attendent.

Je ne sais pas dans quelle catégorie placer Jude, mais je sais de laquelle l'écarter. Il n'est pas du genre à tout balancer et je doute fortement que quelqu'un l'attende à la maison. Si je devais parier, je dirais qu'il est là à cause de la décision d'un tribunal. Ce qui expliquerait son attitude. Peut-être parce que, d'un certain côté, j'aimerais qu'il nous fasse la totale : les tatouages, l'arrogance et les démêlés avec la justice. Aucune femme n'aime admettre qu'elle a dépassé sa phase bad boy.

Je ne peux même pas me souvenir de la mienne. Ce qui explique ma présence en ces murs.

– Ce n'est pas nécessaire, intervient Stéphanie en battant des cils, ce qui me fait prendre conscience que je ne suis pas la seule à être toujours dans cette phase. Si tu veux partager les raisons de ta venue, vas-y. Tu es en sécurité ici.

Elle dessine un cercle avec ses mains, et je me pince la bouche pour m'empêcher de rire, au moment où Jude se mord les lèvres.

Eh bien, au moins, nous avons ça en commun. Nous voyons tous les deux l'absurdité de notre situation et, pourtant, nous sommes là. Tous les deux.

Je me lance alors un rappel :

C'est probablement la seule chose que vous ayez en commun.

Il incline un peu la tête de côté et lui répond :

– Si ça ne t'ennuie pas, je préfère écouter pour le moment.

Je ne m'attendais pas à ça. Je sens le fil qui nous relie l'un à l'autre s'étirer et je lui jette un coup d'œil pour m'apercevoir qu'il me dévisage. Cette fois, il ne détourne pas les yeux. Son regard me transperce, il voit à travers l'image soignée que je me suis construite. Là, c'est moi qui me détourne. Question de survie.

Une femme prend la parole. C'est Anne. Il se concentre sur elle. Elle raconte que son mari est parti. C'était inévitable. Elle n'est pas surprise. Pendant qu'elle partage calmement cette nouvelle avec nous, mes pensées se mettent à vagabonder. Je suis venue aujourd'hui pour parler de ma propre avancée. Je n'en ai plus envie, parce que les quelques moments partagés avec Jude – un inconnu – viennent de la remettre en question. Les années à essayer de me racheter, les sacrifices – tout s'est effondré lorsqu'il m'a regardée et fait prendre conscience de la vérité. Mon monde est aussi fragile que du verre, de jolis mensonges soufflés en délicates bulles qui couvrent la laideur de mon passé. La laideur qui m'habite.

Je sais qu'il est le diable et qu'il est venu pour réclamer son dû.

Le reste de la séance passe très lentement. Quelqu'un fait une grimace, c'est sa première fois parmi nous, mais son arrivée a été éclipsée par M. Arrogant. Aujourd'hui, c'est la date anniversaire de la guérison de Charlie, il est clean depuis cinq mois. Je lui souris en applaudissant avec tout le monde, mais je sens mon anxiété creuser un trou dans mon bide.

Je reste concentrée sur Jude et le mystère qu'il a apporté à cette heure monotone de ma vie. Je participe à ces séances des Narcotiques Anonymes depuis quatre ans et j'ai vu des gens arriver, d'autres partir. Au début, mon cœur saignait à chaque nouvelle histoire. Maintenant, je n'en souffre plus. Je ne perds pas de vue mon objectif : reprendre ma vie en main.

Non pas qu'il y ait beaucoup de tentations à portée de main dans cette petite ville endormie. C'est pour cette raison que j'ai fini par échouer à Port Townsend. Oui, il y a de la drogue et de l'alcool ici, comme n'importe où. Mais au moins, j'ai l'océan et le petit monde isolé que je me suis créé.

Cette séance m'a révélé la marche à suivre pour survivre : moins je laisse de gens entrer dans mon univers, moins j'ai de chance de souffrir de leur présence. J'ai arrêté de laisser toutes ces créatures sauvages et blessées infiltrer mes pensées depuis des années. C'est ce qui me sauve, alors qu'est-ce qu'il a de si tentant ?

Quel que soit ce truc – quelle que soit la nature de ce lien qui nous unit –, je dois mettre le doigt dessus et procéder à l'ablation. Les hommes comme Jude sont dangereux. Non pas à cause de leurs tatouages ou de leur démarche arrogante mais parce qu'ils pensent que les limites ne servent pas à grand-chose. Je ne peux pas me permettre de laisser une brèche s'élargir dans les murs que j'ai érigés autour de moi.

Je jette ce qui reste de mon café à la poubelle. Je n'en ai même pas bu une goutte, je l'ai juste laissé refroidir entre mes mains.

– Qu'est-ce que tu penses de Jude ?

Sondra a mon âge, mais elle paraît assez vieille pour être ma mère. Après plusieurs années à abuser des calmants, elle est passée à la came, ce qui lui a laissé sur le visage des rides aussi profondes que les montagnes de coke qu'elle a sniffées. On pourrait mettre sa tête sur des posters antidrogue.

Je hausse les épaules, mais je n'ai pas besoin de faire grand-chose pour la convaincre que je ne suis pas intéressée. Elle est déjà trop occupée à préparer son plan d'attaque. J'admire sa sexualité franche et directe, même si je prétends ne pas partager ses goûts.

Elle sort un chewing-gum de son emballage et le met dans sa bouche.

– Je pourrais peut-être l'inviter à boire un verre. Il vient de débarquer ici, c'est sûr. Si je l'avais déjà croisé, je m'en souviendrais.

– Un verre ? je lui demande de manière insistante.

– Un café, répond-elle, chassant mon inquiétude d'un geste.

– Sympa.

Je ne suis pas prête à avouer que je suis intéressée, mais si Sondra va au bout de son plan, elle lui fera cracher son histoire dans les moindres détails. Je note dans un coin de ma tête de lui poser des questions la semaine prochaine.

– Je dois filer. Mon…

Pas besoin de lui sortir d'excuse bidon, elle a déjà rejoint Charlie pour le serrer affectueusement dans ses bras. Une petite attention pour marquer le coup, qui lui fait rosir les joues et le bout des oreilles.

Ce n'est pas mon truc. Je n'offre ni câlin ni poignée de main. Je viens aux réunions, j'y assiste et j'essaie d'éviter le regard des gens que j'y rencontre quand je les croise dans la rue. Je donne une heure de mon temps chaque semaine. Rien de plus.

Sondra étant occupée, j'en profite pour filer vers le vestiaire. Le temps est changeant, le printemps arrive, mais on peut toujours compter sur l'océan pour faire souffler un vent légèrement trop froid. J'entre dans le couloir et m'arrête net.

Anne est en train de pleurer. La femme d'affaires si calme qui nous a annoncé sa séparation est loin d'être apathique. Elle est aussi brisée que le reste d'entre nous.

Immédiatement, je culpabilise. Elle n'aime pas donner cette image d'elle-même. Après tout, c'est pour cette raison que nous assistons tous à ces réunions, pour parfaire le mensonge que nous allons bien. Il faut s'entraîner pour faire croire un pareil mensonge au monde extérieur, et ce groupe nous procure un public de choix. Elle ne veut pas que je la voie dans cet état, tout comme elle ne veut pas que je sache la vérité – moi ou n'importe lequel d'entre nous. Son divorce n'était pas inévitable. Il n'y a pas de consentement mutuel ici.

Son divorce est un dommage collatéral du combat qu'elle mène contre elle-même.

Je recule d'un pas traînant en envisageant de récupérer mon manteau dimanche après la messe. Puis Jude surgit des ombres, son imposante carrure m'est déjà familière, et il se joint à elle.

Ce n'est pas la première fois qu'il assiste à l'une de ces réunions. Il connaît la marche à suivre, comme nous tous. Il a dit ce qu'il fallait et a hoché la tête avec compassion aux bons moments. Il sait même comment écouter, seuls les vétérans ont acquis cette compétence.

Pourtant là, il s'approche d'une femme qui a baissé la garde pour lui offrir du réconfort. Je pensais qu'il était le mal incarné, mais maintenant je sais que c'est faux. Le diable n'est pas si généreux, même lorsqu'il ment. Mais un ange, impossible d'y croire, j'ai arrêté de les attendre il y a bien longtemps.

En revanche, un homme de chair et de sang, avec toutes les complications qui vont avec, c'est ce qu'il y a de plus dangereux.

Je n'entends pas ce qu'il lui dit quand, tremblante, elle hoche la tête. Il a posé la main sur son épaule et c'est comme si je pouvais sentir son poids rassurant sur la mienne.

Ce fantasme me fait revenir d'un seul coup sur terre et je pars sans mon manteau. Sans dire un autre mot.

Sans regarder en arrière.

CHAPITRE 2

Tout au long de la semaine, je me prépare au pire pour mon arrivée à l'église. C'est un rituel auquel je ne peux pas échapper et, même si je sais que les Narcotiques Anonymes ne se retrouvent qu'une fois par semaine dans ce sous-sol, je ne peux m'empêcher de me sentir comme mise à nu à chaque fois que j'en franchis le seuil. Je ne veux pas croiser ce mystérieux Jude. J'ai même regardé s'il y avait d'autres réunions en ville, mais je garde ce changement en dernier recours. C'est ici que j'habite. Ce groupe de parole me procure le sentiment de sécurité dont j'ai besoin. Personne, et encore moins un nouveau venu malpoli et arrogant, ne m'en chassera. De toute façon, il y a de bonnes chances pour qu'il soit juste de passage, comme tant de gens que je croise dans la rue tous les jours. Les touristes viennent ici pour goûter au charme bucolique d'une petite ville portuaire, dans leur périple vers un endroit beaucoup plus excitant. Seattle. Une croisière en Alaska. Montréal.

Cet endroit est un point de passage et les gens le franchissent, ne laissant rien derrière eux, comme les vagues en haute mer.

Il en a toujours été ainsi et c'est l'une des raisons pour lesquelles j'ai choisi de planter mes racines ici.

Je laisserai les tempêtes à la mer et trouverai la paix sur la terre ferme.

J'ai écrit cet aphorisme il y a si longtemps que je ne me souviens même plus s'il est de moi. Il est devenu ma vérité.

Alors, pourquoi tous les jours j'espère le revoir en ouvrant cette porte ? Jude est une tempête, un tsunami, et je ne suis pas prête à l'affronter. Si je le pouvais, je viserais plus haut. Je grimperais si haut que mes poumons me brûleraient, plutôt que de me retrouver derrière lui.

Mais je ne peux pas renoncer à ma vie, alors j'ouvre la porte, trouvant du réconfort dans son grincement familier. Je contourne le sanctuaire et me dirige directement vers le couloir.

Max m'accueille à la porte, un grand sourire aux lèvres. Je ne fais pas deux pas qu'il m'a déjà plaquée. Ses petits bras encerclent mes jambes, mais je sais qu'il vaut mieux éviter de me dégager brusquement. Je me baisse et le prends dans mes bras. Il s'installe sur ma hanche alors que son animatrice traverse la salle à grands pas, ordonnant aux autres enfants d'une voix forte de ramasser leurs affaires. Max ne me ressemble pas du tout, nous n'avons en commun que quelques taches de rousseur sur le nez. Il ne tient pas de moi ses cheveux noirs en désordre. Les miens sont clairs et disciplinés. Ils sont raides et tombent tout droit dans mon dos. L'expression « cheveux en bataille » aurait pu être créée pour lui. Mes yeux sont noisette, tirant sur le vert, les siens sont aussi bleus que le ciel. Et pourtant, quand je le regarde, je ne vois que le reflet de ma personne en version parfaite.

— Il sait toujours quand vous arrivez, dit Marie pour me saluer, avant de croiser le regard de Max et de soupirer. Il a un petit côté homme-araignée, non ?

Max hoche la tête, l'air ravi, et fait mine de tirer des toiles d'araignée de ses poignets. Je sens des larmes brûler mes paupières. Je cligne des yeux pour les chasser, mais Marie me caresse l'épaule dans un geste apaisant et me murmure :

— Des pas de géant.

— Grâce à vous.

Je dépose un baiser sur le front de mon fils et le serre contre moi. Marie travaille avec Max depuis plusieurs mois pour lui faire acquérir les codes du langage parlé complété, notamment lire sur les lèvres et pratiquer le langage des signes.

Marie soupire et secoue la tête pour me répondre :

— Un jour, vous allez devoir accepter que vous êtes une femme exceptionnelle, Faith.

Je souris, parce qu'elle ne sait pas que je suis tout sauf exceptionnelle. Parce qu'elle ne sait pas à quel point je suis tordue et brisée et que ce petit garçon est ma seule raison de tenir le coup. Je souris parce que je ne lui ferai jamais admettre la vérité, j'ai appris il y a bien longtemps qu'il fallait accepter les choses sur lesquelles je n'avais aucune emprise.

Rouge. C'est le premier mot qui me vient en tête quand je regarde ma meilleure amie. Elle n'a pas fait beaucoup d'efforts pour s'habiller aujourd'hui. Ses cheveux indisciplinés sont tressés en deux longues nattes qui tombent sur ses épaules. La visière de sa casquette gavroche protège de son ombre ses yeux gris. Mais malgré l'ensemble décontracté, il n'y a rien de girly dans la tenue d'Amie.

Nos séances de courses du jeudi après-midi sont devenues une tradition. Au début, c'était une nécessité. Mon fils a souffert de nombreuses coliques quand il était bébé. Maintenant, elle vient jouer avec Max tandis que je compare les prix des légumes surgelés.

J'ai rencontré Amie dans son minuscule bistro sur la côte quand j'y suis venue chercher un job. Elle a jeté un coup d'œil à Max qui n'avait que neuf mois et m'a engagée direct. Après un nombre embarrassant d'incidents avec des plateaux, nous avons découvert ensemble que j'avais plus de talents pour le travail en coulisse. N'importe qui d'autre aurait viré une employée aussi maladroite, mais elle m'a fait passer de l'autre côté de la caisse pour m'occuper de la compta et de l'approvisionnement. Notre collaboration a été plus fructueuse que nous l'aurions cru, l'une et l'autre, et elle est la première personne à m'avoir aidée à faire de Port Townsend ma nouvelle ville. Maintenant, elle est devenue un membre de ma famille.

Max désigne un pot de glace et son regard s'écarquille pour m'offrir son air de petit ange implorant la pitié. Ça marcherait peut-être si nous n'avions pas un budget strict à respecter. Je m'en sors en travaillant pour Amie, mais même avec la petite allocation que je perçois de l'État tous les mois, la glace est un luxe que je ne peux pas toujours me permettre.

Il se met à draguer Amie. Elle m'adresse un regard chagriné et ouvre la porte du congélateur.

— Je lui ai dit non, dis-je à voix basse.

Non pas que ça ait la moindre importance, puisque je lui tourne le dos.

— C'est pour moi, dit-elle avec un clin d'œil à Max derrière la porte embuée en s'emparant de son parfum préféré, chocolat-beurre de cacahuètes. Je partagerai peut-être mon pot.

— Tu le pourris.

Rien à faire. En fait, Amie équilibre son désir de gâter Max avec une bonne dose de réalisme. Lorsque Tata Amie est dans le coin, son lit est fait et ses jouets rangés. Elle contrôle son monde d'une main de fer. Mais elle est aussi capable de lui offrir ces petits extras que je ne peux pas me permettre.

— C'est de la glace. Pas un poney.

Elle lève les yeux au ciel et je lui rabats la visière de sa casquette sur le nez.

Elle a raison, mais cette glace, je ne peux l'acheter que si je repose le pack de lait supplémentaire que j'avais pris. On ne peut pas faire un petit déjeuner avec de la glace ni s'en remplir l'estomac juste avant d'aller se coucher.

— Arrête, dit-elle en redressant son chapeau.

— Arrête quoi ?

— De cogiter.

Elle commence à expliquer notre accord à Max avec des signes :

— On peut partager ?

Son large sourire est vraiment contagieux. Pas étonnant qu'elle ne puisse rien lui refuser. Si je le pouvais, je lui offrirais la lune. Non pas qu'il me la demandera un jour. En fait, Max ne demande pas grand-chose, juste des petits riens, comme de la glace. Des petits riens du quotidien. J'ai envie de croire que c'est parce qu'il est trop heureux pour désirer quoi que ce soit, mais d'une certaine manière, je m'inquiète de l'avoir formaté comme ça. Je sais qu'il est dangereux de trop vouloir quelque chose et que ça mène tout droit au fruit défendu.

Je me tourne pour que seule Amie puisse voir mon visage et lui dis :

— Je vais l'acheter. Je ne veux pas lui montrer que nous sommes pauvres.

— Ce n'est pas le cas.

Elle pince les lèvres. Je l'ai déjà vue faire cette tête, généralement c'est pour réprimander un serveur. Puis elle reprend :

– Tu lui montres comment agir intelligemment. Comment vivre économiquement. Ce gamin a un lit douillet dans lequel dormir tous les soirs, de quoi manger et beaucoup d'amour. Il n'a besoin de rien d'autre que de cet amour pour avoir une vie riche. Le reste, c'est de la paillette.

– Tu parles comme un livre de développement personnel. Tu es encore en phase d'autosuggestion, c'est ça ?

J'aimerais pouvoir croire que je peux résoudre tous mes problèmes juste en restant positive comme elle. Mais elle m'attrape par les épaules et me tourne pour me répondre :

– Mais oui, complètement. Tu sais, j'ai un nouveau mantra, trop génial, pour t'ouvrir à l'amour.

– Je suis assez riche pour ça, je réponds sèchement.

J'adore ma meilleure amie, souvent parce qu'elle mon exact opposé. Quand on parle d'amour elle et moi, nous sommes sur deux planètes complètement différentes. J'ai accepté il y a plusieurs années que le véritable amour n'existait pas, ni l'âme sœur. Mais je ne le lui dis pas. Si quelqu'un est encore capable de s'attirer une douce moitié, c'est bien elle.

– Tu n'as pas envie de trouver un mec ? demande-t-elle avant de baisser le ton d'un cran pour que la femme qui passe à proximité ne l'entende pas. T'envoyer un peu en l'air ?

Je repense immédiatement à cet homme rencontré cette semaine lors de la réunion. Jude. Pas facile de l'oublier, d'autant plus qu'il a incarné le rôle principal dans plus d'un de mes fantasmes cette semaine. J'ai prévu de l'en expulser en me faisant du bien.

– Oh là, s'exclame Amie en attrapant la barre du Caddie comme si elle tirait le frein à main. C'était quoi, ça ?

Je jette un coup d'œil autour de moi, regardant tout et n'importe quoi, sauf elle. Les pizzas surgelées n'ont jamais été aussi fascinantes.

– Rien.

– Crache le morceau. Où l'as-tu rencontré ?

Elle en bondit quasiment sur place tant elle est excitée.

Je sors mon portable de mon sac à main pour le passer à Max. Il s'en sert déjà beaucoup mieux que moi et, dans quelques secondes, il sera en train de jouer.

– À ma réunion des Narcotiques Anonymes.

Pas besoin d'en dire plus. Tout est là.

– Alors ?

– Alors ? Euh… on se connaît toutes les deux ? Alors, ce n'est pas envisageable.

– Tu envisages encore moins de choses qu'un menu à plat unique. À un moment ou l'autre, tu vas devoir ajouter des choses à la carte, ou au moins un dessert appétissant.

– Peut-être, je lui accorde avec une vague mauvaise volonté. Mais pas ce mec. Il a des tatouages et un comportement suspect.

– Parle-moi de lui, dit-elle en posant son menton dans sa main.

– Ça ne te suffit pas ?

Parfois, j'ai l'impression qu'elle oublie que j'ai un enfant.

– Tu as un gamin, mais tu n'es pas morte. Arrête de faire comme si c'était le cas. Non mais, en plus tu as une « super baby-sitter qui déchire » disponible.

– Il suit le programme des NA.

À l'évidence, elle est passée à côté de cette information.

– Toi aussi. Dis-toi que c'est positif. Tu rencontres un gars dans la rue ou dans un bar…

Je l'interromps en l'assassinant du regard.

– Ok, pas un bar. À la bibliothèque.

– Parce que les gens qui ne passent pas leur soirée à biberonner du whisky du Tennessee sont tous le nez dans des bouquins ?

Elle continue en ignorant mon interruption :

– Tu ne connais pas ces gens. Ils peuvent être des anciens alcooliques ou des drogués. Il est venu à la réunion. Tu devrais lui laisser une chance.

– J'aimerais que ce soit aussi simple, mais…

Je lève la main pour l'interrompre encore alors qu'elle allait m'opposer un nouvel argument :

– Il est très beau et il le sait.

– Dis-m'en plus, me presse-t-elle.

Visiblement, elle a arrêté d'écouter après le mot « beau ».

– Cheveux noirs. Yeux bleus.

Des tatouages que j'ai envie de suivre avec ma langue. Mais ça, je le garde pour moi.

— Tout ce que je dis, reprend Amie en baissant la voix comme si elle complotait quelque chose, c'est que tu as besoin d'action sous la couette.

J'ouvre la porte du congélateur, laissant la vitre entre nous se couvrir de buée tandis que j'attrape un sac de petits pois surgelés.

— Je n'ai pas besoin de m'envoyer en l'air, dis-je d'un air ronchon en jetant le sac dans le Caddie, ignorant les efforts de Max pour l'attraper au vol.

— Personne n'a jamais eu plus besoin de s'envoyer en l'air que toi, dit-elle sur un ton suraigu qui lui vaut un regard sévère de la femme de l'autre côté de l'allée. La seule preuve que tu te sois déjà envoyé un mec, c'est lui.

— C'est déjà pas mal comme preuve, tu ne crois pas ?

Je la contourne pour rejoindre l'allée des céréales, car j'ai oublié de prendre des Cheerios.

Amie me suit d'un air incrédule, secouant la tête et riant. Dans le Caddie, Max me parle en signant :

— C'est quoi, s'envoyer en l'air ?

— Bien joué, Tata Amie, je grogne en lui jetant un regard mauvais.

— Il est de plus en plus doué pour lire sur les lèvres.

Elle attrape une boîte de cochonneries pleines de sucre que je n'achète jamais à mon fils et lui répond en signant.

Enthousiaste, il hoche vivement la tête. Il est trop facilement corrompu par une promesse de Chamallows au petit déjeuner pour se souvenir de sa question.

– Mea culpa, me murmure-t-elle tandis qu'il détaille attentivement la boîte.

– Pas grave. Moi aussi j'oublie.

Sa faculté à lire sur les lèvres est toute récente, merci à la nouvelle prof spécialisée, celle qui a pris ses fonctions cette année.

– En trois mois, elle a déjà obtenu plus de résultats que moi en toute une vie.

– Sur le plan de la communication, réplique Amie. Mais personne ne peut te remplacer.

Ce n'est pas la première fois qu'elle me le dit. Je suis à peu près certaine qu'elle met un point d'honneur à me complimenter tous les jours depuis notre rencontre.

– Merci, lui dis-je doucement.

– De quoi ? demande-t-elle comme si elle ne savait pas de quoi je voulais parler.

– De me soutenir à chaque étape de ma névrose de mère célibataire depuis toutes ces années.

– Merci de me laisser te soutenir.

Je remarque son soudain sérieux.

– Je ne peux pas me permettre de laisser tout le monde entrer dans ma vie.

– Bien d'accord, et tu as merveilleusement bien réussi à en dégager tous les pourris. Mais, chérie, avoir une bite ne disqualifie pas nécessairement une personne dans la course à l'amitié.

— J'ai hâte d'expliquer le tout nouveau vocabulaire de Max à la maternelle, dis-je en la dévisageant.

— Quoi ? Max ne regardait pas, se défend-elle en levant les mains dans un geste de reddition.

— Je ne sortirai pas avec ce gars. Je ne sais même pas pourquoi je t'ai parlé de lui.

Quelle que soit la raison qui m'ait poussée à m'ouvrir à elle, elle vient de s'envoler.

— Tu es attirée par lui, m'informe-t-elle. Et tu as oublié ce que ça fait, alors c'est bien normal que tu sois perturbée.

— Ce n'est pas ça.

Mais elle ne m'écoute plus. Non, elle a attrapé un concombre dans mon Caddie et le tient de façon suggestive. Elle a pris soin de se détourner pour que Max ne la voie pas.

— Je peux te donner un petit cours de rattrapage en éducation sexuelle, si tu veux.

La voyant encercler le légume de ses doigts avant de le parcourir dans un geste érotique, j'éclate de rire, même si je n'ai pas le cœur à ça.

— Je crois que je me souviens comment on fait, c'est bon.

— Tu en es sûre ? insiste-t-elle, l'air espiègle.

Je ne suis pas sûr que le directeur du supermarché apprécie une agression sexuelle sur légume, intervient une voix rauque derrière moi.

Je pivote vers la voix, prenant soin de garder une main sur le Caddie. Toutes mes répliques brillantes et mes vannes les plus sèches pour envoyer bouler les dragueurs s'envolent quand je le vois. Il doit posséder un sacré stock de T-shirts moulants. Où travaille-t-il pour pouvoir s'habiller de façon aussi décontractée ? Ou peut-être bosse-t-il pour une femme qui n'a rien contre ce type de spectacle ?

Amie se précipite à mes côtés, lui tendant le concombre pour le lui rendre.

– Je ne suis pas le directeur du magasin, la rassure-t-il en lui montrant son propre Caddie rempli de quelques paquets du rayon boucherie et d'une unique tête de brocoli. En revanche, je n'aurais rien contre une petite démonstration.

– Pas devant le gamin, dit Amie d'un air d'excuse en nous regardant l'un après l'autre.

Aucun doute, elle est déjà en train de se rappeler comment j'ai décrit mon mystérieux inconnu.

– Quel dommage.

Il ne la regarde pas en répondant. Ses yeux sont braqués sur moi, puis sur Max qui serre la boîte de céréales dans ses bras.

Au moins, je n'ai plus à craindre de céder à ma curiosité. L'existence de Max vient juste de refermer le cercueil de ma vie sexuelle.

– Tu es Faith, c'est ça ? demande Jude, toujours bloqué sur mon fils. Et qui est-ce ?

Max ne lève pas les yeux et avant même que je puisse dire quoi que ce soit, Jude s'accroupit devant lui pour le regarder en face.

Je veux ignorer à quel point ce geste me donne un pincement au cœur. Avant que je puisse lui dire que Max ne parle pas, mon fils tend la main et touche ses lèvres.

– Oh mon Dieu, je suis désolée !

Je me précipite à côté de Jude et parle à Max en faisant non de la tête :

– On ne touche pas les étrangers, mon chéri.

Son regard brillant se concentre sur mes lèvres et il fronce les sourcils en lisant mes mots, puis il me répond en signant.

Je réprime un sourire, tant bien que mal. Il a déjà mon attitude.

– Pas de problème, intervient Jude. Il sait lire sur les lèvres ?

Il ne pose pas la question sensible et je lui en suis reconnaissante. Max est assez jeune pour que les gens se disent parfois qu'il est simplement timide. Mais Jude, M. Arrogant en personne a remarqué la précision des mouvements de ses petits doigts. Je n'ai pas besoin de lui dire que mon fils est sourd, ni de lui expliquer pourquoi, ni de répondre aux questions très personnelles que certaines personnes trop curieuses ne peuvent s'empêcher de poser.

– Pas trop mal, je réponds en lançant un regard mauvais à Amie. Il semble faire d'énormes progrès. Je suis désolée qu'il ait…

– Aucun problème.

Jude ébouriffe les cheveux de Max et je n'ai pas ce petit moment de panique que je ressens chaque fois qu'un étranger touche mon fils. Non, mon cœur semble marquer une petite pause et repartir comme si de rien n'était. Jude reprend alors :

– Il voulait juste me montrer qu'il avait besoin de les voir.

Et juste comme ça, je lui suis redevable. Il vient de me rendre service.

J'avance en essayant de pousser mon chariot d'un air nonchalant. Jude fait un pas en arrière et enfouit ses mains dans ses poches. C'est un geste de reddition, mais je note au passage qu'une veine se met à pulser dans son cou.

Pas aussi décontracté que je l'aurais espéré.

– Euh, je peux te présenter ma coloc ?

Qui est aussi prof d'éducation sexuelle amateur...

Je désigne mon amie qui prétend être absorbée par la contemplation d'une de ses tresses et annonce :

– Amie, je te présente...

Je prétends avoir oublié son nom. Il n'a pas besoin de savoir que j'étais justement en train de parler de lui. Il n'a pas besoin d'avoir la satisfaction de savoir que son nom, son visage et son corps sont gravés dans ma mémoire.

– Jude Mercer, complète-t-il.

Jude Mercer. Je prends bien note de son nom complet. Je me déteste. Amie fonce vers lui, la main tendue.

38

– Quel *plaisir* de te rencontrer !

Il va falloir qu'on bosse son enthousiasme débordant. Il doit se dire que je lui rebats les oreilles en parlant de lui depuis des jours, quand on la voit nous regarder tous les deux à tour de rôle. Note pour plus tard : ne plus jamais lui parler d'un mec.

– En visite dans notre petite ville, piège à touristes ? continue-t-elle.

Oh ! bordel. Mais, bien sûr, elle va se mettre à lui taper la causette. Jude répond d'un signe de tête négatif, captivé par l'écran que lui montre Max.

– Moi aussi, j'aime bien ce jeu. On pourrait y jouer un jour, si tu veux.

Il parle d'une voix claire en prenant soin d'articuler. Mais il ne crie pas ni ne parle au ralenti. L'attitude de Jude n'est pas condescendante, comme l'est celle de la majeure partie des gens. Mais rien de tout ça ne rattrape l'inutile proposition qu'il vient de faire à mon fils, qui bondit d'excitation devant l'attention qu'il lui accorde.

– Tu pars bientôt ?

Ma question n'est pas gentiment formulée comme celle d'Amie et je n'essaie pas d'en cacher le ton glacial.

– Non, répond-il en souriant et en se redressant comme pour être la hauteur de mon défi. Je viens d'acheter une petite maison sur la côte.

Un seul mot percute mon esprit : *merde*.

– Alors, on va être voisins, intervient Amie, faisant mine de ne pas saisir la tension entre nous, avant de passer un bras autour de mes épaules. Faith et moi faisons tourner un petit bistro en bord de mer. Il s'appelle *Le Bout du Monde*. Tu devrais passer. Je pourrais t'offrir une petite spécialité de la maison.

– Je pourrais te prendre au mot.

Sa réponse me fait frissonner. Il lui répond à elle, mais ne dévie pas son regard du mien.

– J'imagine que je vous croiserai dans le coin, ajoute-t-il d'un air entendu.

Il tope dans la main de Max et disparaît dans le rayon suivant. À mes côtés, Amie passe en mode moulin à paroles, mais je ne l'entends pas.

Je le sens dans mes tripes, ce désir de fuir. Je ne serai jamais capable de rester ici et de me battre. Mon instinct de survie me pousse toujours à opter pour la fuite, mais cette fois, ce n'est pas possible. J'ai passé les quatre dernières années à poser les jalons de ma nouvelle vie pour ne plus jamais avoir à recommencer. Avec l'océan derrière moi, je me croyais capable de voir arriver le danger avant que mes barricades ne menacent de céder.

Jude, je ne l'ai jamais vu venir.

CHAPITRE 3
Avant

Mamie se couchait à vingt heures. Quand les filles vinrent habiter avec elle après l'accident, aucune d'entre elles ne remit son habitude en question. Si elles n'étaient pas fatiguées lorsqu'elle leur annonçait qu'il était l'heure d'aller se coucher, elles jouaient à la poupée à la lumière de leurs lampes torches ou lisaient en cachette dans le noir. À leurs treize ans, Faith était devenue une championne de lecture de romance tandis que Grace avait trouvé un moyen de sortir par la fenêtre. Au début, Faith restait allongée sur son lit à s'imaginer ce qui se passerait si sa sœur ne rentrait pas avant l'aube, mais ça n'arrivait jamais. Il lui fallut plus d'un an pour trouver le courage de lui demander où elle allait et encore une année de plus pour lui dire qu'elle avait envie de l'accompagner. À cette époque, elles se ressemblaient comme deux gouttes d'eau avec leurs cheveux blond cendré et bouclés qui tombaient sur les épaules, et leur nez retroussé. Les yeux de Grace étaient plus verts que noisette, même si Faith savait que sa sœur la jalousait.

Grace ne réfléchit même pas avant de refuser :

– Jamais de la vie. Tu restes à la maison et tu lis ton bouquin.

– Mais j'ai envie de venir, chouina Faith.

Elle ramassa l'un des tops que Grace avait laissé traîner et le mit devant elle. Regardant son reflet dans le miroir, elle se demanda ce que ça ferait de l'enfiler. Il était très osé. Si Mamie savait que Grace possédait des vêtements pareils... mais Mamie n'était pas au courant.

Grace garda le silence en appliquant une nouvelle couche de mascara. Elle battit des cils plusieurs fois et se tourna vers sa sœur pour lui dire :

– Bon, ça ne va pas être ton genre de soirée. On ne va pas se faire des nattes ni jouer à Action ou Vérité.

– Je sais.

Faith prit une décision. Elle lui prouverait qu'elle savait exactement dans quoi elle se fourrait. Retirant son débardeur d'un geste, elle enfila le top de Grace. Le tissu en était assez fin pour qu'elle doive porter un soutien-gorge.

– On voit tes tétons, remarqua Grace.

– Et alors ?

Faith haussa les épaules d'un air nonchalant en espérant ne pas rougir. Sa sœur soupira et lui jeta un push-up en lui disant :

– Mets ça. Tu n'as pas besoin que tous les gars sur Pioneer Square essaient de te tripoter.

– Pioneer Square ?

Le courage de Faith commença à lui faire lentement défaut. Cet endroit n'était pas tout à fait dans le quartier le plus sympa de Seattle, même de jour. Quelques mois plus tôt, Faith avait assisté à un deal de drogue au coin d'une rue, juste à côté de cette station de métro.

– C'est un problème ?

Sa sœur essayait de lui faire admettre qu'elle bluffait. Faith tint bon et répondit d'un signe de tête négatif.

– Ok. Va voir si elle est déjà endormie.

Elle dut faire un effort pour rester silencieuse en arpentant le couloir sur la pointe des pieds puis en jetant un coup d'œil dans la chambre de sa grand-mère. Elle allait participer à une soirée. Si ça se déroulait près de Pioneer Square, ce n'était certainement pas une petite sauterie organisée par quelques gars qui s'étaient procuré un fût de bière pendant que leurs parents étaient en voyage. C'était une vraie fête. Lorsqu'elle atteignit la chambre de sa grand-mère, elle se souvint de ce qu'elle avait sur le dos. Si Mamie n'était pas encore endormie, elle allait devoir lui expliquer pourquoi elle avait la dégaine d'une strip-teaseuse, même si c'était une strip-teaseuse relativement classe.

Mamie ronflait.

Bon Dieu, elle était vraiment partie pour le faire. L'estomac de Faith se retourna et elle le pressa de ses mains. Fermant les yeux, elle se rappela qu'elle serait accompagnée de Grace. Sa sœur était peut-être débridée, mais elle n'allait pas mettre leurs vies en danger. Du moins, elle l'espérait.

Glissant ses mains le long du mur de plâtre tout froid, elle retourna doucement dans sa chambre, prenant bien soin d'éviter les zones grinçantes du parquet. Être excitée et si stressée en même temps était complètement stupide. Il allait y avoir de l'alcool et des garçons. Sûr et certain. Est-ce que l'un d'entre eux allait la toucher ? Elle en avait envie, même si elle ne l'admettrait jamais, pas même à Grace. Ce soir, au lieu de rester allongée sur son lit à imaginer un garçon glisser ses doigts entre ses jambes pour toucher ce point constamment sensible qu'elle caressait elle-même dans le noir, elle pourrait bien enfin aller jusqu'au bout de l'expérience.

Elle n'aurait pas peur, pas ce soir.

– C'est bon ? demanda Grace lorsqu'elle revint.

Faith déglutit la boule dans sa gorge et répondit d'un geste de la tête affirmatif. Grace ne prit pas la peine de s'attarder sur les détails et ouvrit la fenêtre de la chambre. C'était ce qu'il y avait de bien dans ces vieux et minuscules bungalows qu'on trouvait partout dans le quartier : ils n'avaient qu'un étage. Il n'y avait pas grand-chose à faire pour les escalader. Quelque part, il lui manquait cette petite excitation sur laquelle elle comptait. Presque trop facile de sortir en douce.

– Tu dois la refermer jusque là, ordonna Grace en laissant une ouverture d'environ deux centimètres. Si tu la remontes plus, elle se refermera. Si tu la baisses plus, la peinture sur le rebord va se mettre à coller. Fais-moi confiance, tu n'auras pas envie de lutter pour l'ouvrir à quatre heures du mat.

– Je me souviens du jour où tu t'en es rendu compte, répliqua Faith d'un air pince-sans-rire.

C'était elle qui avait dû trouver un vieux tournevis et forcer l'ouverture de la fenêtre lorsque Grace avait été contrainte de taper à la fenêtre d'un air penaud.

– Ça ne fait pas de mal de le rappeler, répondit Grace, tout sourires, en passant la lanière de son petit sac à main par-dessus sa tête.

Lui ressemblait-elle lorsqu'elle souriait ? Féline et faussement timide ? Quand Grace souriait, elle avait l'air de protéger des secrets, et Faith détestait ça. Elle, de son côté, était aussi transparente que du verre. Rien d'intéressant ni d'émoustillant en elle. Ses parents étaient morts. Elle vivait avec sa grand-mère. Elle était bonne élève. Pas une once de scandale dans son dossier.

Quelques fêtards étaient entassés dans une maison décrépite aux abords du quartier de Pioneer Square, mais un peu plus loin du centre-ville que Faith ne l'avait imaginé. Quelques filles, du même âge qu'elle, la dévisagèrent avec curiosité lorsqu'elle entra, suivant de près sa sœur. Il lui fallut quelques minutes pour se rendre compte que les gens ne la regardaient pas elle, mais elles deux. Elle aurait dû être habituée à ces regards. Grandir avec une jumelle identique vous expose à d'incessants commentaires, de toutes parts. Mais là, bizarrement, c'était différent. Leurs regards étaient calculateurs. Des années plus tard, elle comprendrait qu'ils avaient réagi à la nouveauté de les voir ensemble. La nouveauté est toujours une denrée rare dans ces cercles. Ça ouvre des portes, des portefeuilles et des bouteilles. Pour le moment, ça ne faisait que la mettre mal à l'aise.

Grace avança en ondulant vers le canapé et planta ses mains sur ses hanches. Un gars arborant une barbichette mal entretenue et des boucles d'oreilles était assis sous un vieux poster froissé de Kurt Cobain.

— Il y a autre chose que de la piquette à boire ici ?

Le petit rictus qui naissait sur ses lèvres se transforma en grand sourire lorsqu'il aperçut Faith.

— Tu es venue avec ta sœur, remarqua-t-il en se levant.

— On ne touche qu'avec les yeux, l'avertit-elle.

Il ne répondit pas, mais les attira dans le couloir. Fouillant ses poches, il en extirpa une clé qui lui permit d'ouvrir une porte, puis il alluma une lampe ultraviolette dans la pièce. Faith y suivit sa sœur. D'étranges taches de couleurs brillaient sur les murs. Un matelas dans un coin était plié en deux comme un lit défait. Toute cette chambre ressemblait au décor d'une de ces vidéos qu'on montre aux gamins en atelier de prévention pour leur faire peur. Faith avait vu ces vidéos et là, c'était en vrai.

Avant qu'elle puisse décider si elle voulait partir – si ce matelas lui faisait peur ou l'excitait –, Grace lui passa une bouteille de vodka. Ça ressemblait à de l'eau, mais lorsqu'elle approcha le goulot de ses lèvres, son nez la piqua. Leurs regards étaient braqués sur elle, observant ses réactions. Elle pressa la bouteille contre sa bouche et rejeta la tête en arrière. Elle dut mobiliser toutes ses forces pour s'empêcher de vomir. Il y avait quelque chose de plaisant dans la brûlure de sa gorge et dans le feu qui se répandait dans son ventre. Quelques shots plus tard, elle prit confiance en elle – elle n'eut plus peur. Elle s'imagina que c'était ce que ressentait Grace la plupart du temps. La timide Faith avait disparu. La gentille et obéissante Faith n'était plus. Du moins pour quelques heures. L'expérience fut libératrice.

Verre après verre, elle se libéra tout en construisant sa propre prison.

CHAPITRE 4

Anne ne va pas très bien. Je ne devrais pas en être surprise, après avoir été témoin de son moment d'intimité avec Jude. Étrangement, c'est pourtant le cas. Peut-être parce que j'ai toujours cru qu'elle était du genre à tenir bon. Grande carrière. Bien habillée. Je l'ai vue au restaurant avec son mari tout aussi propre sur lui et leurs enfants 2.0. De l'extérieur elle est l'incarnation du rêve américain, mais si on en juge par les cernes qui soulignent son regard et les plis de sa veste de tailleur qu'elle n'a pas pris le temps de repasser, elle est repartie pour vivre le cauchemar américain, avec nous.

Pas la vie de junkie. Ce n'est pas ce que nous craignons vraiment. Non, nous avons peur de nous-mêmes. Nous flippons d'être incapables d'avancer – que nos faiblesses soient des travers mortels, que l'addiction revienne nous attirer avec ses promesses d'oubli ou nous permettre de nous vautrer dans ce dégoût de nous-mêmes dont nous avons besoin. Parce que c'est ça, le secret. Les drogues et l'alcool ne nous aident pas à nous sentir mieux. Quand vous planez, vous vous détestez librement et sur le moment, tout va bien, parce que vous n'êtes pas responsable. Vous êtes libre d'être votre propre pire ennemi, libre d'être la personne qui se tapit à l'intérieur de vous-même. La personne qui est *moins que*. Moins que ce que vous aviez prévu d'être. Moins que ce que vous pourriez être. Je pense que tout le monde ressent ça, même ceux qui ne sont pas sujets à l'addiction. En tout cas, pas les addicts d'un groupe de soutien. Le sport. Le café. Netflix. Les gens. Tout le monde est accro à quelque chose. Tout le monde a sa drogue. C'est juste que, pour certains d'entre nous, le poison est plus coûteux que pour d'autres.

Anne croise et décroise les jambes. Elle répond d'un signe de tête négatif quand Stéphanie lui demande de prendre la parole. Elle se ferme à nous et nous ne pouvons rien faire. Rien. Aucun d'entre nous. Au moins, elle est présente. Pas comme d'autres. Pas comme Jude qui n'est pas là, ce qui me prouve que j'avais raison à propos de lui.

Un mec à problèmes.

Après notre rencontre fortuite au supermarché, Amie a passé les jours suivants à me supplier de lui donner une chance. Je ne sais pas trop ce qu'elle veut dire par là. Ce n'est pas comme s'il frappait à ma porte ou s'il avait essayé de m'appeler. Je doute fortement que notre rencontre au rayon surgelés prophétise un mariage. Amie n'est pas d'accord. Elle me l'a fait savoir. Et lourdement. Devant les serveurs.

Devant les clients. Par texto. Sur mon répondeur. Je m'attends à ce qu'elle prenne un panneau publicitaire d'un jour à l'autre.

Comme par hasard, c'est le moment où il entre dans la salle, comme si mes pensées lui avaient donné l'ordre de retourner sur scène. Il a l'air différent aujourd'hui. Pas de T-shirt. Non, il porte une chemise repassée. Les manches sont retroussées sur ses avant-bras, comme s'il ne savait pas quoi faire de cette tenue formelle. Pourtant je le trouve très bien en costume-cravate pour se rendre au bureau… Et y faire quoi ? Que fait cet homme dans notre petite cité portuaire endormie ? Il a dit à Amie qu'il venait d'emménager ici, mais je ne l'ai pas vu en ville. Peut-être qu'il bosse dans l'un de ces bureaux toujours à louer au-dessus des magasins et des restaurants. Est-il avocat ? Expert-comptable ? Rien ne lui correspond. Je suis tellement distraite par ce putain de Jude Mercer que je n'entends pas que Stéphanie s'est attaquée à moi.

– Faith ?

L'irritation de Stéphanie se fraie un chemin jusqu'à mes réflexions.

Tout le monde se tourne vers moi, mais je sens que son regard à lui me transperce la peau.

– Oh, désolée. Euh… quoi ?

– Est-ce que tu veux prendre la parole ?

Cette fois, c'est moi qui suis frustrée et je lui réponds d'un ton cassant :

– Non. Je te dirai si et quand j'ai envie de parler, Stéphanie.

Le silence s'abat sur la pièce. Personne ne respire ni ne bouge. Et c'est alors qu'il s'éclaircit la gorge.

– Moi, je veux bien.

Jude à la rescousse. Putain de Jude.

J'ai envie de lui dire que son attitude de preux chevalier tout en patience, il peut se la foutre au cul. Ça ne m'impressionne pas. Ça me donne juste envie de crier, parce que les hommes parfaits ne fréquentent pas les groupes de soutien. Je ferme ma gueule et croise les bras sur ma poitrine, comme si je pouvais enterrer mes mots tout au fond de mon corps. L'écoute est une compétence que j'ai acquise grâce à ces groupes et là, il faut que je m'en serve.

– Vas-y.

Même si elle ne me regarde pas, l'attitude de Stéphanie est arrogante. Elle voit la volonté de Jude de prendre la parole comme la preuve qu'elle fait bien les choses. Je la vois pour ce qu'elle est : il m'a empêchée de me foutre la honte toute seule.

Jude regarde le sol et je me retrouve à faire comme lui. J'aperçois l'ombre de ma tête sur la surface polie, mais rien d'autre. Pas de détail. Pas d'expression. Juste le reflet de la trace d'une personne.

– Je pensais aux gens que j'ai laissés derrière moi, admet-il à voix basse.

Personne ne parle, le ton de sa voix requiert notre attention.

– Les gens que tu as laissés ou…

La relance inutile de Stéphanie reste en suspens.

– Je suis parti. J'ai laissé une personne en particulier. Que se passe-t-il quand quelqu'un jette l'éponge et vous abandonne ? demande-t-il.

Personne ne répond. Pas même Stéphanie. Nous attendons simplement qu'il continue de parler.

– Je l'ai abandonnée pour me sauver et je n'arrête pas de me dire que je ferai un jour la paix avec cette décision, poursuit-il en se passant la main sur le bas de son visage légèrement barbu avant de faire une pause. Mais je n'y arrive pas. Je n'arrête pas de revenir en arrière et d'attendre que quelqu'un me donne l'idée magique qui donnera un sens à mon existence.

– Il n'y a pas de formule magique, je l'interromps sans réfléchir. Si tu cherches une réponse pour remédier à tous tes problèmes, il n'y en a pas.

– Alors, pourquoi continuer ?

Nous sommes les deux seules personnes dans cette salle maintenant. Jude et moi nous dévisageons.

– *Par habitude.* On est doués pour toujours refaire la même erreur, non ?

Il incline la tête, mais ne trouve pas ma réponse intelligente. Lorsqu'il se plante dans le mien, son regard bleu n'est que le reflet d'une profonde tristesse. Une éternité passe, et aucun d'entre nous ne prend la parole alors que l'atmosphère devient pesante. Finalement, Stéphanie lance un mantra, mais je n'écoute pas. Elle est passée à côté de l'information la plus importante. Mais les gens comme Jude et moi, non. Nous savons que nous sommes à la recherche de quelque chose qui n'existe pas, mais nous sommes vraiment perdus.

Dans la voiture, je mets la musique à fond, jusqu'à ce que mes enceintes de merde se mettent à grésiller. J'ai besoin de ne plus entendre mes pensées ni la voix de Jude. Comment peut-il encore être aussi idéaliste ? À voir son comportement lors de la réunion de la semaine dernière, j'imagine qu'il participe à ces réunions depuis un bon bout de temps. Mais aucune dose de musique abrutissante ne pourra effacer cette lueur dans son regard. Mon pare-brise est recouvert de pluie quand je le repère en sortant du parking de l'église. Nous ne sommes pas en pleine tempête, je n'ai donc aucune raison de m'arrêter, mais peu importe comment, ma voiture ralentit pour avancer à la même vitesse que lui.

Jude se penche vers la fenêtre et je lui fais signe de monter. Il est hors de question que je descende ma vitre, il me faudrait plus d'une heure pour la remonter, mais il prend son temps, comme s'il réfléchissait à l'idée d'accepter mon offre. Si j'étais intelligente, je partirais brusquement en le laissant derrière moi, mais ma voiture n'est pas vraiment équipée pour les départs rapides. Avant même que je ne prenne une décision, il ouvre la portière et se glisse dans ma Honda Civic toute pourrie. Il n'est pas à sa place dans cette voiture – ou dans ce monde. Jude est trop à l'aise, il a ce comportement cool qui ne vient qu'avec des années d'entraînement.

– Désolée, je ne peux pas baisser la vitre.

Putain, mais pourquoi je lui dis que je suis désolée ? Et d'ailleurs, pourquoi le déposer en caisse ?

Il passe un doigt sur le bouton incriminé. Son regard se teinte d'inquiétude, faisant fondre en moi des zones que je pensais congelées à tout jamais.

– C'est cassé ?

Je hoche la tête, la gorge sèche. Je me reprends en tapant du plat de la main contre le volant et lui dis :

– Elle n'est plus toute jeune, mais tant qu'elle démarre tous les matins, je m'en fous.

– Je pourrais jeter un œil.

Sa proposition reste en suspens et je ne sais pas quoi lui répondre. Je ne sais jamais quoi lui dire. Jude m'énerve autant qu'il me fascine et il me fait plein d'autres choses pour lesquelles je n'ai pas de mot.

– Pourquoi es-tu aussi gentil avec moi ?

C'est sorti tout seul, et je le regrette immédiatement. Instantanément, un truc se creuse dans mon ventre.

– Tu préférerais que je sois méchant ?

Impossible de le regarder. Non pas que je cache aussi bien que ça ma honte. Mes joues en brûlent déjà. Pour l'instant, je pense sérieusement à foncer droit sur un arbre pour ne plus jamais avoir à l'affronter.

– En fait, c'est juste que tu n'as pas été sympa quand on s'est rencontrés.

– Si je me souviens bien, tu as failli me renverser une tasse de mauvais café dessus.

Et voilà : la raison pour laquelle je n'ai pas confiance en Jude. Il s'est passé tellement plus lors de cette première rencontre. Même maintenant quand il en blague, il reste encore de la tension.

– J'étais stressé. Tu m'as pris au dépourvu.

– Une confession. Ça fait deux en un jour.

Je choisis de le croire, parce qu'il ne me donne pas d'autre choix.

– Il y a quelque chose en toi qui me donne envie de confesser toutes mes erreurs.

Il parle d'une voix sourde, vibrante de sincérité. Cette fois, c'est à mon tour d'alléger la situation en blaguant :

– C'est à cause de mon prénom.

– Faith, la foi.

Il l'a déjà dit, mais cette fois, c'est avec une certaine familiarité qui provoque un nœud dans mon bide. Il poursuit :

– Dis-moi, quelle est ma pénitence ?

– Je ne suis pas la bonne personne.

Je lutte pour garder un ton léger alors que tout ce que je sens, c'est que Jude Mercer s'attache à ce nœud et m'attire vers lui.

– Tu n'es pas catholique, alors ?

– Loin de là. Je ne pense pas que Dieu s'intéresse vraiment à des gens comme moi.

– Je crois que c'est justement pour ça qu'Il est là. Il s'intéresse à tout le monde, philosophe Jude.

– Tu es catho, alors ?

– Loin de là, répond-il en riant.

Je m'arrête à un carrefour, attendant qu'il me dise quel chemin emprunter. Ce qu'il ne fait pas tout de suite. Nous restons donc assis en silence, le regard fixe. Il finit par me désigner la route sur la gauche. Je prends le virage et m'éloigne du centre-ville et de ma vie, pour me diriger vers les vieilles maisons de style victorien construites sur la falaise qui surplombe le port. Certaines sont en piteux état. Au bout trône l'imposante *Reine de la Nuit*, l'auberge reine de la ville. Tout chez elle est parfaitement entretenu, de son extérieur chamarré à sa pelouse méticuleusement soignée. Quelques maisons plus loin, une autre demeure s'écroule à moitié, elle a été en partie détruite par son ancien propriétaire qui n'a pas réussi à réunir les fonds pour achever sa rénovation.

– J'adore ces maisons.

Je ne me rends même pas compte que j'ai parlé, jusqu'à ce que Jude me demande :

– Pourquoi ?

La question est innocente, mais sa façon de me la poser me semble de l'ordre de l'intime.

– Elles sont toutes différentes. Uniques. Avec leurs tourelles, leurs couleurs et leur style maison de poupée. J'ai grandi dans un joli quartier, mais toutes les maisons étaient pareilles, les mêmes petites boîtes, stratégiquement placées le long des rues pour que nous ayons tous rigoureusement la même surface de jardin.

– Tu n'as pas l'air du genre à entrer dans une petite boîte, observe-t-il, songeur.

– Non, effectivement.

– Tu me fais regretter de ne pas avoir acheté l'une d'entre elles, admet-il.

– Ce n'est pas le cas ?

Je suis un peu déçue et ne prends pas la peine de le cacher.

– Tu m'apprécierais si je l'avais fait ?

– Je t'apprécie déjà.

Mais mes mots sont trop précipités. C'est ce qui se passe quand on vous a appris que les bonnes manières sont plus importantes que l'intention. Il se tourne vers la fenêtre et suit une goutte d'eau qui sinue sur la vitre.

– Tu es une très mauvaise menteuse, Faith.

C'est à mon tour de me confesser.

– Je n'ai pas encore pris de décision te concernant.

– On s'est rencontrés dans des circonstances pas faciles. Il est probablement plus sage de ne pas accorder sa confiance à un inconnu croisé lors d'une réunion des Narcotiques Anonymes.

Il ne s'est toujours pas tourné et pourtant il lit en moi comme s'il me voyait. Ou peut-être connaît-il mes doutes depuis l'instant où nous nous sommes rencontrés.

– Il est probablement judicieux de ne pas accorder sa confiance à une inconnue croisée lors d'une réunion des Narcotiques Anonymes, je lui réponds.

Parce que le vrai problème, ce n'est pas la façon dont nous nous sommes rencontrés mais que nous ayons assisté tous les deux à cette réunion. Nous sommes tous les deux brisés et, même avec beaucoup d'imagination, il est impossible de combiner nos morceaux pour faire un ensemble opérationnel.

– L'un des principes de notre groupe n'est-il pas l'anonymat ? Autant que je sache, on s'est rencontrés au rayon surgelés. Tout ce que je sais de toi, c'est que tu as un adorable gamin, une meilleure copine plutôt directe et que tu es un véritable rayon de soleil, dit-il d'un ton pince-sans-rire.

– Directe, c'est plutôt sympa de la décrire comme ça.

Je lui permets de réécrire notre histoire parce que j'en ai envie, parce que j'ai envie que Jude soit cet homme qui s'est adressé à mon fils comme si c'était la personne la plus intéressante du monde. Je ne veux pas qu'il soit ce mec à la repartie arrogante et au regard dur qui s'est pointé dans notre groupe de soutien. Et peut-être n'a-t-il pas envie que je sois la fille tellement déglinguée que, même après des années de sobriété, elle se retrouve encore assise une fois par semaine dans le sous-sol d'une église ?

– Je ne te connais pas du tout, Faith. C'est quoi ton nom de famille ? D'où viens-tu ? Es-tu mariée ?

Ses questions sont rhétoriques et, pourtant, je me retrouve à lui répondre :

– Kane. Je ne suis pas mariée et je viens de la ville.

– Je crois que ton histoire ne s'arrête pas là.

Mais il ne me pousse pas à lui donner plus d'informations. Au contraire, il augmente le volume du poste de radio et me demande :

– Qu'est-ce que tu écoutes comme musique, Faith Kane ?

Je hausse les épaules au moment où l'irrésistible final du dernier tube de Taylor Swift s'envole dans l'habitacle et laisse place à une chanson plus sombre et plus profonde. Je ne connais pas le nom de cette interprète, mais je connais ce titre. Peut-être que je n'ai pas envie de le savoir parce que ses mots sont les miens. Sans plus réfléchir, je commence à chanter avec elle, oubliant un instant que je suis en voiture avec Jude.

I lost myself the day that I met you.

Now I'm not sure where I'm heading to. And you'll break my heart like the time before; Until I don't believe in true love no more. I'm in pieces... pieces[1].

La main de Jude se pose sur mon épaule pour me rappeler que je ne suis pas seule, et me fait sursauter.

– C'est là, dit-il doucement en désignant une allée.

– Désolée.

J'appuie d'un seul coup sur la pédale de frein pour ne pas louper le virage.

– Pas de quoi être désolée. J'ai aimé t'écouter chanter, même si tu te plantes dans les paroles.

– Je me plante dans les paroles ? J'adore cette chanson. Tu es expert ?

---

1. « Je me suis perdue le jour où je t'ai rencontré. Maintenant, je ne sais plus trop où aller. Et tu briseras mon cœur comme déjà tu l'as fait ; jusqu'à ce que je ne croie plus en l'amour. Je suis brisée... brisée... » (NdT, ainsi que pour les notes suivantes)

Je commence à me rappeler pourquoi je l'ai surnommé M. Arrogant au début. Dès que j'arrête la voiture, je me tourne vers lui pour l'assassiner du regard et lui demande :

– Alors, c'est quoi d'après toi ?

– Je crois qu'elle chante *I lost my way*[2].

– Rappelle-moi de regarder sur Internet.

Apparemment, ce mec a un truc pour gâcher le plaisir des autres et, pourtant, je me surprends presque à l'apprécier. Dommage qu'il soit tellement arrogant, ce con. Non, mais qui reprend les autres sur les paroles d'une chanson ? C'est débile.

– Tu veux venir ? demande-t-il en ouvrant sa portière.

J'ai envie de dire non, mais je détache ma ceinture. *Bien joué, meuf. Tu sais comment faire pour tenir parole.* Bref, s'il peut se la jouer M. Connard-Je-Sais-Tout, moi aussi. Je sors de la voiture et claque la portière derrière moi en disant :

– Tu es au courant que chez toi, ce n'est pas vraiment la porte à côté si on se tape le chemin à pied.

– Moins de cinq kilomètres. Je croyais que tu avais grandi en ville.

Quand j'ai enfin l'opportunité de voir sa maison, ma réplique meurt sur mes lèvres. S'il était encore possible d'avoir un doute sur le fait que nous ne sommes vraiment pas du même monde, c'est bon, la question est réglée. Ce n'est pas l'une de ces vieilles

---

2. Je suis perdue depuis que je t'ai rencontré.

maisons que j'aime tant, mais celle-ci est à couper le souffle. Elle a été construite à flanc de falaise, s'incurvant pour suivre le terrain accidenté, ce qui lui permet, de tous les côtés, d'avoir la meilleure vue possible sur la côte. Je suis toujours en admiration quand Jude me prend la main pour me faire avancer. Je le suis, trop ébahie pour me débattre, et surtout j'ai envie de savoir ce que ça fait de rentrer dans une maison pareille. On est tellement au-delà de ma réalité que même mon imagination de fille fauchée n'arrive pas à me donner une idée de l'intérieur. C'est à peine si je remarque qu'il lâche ma main pour entrer le code du garage. Alors que la porte s'ouvre dans un bruit de craquement, mon regard tombe sur une moto.

Comme par hasard.

Jude intercepte mon regard et hausse les épaules :

– À une époque de ma vie, je pensais que j'en avais besoin.

– Et maintenant ?

– C'est surtout pour le show, dit-il avant de désigner d'un signe de tête l'emplacement suivant. C'est ça, mon véritable amour.

Il me montre une Jeep jaune canari, ce qui est à des années-lumière du type de véhicule que je l'imaginais conduire. Quand nous nous sommes rencontrés, quelque chose me suggérait qu'il était plutôt du genre à aimer les voitures sportives – celles qui n'ont que deux sièges et pas de place pour les bagages.

– Max l'adorerait.

Je grimace en m'apercevant que je viens encore une fois d'entraîner mon gamin dans cette histoire. C'est déjà assez nul qu'ils se soient rencontrés au supermarché. Max est tout mon univers, mais je le protège de certains pans de ma vie. Jude n'existe que dans ces recoins sombres qu'il n'a pas besoin de connaître.

— Je pourrais l'emmener faire un tour.

Je ne dis pas un mot. Qu'y a-t-il en Jude Mercer qui me rende muette ? Je finis par me forcer à lui dire :

— Je devrais y aller. Je dois récupérer Max à quatre heures.

— On dirait que tu as encore une vingtaine de minutes à tuer, dit-il en me montrant l'heure sur son téléphone.

Grosse différence entre nous : il semble avoir réponse à tout.

Je le suis alors qu'il se dirige vers la partie principale de la maison et j'en reste bouche bée. Si l'extérieur était impressionnant, il n'y a pas de mot pour décrire l'intérieur. Des poutres nues, dans le même bois que le parquet, strient le plafond. Le mobilier est minimaliste – des lignes modernes et épurées et quelques pièces soigneusement choisies qui font face à d'immenses baies vitrées du sol au plafond donnant sur le rivage. Aujourd'hui, l'eau semble calme, mais il y a quelques vagues, de petits remous qui agitent la surface polie et disparaissent aussi vite qu'ils apparaissent.

Je sursaute quand sa main se pose sur mon épaule et, l'espace d'un instant, ma propre surface soigneusement polie se brise comme celle de l'océan.

– Je peux te proposer un verre d'eau ? J'ai peut-être du soda, mais j'ai un doute.

Il y a comme un sourire dans sa voix et, entre ça et sa main toujours posée sur moi, je commence à sentir une certaine chaleur s'insinuer en moi. C'est une sensation chaude et plaisante, comme si je rentrais à la maison, je n'ai rien senti de tel depuis très longtemps. Je me détourne de lui et de tout ce qu'il me propose et repère un chevalet de l'autre côté de la pièce. Dessus, une toile, à moitié terminée, représente dans toute leur subtilité les flots de l'autre côté de la fenêtre.

– C'est magnifique, je murmure.

J'ai ce paysage sous le nez tous les jours depuis quatre ans, mais aujourd'hui, je le vois pour la première fois. Il a capturé la finesse des petits mouvements dans un affrontement de verts et de bleus.

– Je ne savais pas que tu étais un artiste.

C'est vraiment con comme commentaire, parce que je ne sais rien de lui. Pas vraiment. Je sais juste qu'il est patient, qu'il n'utilise plus sa moto, qu'il ne sent pas quand il va pleuvoir et qu'il est beaucoup plus que ce qu'il donne à voir. À mes yeux, il est inachevé comme cette peinture qui attend son retour et j'ai envie de me saisir d'un pinceau pour le compléter, jusqu'à ce que je puisse le voir en intégralité.

– Je crois que tu me regardes avec tes yeux de maman, dit-il, amusé, en se tournant pour étudier sa toile.

– Des yeux de maman ? C'est quoi, cette connerie ?

– Mais si, tu sais. Tu te rappelles quand tu étais petite et que ta mère mettait tous tes dessins sur la porte du frigo ? demande-t-il avant de jeter un coup d'œil à sa toile en souriant.

Je reprends un air plus solennel :

– C'est ma grand-mère qui m'a élevée. C'était ma sœur qui avait la fibre artistique, alors…

Un muscle se crispe dans sa joue, puis se détend, comme si l'histoire de ma vie le troublait plus lui, qu'elle ne me trouble.

– Je parie que tu le fais pour Max.

– Je plaide coupable.

Oui, c'est ce que je fais tout le temps avec Max, alors pourquoi suis-je en train de penser à ma mère et à la vie que j'ai perdue il y a si longtemps ?

– Je crois que l'océan me fait penser au passé et pas au présent.

– Comment ça ? demande-t-il d'une voix douce qui me donne envie de tout lui expliquer, même si je ne suis pas certaine d'en être capable.

Je me concentre sur l'étendue bleu gris qui s'étend quasiment à l'infini devant moi et lui réponds :

– L'océan est si vaste et insondable, comme une personne. Je pourrais te connaître depuis des années et tu ne connaîtrais pourtant aucun des moments qui ont fait de moi la femme que je suis aujourd'hui.

Ni ceux qui forgent celle que je serai demain ou dans cinq ans. Personne ne peut véritablement connaître une autre personne. Nous sommes tous des mystères, comme la mer.

— Tu crois vraiment ça ? demande-t-il sur un ton dur et tranchant. Ta sœur ? Ta grand-mère ? Personne ne te connaît ? Pas même le père de Max ?

— Surtout pas lui.

Je pense à ce que je viens de lui dire et mon rire sonne creux, alors je clarifie :

— Elles ont pu me connaître à une époque, mais elles ne font plus partie du paysage, et depuis trop longtemps, pour me connaître maintenant.

— Et Max ? demande-t-il d'un ton bourru.

— Il ne connaît que ce qu'il y a de mieux en moi, enfin j'espère.

Ça fait mal de dire ça à quelqu'un qui voit où je veux en venir. Je n'ai pas eu à avouer mes défauts à Jude. Il les a découverts à l'instant où nous nous sommes rencontrés et, à voir ses yeux se fermer brièvement, je sais qu'il ne comprend que trop bien ce que je veux dire.

Quand il les rouvre, il ne les tourne pas vers moi, mais au loin, au-delà des vagues de son propre passé.

— Il est bientôt quatre heures.

Je n'ai pas besoin d'un autre rappel, ma place n'est pas ici, ni auprès de qui que ce soit.

CHAPITRE 5

Avant d'oser regarder la pile de factures qui m'attendent, j'installe Max avec son iPad sur un coin de mon bureau. La fin du mois est toujours synonyme de paiements à faire et le pire, c'est quand ça tombe un jour de pont. Ça paraît injuste que la Poste ne puisse pas nous livrer le courrier avant trois heures de l'après-midi. J'ai passé la matinée à me tourner les pouces en cherchant des choses à faire et maintenant j'en ai trop – et encore plus qui encombrent ma tête.

– J'ai décidé d'arrêter de cuisiner, annonce Amie avec son penchant naturel pour le drame.

Elle se laisse tomber sur un coin du bureau et retire son bandana avant de le fourrer dans sa veste de cuistot.

– Tu ne veux pas connaître mon plan B ?

Depuis que je la connais, elle doit en être à son douzième plan B. Elle est pourtant tous les jours derrière ses fourneaux.

– Si, vas-y.

Je passe les enveloppes en revue, commençant dans ma tête un pré-tri par priorité.

– Je vais faire une émission de cuisine à la télé.

– Sur Cuisine TV ?

– Je verrais plutôt ça sur une chaîne de voyage ou un réseau local pour débuter, commence-t-elle en défaisant ses tresses. Je suppose que si Cuisine TV m'offre ce qu'il faut…

– Moui.

Je parierais que Jude n'a jamais eu à décider quelles factures payer à la fin du mois. Alors que moi, je dois faire des pronostics pour savoir si notre primeur nous aime assez pour continuer à nous livrer même si nous sommes en retard de paiement. C'est l'un des phénomènes irritants de la vie : comment faisons-nous pour exister, nous, les gens du milieu ? Il y a plein de gens qui ont plus que nous et d'autres qui n'ont rien et un énorme gouffre entre les deux.

– Tu n'écoutes pas ce que je dis, m'accuse Amie en interrompant mes ruminations amères.

– En fait, si.

Et je lui répète ses divagations sur Cuisine TV. J'ai peut-être tort. Il y a peut-être quelque chose au milieu. C'est là que sont les rêveurs, les gens comme Amie. Personne ne lui a dit qu'elle ne pourrait pas faire ce qu'elle veut, c'est la raison pour laquelle elle est propriétaire d'un restaurant à trente ans. C'est pour ça qu'elle réussira proba-blement à monter son émission de télé. Certaines personnes savent simplement comment faire pour arriver à leurs fins. Elles ne sont pas lestées par la peur comme le reste d'entre nous.

— Tu me fais le coup du vaudou des mamans, dit-elle en tapant sur la corde sensible.

Je ravale mon hoquet de surprise et lui réponds en secouant brusquement la tête.

— Ça n'existe pas, ton truc.

— Eh bien si, apparemment tu entends ce que je te dis, mais tu penses à tout autre chose.

Elle plisse les yeux d'un air suspicieux ; j'aimerais lui rappeler que c'est elle qui a un don assez flippant pour rentrer dans la tête des gens.

— Ou à quelqu'un d'autre. Peut-être à un bad boy tatoué chaud bouillant avec un cœur en or.

Plutôt que de hurler, je lui offre un sourire pincé avant de répondre :

— C'est la fin du mois. Je ne pense qu'aux factures et aux maisons de retraite.

— Oh merde !

Elle change immédiatement d'attitude et me tapote doucement le bras avant de reprendre :

— Tu as besoin de quelque chose ? Je peux m'occuper de tout ça si tu dois y aller.

— Non, c'est bon.

Là, ce dont j'ai besoin, c'est de me concentrer sur mon boulot et d'oublier le truc bizarre entre moi et Celui-Dont-On-Ne-Doit-Pas-Prononcer-Le-Nom. Alors, je reprends :

– Je m'en occupe. J'irai la voir demain. Le temps est censé être dégueulasse de toute façon. Autant passer mon samedi dans la voiture.

Ce n'est pas comme si nous avions de vrais week-ends de libre, mais je sais qu'elle essaie de me donner le plus de temps possible avec Max, les samedis et dimanches. Mais même moi, j'ai été trop distraite cette semaine pour préparer mon excursion mensuelle pour aller voir Mamie. Je n'ai jamais dit à Amie que ça me faisait flipper, c'est inutile. Qui aime rendre visite à quelqu'un qui ne se souvient plus de lui ?

– Je serai sur le pont ce week-end, dit-elle comme si ce n'était pas grand-chose de sacrifier constamment sa vie pour la mienne.

– Je peux venir dimanche.

– Hors de question, répond-elle en se levant, balayant mon offre d'un geste. J'ai besoin que tu sois là lundi, j'ai un rencard plus que prometteur.

C'est le genre d'info que j'utilise pour la distraire et changer de sujet de conversation.

– Raconte.

– Bon, je bluffe. C'est l'ostéopathe.

Amie passe ses mains sur son front pour en dégager de petites boucles collées par la sueur. Elle ressemble à un personnage d'une pièce de théâtre de Tennessee Williams. Quand je dis qu'elle a le sens du drame…

– Je croyais que c'était fini avec lui. Et brutalement, si je me souviens bien.

– Moi aussi. Soit je ne suis pas aussi forte que je le crois, soit cet être ennuyeux est plus couillu que je le pensais.

Elle soupire et redresse les épaules comme si elle ne savait pas comment c'est possible.

Nous vérifions immédiatement toutes les deux que Max ne nous regarde pas, mais il est toujours à fond sur son jeu d'apprentissage de l'alphabet.

– Je devrais peut-être refuser et te forcer à venir bosser lundi, lui dis-je pour la taquiner.

– Juré, je ne revois pas mes ambitions à la baisse. C'est juste que j'ai peur d'être trop rouillée quand un mec bien arrivera enfin.

Elle tend les bras devant elle et se met à parler sur un ton grinçant :

– Lubrifie-moi. Lubrifie-moi.

J'écarquille les yeux et me recroqueville sur ma chaise de bureau.

– Quoi ? reprend-elle. Je faisais le Bûcheron-en-Fer-Blanc dans *Le magicien d'Oz* !

– J'avais compris, dis-je en souriant. J'essayais juste de décider si je devais filmer cette scène pour la mettre sur ton futur profil du site de rencontres.

– Maintenant, c'est sûr, tu bosses lundi, dit Amie avant de faire une pause sur le pas de la porte. Pense juste au nombre de prétendants sérieux que j'aurai quand j'animerai mon émission de télé.

– Ou combien de pervers te suivront.

– Dis donc ! réplique-t-elle en pointant le doigt vers moi. Cendrillon a bien porté des chaussures de vair sans les abîmer. Là, j'ai besoin d'une sérieuse dose d'optimisme, niveau conte de fées.

Je lui promets que je crois toujours au grand amour, par pure gentillesse et parce que, quelque part, j'y crois encore un peu. Je l'aime, elle, et j'aime mon fils. J'apprécie véritablement quelques-uns de nos habitués. Mais la romance et les contes de fées ? Ce n'est pas pour rien qu'on appelle ça des histoires.

J'ai mis ma grand-mère dans une maison de retraite dans une ville à près d'une heure de route pour un million de raisons, mais la plupart d'entre elles sont des mensonges. En fait, j'avais besoin d'une excuse pour ne pas passer tous mes dimanches à me sentir comme un fantôme. Je vérifie réguliè-rement comment va Max dans le rétroviseur et je le vois regarder le paysage par la fenêtre, observer les sapins s'élever majestueusement sur la chaîne de montagnes au loin. La météo s'est plantée. Le ciel est parfaitement dégagé et l'air frais. C'est l'une de ces rares belles journées avant que l'été ne prenne toute la place dans la région du Nord-Ouest. Le temps d'arriver à la maison de retraite, Max se tortille avec énergie et je le libère de son siège auto.

Je dois lui rappeler deux fois qu'il doit me tenir la main sur le parking avant de gravir les marches du perron. Miss Maggie, qui est là depuis que Grace et moi avons laissé Mamie ici, nous fait un grand sourire quand elle nous repère. Aujourd'hui, elle porte un uniforme d'aide-soignante rose vif avec un rouge à lèvres assorti qui ressort très bien sur sa peau couleur café.

– Hello, mon petit canard ! s'écrie-t-elle alors que Max court vers elle pour la prendre dans ses bras.

Impossible de résister à sa joie de vivre communicative ni à la réaction de Max.

– Elle va être contente de vous voir.

– C'est une bonne journée alors ?

J'essaie de contenir mes espoirs débordants. Elle redresse ses lunettes turquoise et me répond :

– C'est toujours une bonne journée quand on respire, mon petit chou.

C'est pour cette raison que j'essaie de ne jamais me faire trop d'illusions. Je n'ai pas de source éternelle de positivité dans laquelle puiser. J'ai envie de voir la vie en rose et même en arc-en-ciel, mais j'ai appris à ne m'attendre qu'à du gris. Max, en revanche, est accueilli comme un roi. C'est pour cette raison qu'il aime venir ici. Le personnel travaille avec l'école maternelle du coin pour aider les résidents à garder le moral. Ils ont l'habitude de voir des enfants et ils apprécient Max tout autant qu'il les apprécie. Il distribue câlins et tapes dans la main comme s'il était la mascotte de chacun d'entre eux.

– Ils en sont complètement gagas, commente Maggie en riant. Cet enfant est un véritable rayon de soleil.

Je mords ma lèvre inférieure en observant la réaction des gens face à lui. Lorsqu'il atteint le vieux fauteuil dans un coin, tous les seniors ont l'air de rayonner de bonheur. Mais lorsqu'il se tourne vers nous, son sourire s'estompe. Il s'adresse à moi en signant.

– Je ne sais pas où est Frankie, je lui réponds à voix haute en attendant que Maggie me dise ce qu'il en est.

– Frankie est sorti aujourd'hui.

Mais il y a quelque chose dans le ton de sa voix qui me dit que son message est différent. Ça s'est déjà produit par le passé, mais maintenant Max est assez grand pour se souvenir des gens d'une visite à l'autre. C'est inévitable. C'est la vie. Il peut venir ici quelques heures une fois par mois et insuffler une bonne dose de vitalité à tous ceux qu'il touche, mais il ne peut pas les empêcher de mourir. Pour le moment, il est apaisé par cette réponse, mais je vais devoir lui parler, plus tard. Le mois prochain, il va me reposer la question et je me suis promis de ne jamais lui raconter de mensonges inutiles.

Je lui fais signe de me rejoindre dans le couloir avant qu'il ne puisse poser plus de questions. Je ne veux pas qu'il regarde son arrière-grand-mère comme si elle allait disparaître d'un moment à l'autre.

Quand nous arrivons dans sa chambre, Mamie regarde par la fenêtre. Ses beaux cheveux blancs ont été tirés en chignon strict, exactement comme quand j'étais petite. Qu'elle se souvienne comment se coiffer m'étonne à chaque fois. Elle peut s'habiller, faire son lit et lire un livre. Son corps continue de perpétuer la même routine tous les matins, par habitude. Aucune responsabilité ne la pousse à se lever comme nous tous et, pourtant, la voilà habillée, à n'attendre rien ni personne.

Avant, je culpabilisais. Je faisais la route tous les week-ends, tant que je pouvais trouver l'argent pour faire le plein. Quand Max est né, je venais avec lui pour qu'elle lui chante ces comptines qu'elle n'a jamais oubliées, en le berçant dans son fauteuil. Je voulais être celle qu'elle attendait, je voulais être la raison pour laquelle elle se levait et s'habillait. Puis, un jour, j'ai laissé quelques couches dans sa chambre. À l'époque, j'avais du mal à les payer et je ne pouvais pas me permettre de les laisser comme ça. Quand j'ai détaché Max de son siège et l'ai enroulé dans sa couverture pour nous faire rentrer en vitesse à l'intérieur, je l'ai retrouvée à patienter devant la fenêtre. Nous avions disparu de sa mémoire aussi rapidement que ça. Ensuite, je suis venue plus rarement, parce que c'était trop douloureux d'être effacée à chaque fois.

Max se moque qu'elle l'oublie. Aujourd'hui, il court vers elle et tombe à ses pieds, prenant ses mains parcheminées entre les siennes. Elle lui tapote la tête et lui demande son nom. Il n'a pas besoin de lire sur ses lèvres pour savoir que le rituel mensuel a commencé.

– C'est Max, Mamie.

Je l'interpelle depuis la porte. Elle me regarde en fronçant les sourcils et en plissant les yeux.

– Grace ?

Une boule se forme dans ma gorge et je me force à lui répondre en souriant.

– C'est Faith et je suis venue te rendre visite avec Max.

– Ah oui, Max.

Elle est devenue très douée pour faire croire qu'elle sait ce qui se passe.

Nous nous asseyons face à elle et je lui parle du travail et des progrès de Max en lecture sur les lèvres. Je lui raconte que l'assurance refuse toujours de payer pour lui faire poser des implants cochléaires et que je mets encore plus d'argent de côté pour l'opération. Max lui fait un dessin de l'océan. Pas la baie très calme qu'elle voit depuis sa fenêtre, mais une vue où les courants sont plus forts et les vagues plus hautes, comme là où nous habitons. Il lui écrit une lettre, alors je fais de mon mieux pour la déchiffrer. Nous lui donnons un aperçu de notre vie tandis que je prie en silence pour qu'elle tienne encore le coup. Mes parents sont morts il y a longtemps, mais ce n'est que lorsqu'elle est tombée malade que je me suis sentie orpheline.

– Tu me manques, Grace.

C'est un moment de clarté bouleversant, alors je ne la corrige pas.

– Tu as des nouvelles de ta sœur ? Je pense qu'elle devrait continuer l'école.

Elle est retournée dans le passé et je la suis sur cette route :

– Je ne lui ai pas parlé depuis un bout de temps.

– J'espère qu'elle va bien. Je m'inquiète pour elle.

– Moi aussi, Mamie.

Un autre petit morceau de mon âme vole en éclats.

Elle se penche vers moi et murmure :

– Et qui est-ce, là ?

Pas la peine de lui répondre, ce n'est pas nécessaire. Je ne lui rappelle pas que Max est sourd. Elle ne se souvient de rien depuis que nous avons eu dix-neuf ans et je préfère qu'elle se souvienne d'une chose, celle-là.

– Mon fils.

J'ébouriffe ses cheveux alors qu'il travaille à son prochain chef-d'œuvre, et répète :

– C'est mon fils.

CHAPITRE 6

Avant

— Pire journée de ma vie, annonça Grace en lançant son sac sur une chaise de la minuscule cuisine de grand-mère. Il reste des trucs à manger ?

À quelques mois de la fin du lycée, ses profs avaient décidé de devenir masochistes. Sa lettre d'admission à l'université de Seattle fièrement accrochée sur le frigo aurait dû lui faire l'effet d'un aller simple pour la liberté – comme un ticket avec une date de départ ferme ; mais sans trop savoir comment elle allait payer cette évasion, la lettre était un peu vide de sens.

Son double surgit de derrière la porte du frigo en fronçant les sourcils. Faith était sa vraie jumelle. Presque identique. En regardant bien, on pouvait remarquer que les yeux noisette de Faith étaient un peu plus verts que bleus. Mais sinon, leurs véritables différences se remarquaient dans leur comportement. Faith était impulsive. Grace était du genre à organiser. Faith tombait amoureuse toutes les semaines. Grace n'avait pas de temps à accorder aux garçons.

– Eh bien, il y a toujours ça, mais pas grand-chose d'autre, suggéra Faith en attrapant le téléphone sans fil. Je pourrais peut-être trouver la télécommande dans le congel ?

Ni l'une ni l'autre ne rit de la blague. Depuis quelques mois, le comportement de Mamie était des plus étranges. Au début, il n'y avait pas de quoi s'inquiéter. Elle ne se souvenait plus du jour de la semaine ou elle oubliait de prendre du lait en faisant les courses. Mais ces dernières semaines, elle ne se souvenait de *rien* de la liste de courses.

– Elle m'a prise pour toi ce matin, murmura Grace.

– Ce n'est pas la première fois.

Mais Faith ne prit pas la peine d'essayer de la convaincre du contraire. Mamie avait toujours su les différencier. Probablement parce qu'elle les avait élevées depuis leurs deux ans. Élever des jumelles identiques était une tâche un peu ambitieuse pour n'importe quelle femme dans la soixantaine, mais elle l'avait aisément accompli.

– C'est pour elle.

Faith se laissa tomber sur la chaise à côté d'elle et lui prit la main.

– Hé, prends les choses du bon côté. Si on sortait en douce, elle ne s'en rendrait probablement pas compte.

– Alors, sortons.

Grace avait perdu l'envie de sortir peu après avoir initié Faith. Les soirs où elle voulait sortir pour rejoindre un mec, Faith ne forçait jamais Grace à l'accompagner. En plus, quand Faith sortait, Grace piquait une bouteille dans le placard à liqueurs de Mamie. Elle n'avait pas envie de la partager et si elle restait à la maison, ça lui éviterait de vomir sur la moitié du chemin de retour, dans les jardins de Ballard. Elle était gagnante sur tous les fronts. Ce soir, elle voulait plus que quelques petites gorgées précipitées d'un alcool qu'elle avait déjà trop dilué pour en sentir la délicieuse brûlure. Ce soir, elle avait envie d'oublier.

— Vraiment ? Je croyais que tu avais promis d'arrêter, dit Faith, déjà debout. Je peux faire ton maquillage ?

— Pourquoi pas ? répondit Grace en haussant les épaules, incapable de sourire.

Si elle pouvait sortir d'ici et s'éloigner de cette lettre, comme de sa grand-mère, elle était partante. L'idée de passer sa soirée à regarder son avenir s'écouler lentement dans le fond de l'évier était trop insupportable.

— On va où ?

— Laisse-moi m'occuper de ça, répondit Faith en lui faisant un clin d'œil. Dans quelques heures, tu seras tellement bien.

C'était une promesse, mais elle avait tout d'une menace.

— Qu'est-ce qu'on fout là ? demanda Grace en attrapant le bras de sa sœur pour la secouer.

Cet endroit était l'illustration même d'un dangereux trou à rats. Depuis les néons qui grésillaient dans ce qui était censé être une cuisine jusqu'aux brûlures de cigarette de la moquette. Généralement, quand elle suivait Faith, c'était dans une soirée. Avec *des gens*. Cet endroit était juste flippant. Visiblement, elle avait besoin qu'on la chaperonne un peu plus.

– Relax, dit Faith en rejetant ses cheveux en arrière, avant de tirer sur son top pour révéler un peu plus son décolleté. Je croyais que tu voulais te détendre.

– C'est le cas, répondit Grace sur un ton hésitant, relâchant enfin le bras de sa sœur qu'elle tenait fermement. Je pensais qu'on allait juste entrer en douce dans un bar ou un truc dans le genre. Il y a une fête dans le coin ?

– Derrick poura nous faire entrer dans un bar un peu plus tard, mais je voulais passer par ici avant d'y aller.

Grace ne lui demanda pas pourquoi. Elle était plus intéressée par le mystérieux Derrick.

– Pas besoin de flipper, continua Faith d'une voix apaisante.

Elle enleva l'élastique qui retenait la queue-de-cheval de sa sœur. Les cheveux de Grace s'étalèrent sur ses épaules, lui donnant immédiatement une vraie ressemblance avec sa jumelle.

– Derrick va péter un plomb. Viens, on va lui faire deviner qui est qui.

La silhouette massive du fameux Derrick envahit le cadre de la porte, bloquant l'accès derrière lui, comme s'il était apparu par magie quand Faith avait parlé de lui. Il était plus âgé, c'était visible notamment aux rides qui barraient légèrement son front. Mais sinon, il portait le même type de vêtements que les garçons du lycée, à savoir un jean qui ne lui allait pas et un T-shirt déformé. Malgré ça, il était impossible de nier que Derrick était bourré de charme. C'était peut-être pour cette raison qu'il ne faisait aucun effort – vraiment aucun. Que ce soit pour son apparence ou pour arranger son intérieur. Des yeux d'un bleu translucide rivèrent les filles sur place. C'était peut-être son corps musclé, ou alors l'ombre de sa barbe sur son visage. Non, c'était plus que tout ça. C'était dans sa façon de se mouvoir. C'était dans la manière dont son regard sans gêne les détailla des pieds à la tête. Certains garçons les avaient déjà regardées comme ça, mais ils n'avaient jamais obtenu la même réaction. Derrick pouvait se faire chevaucher par une fille, dont les mains agripperaient ses cheveux blonds, avant même qu'elle découvre son nom.

D'instinct, Grace se rapprocha de Faith, mais sa sœur se contenta de lui serrer la taille d'un bras et la tira fermement contre elle.

– Je parie que tu ne peux pas deviner qui est qui.

– Elle a l'air effrayée, se moqua Derrick d'un air narquois en approchant de Grace. Mais si vous voulez me convaincre ensemble du contraire, je suis partant.

– Tout doux, bébé, le réprimanda Faith en agitant un index réprobateur. Elle est vierge et franchement pas pour toi. Je voulais juste te prouver que j'ai vraiment une jumelle puisque tu ne voulais pas me croire, merde.

Quand il détailla encore une fois l'apparence de Grace, il n'y avait plus rien de désinvolte dans son regard.

– Quel dommage. Mais j'ai réussi à ramener ton joli petit cul dans mon lit. Si vous êtes de vraies jumelles, ça ne devrait pas être trop dur de mettre le sien aussi.

Quand Grace entendit cette révélation, elle se raidit subitement, mais Faith éclata de rire et lui tapota le dos.

– Je ne le lui avais pas encore dit, gros con. Je voulais qu'elle te rencontre d'abord, pour qu'elle ait une petite idée de la bête. Tu as tout gâché maintenant.

Derrick haussa les épaules et s'en alla dans la cuisine. Faith le suivit immédiatement, restant à quelques pas derrière lui pendant qu'il sortait une bouteille de whisky du placard. Il la lui tendit, mais elle la refusa d'un mouvement de tête.

– Tu sais ce que je veux, ronronna-t-elle.

Grace ne l'avait jamais vue ainsi, si sexuellement agressive. Elle assistait à une représentation qui n'avait d'autre but que de lui retourner l'estomac. Elle fantasmait les caresses des garçons. Elle avait même laissé Matt, du conseil des élèves, mettre la main dans sa culotte sur le chemin du retour d'un voyage scolaire, mais il n'avait pas su quoi faire. Comment Faith faisait-elle pour agir si naturellement ?

Il déboucha la bouteille, but une gorgée et lui répondit :

– Alors, tu sais quoi faire.

– Pas tout de suite, répondit Faith en désignant sa sœur d'un coup de tête par-dessus son épaule.

– Alors, *pas tout de suite*, répéta Derrick.

Il la contourna sans même laisser la bouteille derrière lui. Il s'installa sur le canapé marron et tapota le coussin de l'assise. Faith gambada vers lui et se laissa tomber à ses côtés. Elle accepta une petite gorgée d'alcool, mais il garda les yeux rivés sur Grace.

Elle n'avait pas bougé d'un pouce et restait debout à côté de la porte, mal à l'aise.

– Viens te joindre à nous.

Mais Grace refusa d'un signe de tête.

– Tu ne vas pas rester là-bas toute la soirée, lui dit Faith en s'écartant un peu de son petit ami pour se redresser et tendre un bras vers sa sœur.

– Je crois qu'on devrait aller au bar, maintenant, répondit faiblement Grace.

– Eh bien, sœurette, il va falloir convaincre Derrick de nous y faire entrer.

Elle se reconcentra immédiatement sur la tâche qu'elle s'était assignée et se remit à jouer avec l'encolure de son T-shirt.

Mais il la repoussa, se pencha en avant en léchant sa lèvre inférieure, et lui répondit :

– Je t'ai déjà dit qu'on ne sortait pas ce soir. On peut faire la fête ici, tous les trois.

– Tu sais quoi, je crois que j'ai un devoir sur table demain matin, expliqua Grace.

C'était un piètre mensonge, sans aucun effet sur l'intérêt de Derrick pour elle. Il lui proposa :

– Je vais t'aider à réviser.

– Oh bah merde alors, vous êtes faits l'un pour l'autre, tous les deux, intervint Faith en se levant brusquement. Je vais aux chiottes.

– Pas touche à mes cachets, l'admonesta Derrick avant de tapoter encore une fois le coussin du canapé. Je ne mords pas, Grace.

– J'en doute, ronchonna Grace à mi-voix.

Il éclata de rire.

– T'es marrante, toi. Bon, j'essaie juste d'être poli. Tu peux rester debout, je m'en tape.

Il s'installa plus confortablement contre le bras du canapé. Grace l'observa un instant, son malaise se transforma progressivement en gêne. Il était plus âgé, mais ça ne voulait rien dire. Faith et elle auraient dix-huit ans dans deux semaines. Techniquement, à dix-sept ans, elles étaient déjà considérées comme adultes. Grace n'avait simplement pas pris conscience que sur le plan sentimental, elle pouvait trouver ce qu'il lui fallait ailleurs que parmi les élèves de terminale. Elle alla s'asseoir à l'autre bout du canapé, laissant un coussin entre eux.

– T'en veux ? lui proposa-t-il en lui montrant la bouteille.

Elle prit une grande inspiration et accepta d'un signe de tête. Elles étaient sorties pour aller à une soirée. Un verre gratuit ici, ça lui éviterait d'être obligée de laisser un type louche dans un bar lui transpirer dessus pour en obtenir un. Mais il ne lui tendit pas la bouteille. Non, en fait, il s'approcha d'elle. Il l'observa minutieusement tandis qu'elle buvait. Quand elle lui rendit la bouteille, il ne changea pas de place.

Avec une agressivité qui fit reculer Grace, il annonça :

– Ta salope de sœur est probablement en train de faire main basse sur ma Vicodin. Elle ne peut pas s'en empêcher. Il lui en faut. Et toi ? T'en as autant besoin que ta sœur ?

– Va te faire foutre.

Grace lui tapa le torse du plat de la main pour le repousser en se levant d'un seul coup. Derrick était plus rapide. Il tendit la jambe pour la faire tomber. Elle s'écroula à ses pieds, ce qui lui permit de la dominer avant qu'elle ne puisse reprendre le contrôle.

Son odeur âcre lui arracha le nez. Derrick l'attrapa par les cheveux et tira brusquement dessus. Grace fut obligée de s'approcher de lui à genoux, avant qu'il ne les lui arrache. La pulpe durcie de son pouce se força un chemin sur sa lèvre inférieure, puis il l'obligea à ouvrir la bouche en lui disant :

– Si tu ne peux pas la fermer, sale pute, je vais devoir trouver un moyen de t'empêcher de parler.

L'instinct de survie qui l'avait poussée à se mettre à genoux, quel qu'il soit, reprit le dessus et elle lutta pour lui échapper, le griffant de ses ongles sur toutes les surfaces possibles. Ses bras. Ses mains. Que n'aurait-elle pas donné pour aller plus haut et s'attaquer à sa tête de beau gosse. Elle voulait qu'il soit marqué comme un monstre. Pour elle, ou pour Faith, ce n'était plus le moment de la prévention.

Mais peut-être n'était-il pas trop tard pour les autres.

— Putain, mais qu'est-ce que tu fous ?

Faith laissa tomber sa bière et courut vers eux. Elle le repoussa et adressa un regard lourd de sens à sa sœur. Un regard d'avertissement. Le même que celui qui lui servait à la prévenir que Mamie était de mauvaise humeur quand elles étaient petites.

Elle devait s'en occuper. C'était elle la grande sœur, même si elles n'avaient que cinq minutes de différence. C'était son boulot.

Derrick recula d'un demi-pas tandis qu'elle prévenait sa sœur de ce regard silencieux. Retrouvant son équilibre, il désigna Grace et s'emporta :

— Ta connasse de sœur a besoin qu'on lui apprenne à fermer sa gueule.

— C'est qu'une gamine, rétorqua Faith en croisant fort les bras sur sa poitrine, comme si elle se consolait elle-même.

Une petite trace de faiblesse, mais qui suffit.

— Putain, mais toi aussi tu n'es qu'une gamine, se défoula Derrick en lui donnant une claque en pleine figure.

Au moment où elle allait tomber, il l'attrapa par le bras et la tira brusquement vers lui.

– C'est ça, ricana Faith alors que Grace se recroquevillait sur la moquette, horrifiée que sa sœur l'affronte. Je suis ta petite poupée, ton bébé, tu te rappelles ? C'est ce qu'on avait convenu.

Grace eut la nausée et réussit à ravaler sa bile à grand-peine. La sensation de brûlure qu'elle éprouva dans la gorge fut la même que celle de l'alcool, comme s'il y était resté.

– Alors jouons !

En un quart de seconde, il plaqua Faith contre le mur. Il la retourna, remonta sa jupe autour de sa taille et lui arracha sa culotte.

– Je crois qu'elle tient sa grande gueule de toi et je crois qu'on doit lui montrer ce qui arrive aux jolies petites filles qui ne savent pas la fermer.

– Derrick ! Non ! Pas tout de suite.

Au son de sa voix, elle semblait avoir peur, mais elle ne fit aucun effort pour lui échapper.

Et puis « Pas tout de suite ». C'était quoi ce merdier ? Grace appuya sur ses mains pour se redresser, mais Derrick le remarqua tout de suite.

– Putain, ne bouge pas, ou sinon tu devras dire à ta grand-mère de venir vous chercher à l'hôpital ! Vous avez toutes les deux besoin d'une bonne leçon, cracha-t-il entre ses dents.

Il appuya sur le dos de Faith.

– Non !

Elle ne sut pas qui avait crié au juste, mais peu importait. Grace s'était relevée.

– Putain, je t'ai dit de ne pas bouger, merde !

Il jeta Faith par terre, mais avant qu'elle ne puisse l'aider à se relever, il attrapa Grace à la gorge.

– Tu veux payer pour tes propres péchés ?

Des larmes embuèrent son regard, mais elle ne put répondre ni oui ni non, puisque ses mains l'empêchaient de respirer. Elle arrêta de lutter, ce qui fut suffisant. Il desserra sa prise, sans la laisser partir.

Faith restait par terre, immobile. Elle était allongée n'importe comment et c'est à ce moment-là que Grace comprit que sa sœur était déjà défoncée. Des larmes roulèrent sur son visage en voyant le regard vitreux de sa sœur qui ne la quittait pas. Grace sentit un élastique claquer contre sa hanche, mais la sensation était aussi distante que le regard de sa sœur. Derrick cracha dans sa main et lui étala sa bave sur le sexe.

Elle leva les yeux vers lui et ouvrit les vannes.

– Pitié, non, supplia Grace. Pas comme ça.

Ce n'était pas elle qui parlait, c'était sa voix. C'était ses larmes sur ses joues.

– Ta gueule. Ou sinon je la baise aussi.

– Non.

Faith n'avait aucune idée de ce qui se passait. Peut-être couchait-elle déjà avec lui, mais Grace n'allait pas le laisser la violer. Elle secoua la tête et lui dit :

– Baise-moi, Derrick.

Alors, il s'enfonça violemment en elle. Grace s'éloigna de son corps, elle partit loin, elle vit son dos se cambrer, ses propres mains agripper le plâtre, essayant de le creuser. Elle lutta pour respirer lorsqu'il plaqua son visage contre le mur et l'y maintint. La douleur déforma son visage, la rappelant au moment présent. C'était elle qu'il baisait. C'était son corps qui se déchirait alors qu'il l'écartelait. Elle regarda par terre et les yeux de Faith retinrent son attention. Ils ressemblaient tant aux siens, mais ils observaient Grace qui était secouée de tremblements. Puis le regard de Faith s'envola dans le vide, cette vacuité que Grace ressentait. C'était ça que sa sœur voulait dire par être un jouet. Dans ses mains à lui, elle n'était rien d'autre qu'une poupée, se dit Grace en s'effondrant comme un bout de chiffon quand il en eut terminé.

Après, Grace rampa jusqu'à Faith et l'enveloppa de ses bras. Elles restèrent dans cette position – sans dire un mot, sans bouger – jusqu'à ce qu'il revienne et jette un petit sachet à leurs pieds.

– Ne la fais jamais revenir ici, ordonna-t-il avant de disparaître dans la cuisine.

Faith ne s'anima que lorsque le sachet atterrit devant elle. Ce soir-là, elle donna un rail de coke à Grace pour l'aider à oublier quelque chose dont elle ne pouvait se souvenir – et que Grace ne pourrait jamais lui pardonner.

CHAPITRE 7

La soirée du lundi au bistro est plutôt plus réussie que le rencard d'Amie. Nous sommes encore en train de préparer les dernières assiettes quand elle apparaît en cuisine en tenue de soirée. Elle s'est déjà débarrassée de ses talons.

Passant une commande à l'un des serveurs, je lui demande :

– Soirée écourtée ?

– Ce que tu vois, là, dit-elle en désignant son apparence d'un grand geste, eh bien c'était en pure perte. Pour lui en tout cas.

– Je trouve que tu es super-sexy, je lui réponds avant d'interpeller tout le monde dans la cuisine : Eh, vous ne trouvez pas qu'elle est bonne, la patronne ?

Un concert de sifflements et de cris appréciateurs répond à mon appel, mais elle plisse le nez et me demande :

– Tu veux que je prenne le relais ?

– Pas pour ça, lui dis-je en la chassant d'un coup de torchon. Rentre à la maison, change-toi, dis à la baby-sitter de se barrer et mange un bout de cheesecake.

Aucune culpabilité de la renvoyer chez nous parce que Max est couché depuis une heure au moins.

– Tu as eu une grosse journée.

– Alors, garde-moi une part de cheesecake.

– Je ne suis pas une sainte, m'avertit-elle, l'index dressé. Mais pour toi, je veux bien essayer.

Une heure plus tard, je mets de côté d'autres restes de gâteau, car je ne peux pas compter sur elle pour m'en avoir laissé quand je rentrerai à la maison. L'un des avantages de bosser dans la restauration, c'est qu'on est sûr d'avoir sa dose de dessert non-stop. Promis, dès que je rentre, j'enfile vite fait mon pyjama et je zone sur le canapé. Je fantasme sur mon programme quand je le repère sur le trottoir : Jude. Il se dirige directement vers le *Crow's Nest*, l'un des bars les plus louches de Port Townsend. Finalement, j'avais vu juste à son propos, j'imagine. Je devrais filer tout droit, mais c'est impossible.

Même en tournant brusquement le volant et en dérapant pour me garer sur une place libre, je ne comprends pas ce que je ressens. Il y a comme une colère étouffée dans ma poitrine. La sensation m'est étrangère, mais j'ai l'impression d'avoir déjà connu ça.

La trahison.

Ai-je vraiment oublié ce qu'on ressent quand on est trahi ? Ou ai-je refoulé cette émotion si profondément qu'elle ne peut plus m'atteindre ?

Mais Jude a réussi à la faire renaître. Le voir ici confirme toutes les réserves que j'éprouvais à son égard. Dès l'instant où je l'ai rencontré, j'ai su que c'était un oiseau de mauvais augure, mais je n'ai pas gardé mes distances. Comment aurais-je pu y arriver ? Nous n'arrêtons pas de nous croiser. Mais peut-être n'était-ce pas un accident ? Peut-être est-il encore pire que je l'ai cru au début.

Les toxicos sont des prédateurs. Dans une meute, ils sentent qui sont les faibles et les blessés, et ils leur foncent dessus. Dans la nature, ce type de comportement bénéficie au groupe, il permet d'éliminer ceux qui ralentissent les autres et qui donc constituent une menace. Peut-être est-ce la même chose avec les humains ? Nous sommes tous soumis aux lois de d'évolution. Mais avec ce genre d'hommes, avec ces prédateurs, la mort n'est pas immédiate. C'est un long processus. Ils vous tuent peu à peu, ils vous arrachent un morceau après l'autre, jusqu'à ce qu'il ne vous reste plus rien d'autre que l'air que vous respirez. Vivre dans la peur ou la souffrance n'est pas une vie.

Alors, merde, qu'est-ce que je fous en train de sortir de cette voiture ?

Dans ma tête, quelqu'un me hurle de faire demi-tour. Parce que je voulais croire en lui et que j'enrage de ne pouvoir le faire. Au lieu de quoi je me retrouve à traverser un nuage de fumée de cigarette devant la porte, ignorant les remarques des hommes qui tirent sur leur clope dans le froid.

J'entre, concentrée sur ma cible et rien d'autre. Il me tourne le dos et examine le bar. Je n'ai pas réfléchi à ce que j'allais lui dire. Je n'ai aucun droit sur cet homme et strictement aucune raison valable de lui courir après dans un tel lieu. Pourtant, j'avance vers lui. D'abominables pensées haineuses se bousculent dans ma tête tandis que j'essaie de trouver quoi dire pour l'aborder.

Je ne trouve rien d'autre qu'un « Mais putain, tu déconnes ou quoi ? » Probablement parce que c'est la seule chose que j'ai vraiment envie de savoir. Ce n'est pas comme si j'avais besoin d'une explication sur les motivations de sa présence ici. C'est plus que je veux comprendre ce que je ressens.

La vérité, c'est que je veux savoir pourquoi moi, je suis dans ce bar.

Jude fait demi-tour et me regarde d'un air troublé. Le type de regard qu'on a quand on se réveille dans un endroit qu'on ne connaît pas. Mais sa confusion n'est pas le résultat d'une absorption d'alcool parce que, rapidement, elle se transforme en irritation. Il m'observe et son visage se crispe progressivement.

– Tu m'as suivi ?

– Ce n'est pas ton problème, dis-je en pensant qu'en fait si, ça l'est. Mais non. Je t'ai vu entrer ici alors que je rentrais à la maison.

– Alors, tu m'as suivi ?

Il croise les bras sur sa poitrine et ses tatouages s'étirent sur les biceps qu'il contracte.

– Je… Je…

– Eh bah voilà, Sunshine[3].

Le ton de sa voix n'est plus agressif, mais son jugement reste sévère. Ma frustration se mue en colère.

– Je suppose que je me suis fait du souci pour toi. Vas-y, défonce-moi. Et ne m'appelle pas *Sunshine*. Je ne suis pas un rayon de soleil.

Je fais volte-face, mais avant même que j'aie fait un pas vers la porte, il m'attrape par le poignet et me dit doucement :

– Je suis désolé.

Ses excuses me clouent sur place. Il faut que je parte. Nous savons tous les deux que je n'ai pas le droit d'être là. Je me retourne encore vers lui, mais sans retirer ma main.

– On n'a rien à faire ici.

Cette fois-ci, c'est moi qui ai raison. Quand on veut rester clean, la première règle, c'est de réellement rester clean, même l'alcool est interdit. Jude le sait et même si ses excuses m'ont immobilisée, je ne peux pas ignorer son écart de conduite.

– Moi si, mais pas toi.

Maintenant, je tire ma main et lui réponds en secouant la tête :

– Donne-moi une raison valable.

_____

3. Sunshine : « rayon de soleil ». Sobriquet couramment utilisé aux États-Unis pour désigner une personne jugée sincèrement ou ironiquement lumineuse, joyeuse et rayonnante.

Il marque un temps d'arrêt, comme pour se demander s'il veut me répondre. Un sillon de concentration se creuse entre ses yeux. Est-il en train d'inventer une histoire ? Un truc pour apaiser ma curiosité ? La vérité est une solution plutôt facile. C'est juste un énoncé de faits. Le mensonge requiert un effort. Je l'interromps dans ses réflexions en l'envoyant chier :

– Laisse tomber.

Je ne connais pas Jude depuis assez longtemps pour savoir quel genre d'homme il est, en revanche je sais, moi, quel genre d'homme j'aurais aimé qu'il soit.

Comme d'habitude, la réalité n'est que déception.

– Faith, accorde-moi une chance…

– Tu crois que ce n'est pas déjà fait ? (Il est totalement inconscient !). Je t'en ai accordé plus qu'à quiconque.

Enfin plus qu'à n'importe quel homme.

Le rouge me monte aux joues. Je ne connais pas Jude Mercer et lui non plus ne me connaît pas. Fin de l'histoire.

Il m'interpelle avant que j'atteigne la porte :

– Attends ! Tu voulais une raison valable ?

Je hoche la tête, me préparant intérieurement à écouter l'excuse pourrie qu'il aura trouvée.

Mais il ne dit pas un mot. Au lieu de quoi, il m'attrape par les épaules et me tourne vers le bar. Ses lèvres collées à mon oreille, il murmure :

– La voilà, ta raison. Elle m'a appelé et je suis venu pour la convaincre de sortir d'ici.

Je ne l'avais pas vue en entrant, mais maintenant, impossible de détacher mon regard de sa silhouette. Anne. Enfin pas vraiment Anne. Pas vraiment la femme qui se bat vaillamment pour rester cohérente pendant les réunions. Ses cheveux, son tailleur, même le sac Louis Vuitton ostentatoire qu'elle porte sont les mêmes que d'habitude, mais ce que j'ai sous les yeux, c'est un pilier de bar. Avec quelques verres vides devant elle. Même de loin, je vois ses mains trembler lorsqu'elle en porte un autre à ses lèvres. Des lèvres affichant les traces à moitié effacées d'un rouge à lèvres qui a bavé. Elle a fait un effort ce matin, c'est évident si j'en juge son apparence, mais depuis, sa journée l'a anéantie. Sa coiffure soigneusement sculptée est aplatie d'un côté et frisottante de l'autre. Impossible de voir si ses vêtements ont été repassés.

– Merde.

Pas grand-chose d'autre à dire.

– Je lui ai donné mon numéro il y a quelques semaines, m'explique-t-il.

Mais je n'entends rien d'autre. Je n'ai pas son numéro et même si j'observe une femme en train de détruire sa vie en temps réel devant moi, j'éprouve de la jalousie. Encore une preuve que je suis une très mauvaise personne.

Je lui demande doucement :

– Alors elle t'a appelé ?

– Oui.

Il pousse un soupir, soulagé de me voir enfin comprendre la situation.

— Je ne pense pas qu'on ait à courir dans les bars pour sauver les gens.

C'est sorti avant que j'aie pu le ravaler.

Une expression de dégoût s'empare de son visage, c'est fugace, mais je la repère. Jude se tend, ses épaules se crispent. Sans un regard, il finit par me répondre entre ses dents serrées :

— Moi aussi je pensais ça avant. Alors, je ne lui ai pas couru après et je ne l'ai pas sauvée. Depuis, je le regrette tous les jours.

— Jude, je…

— Va-t'en, m'ordonne-t-il d'une voix rauque. Je ne t'ai pas demandé de venir et une chose est sûre, putain, je ne t'ai pas demandé de me juger.

Il n'est pas là pour sauver quelqu'un ce soir. Il pourchasse un fantôme. Anne rentrera peut-être sans encombre chez elle, mais il ne peut pas la soigner. Il le sait. Je le sais. Je devrais y aller. Mais non, je fais un pas vers le bar et j'attends qu'il me suive. Ce soir, il n'affrontera pas ses démons tout seul. Quand nous arrivons à côté d'Anne, je ne sais pas trop quoi lui dire. J'éloigne les souvenirs qui essaient de remonter à la surface – ces souvenirs de soirées dans les bars, de temps perdu et de bien pire encore. Tellement pire.

Jude prend la situation en main. Elle lève les yeux quand il lui touche épaule, mais lorsqu'elle m'aperçoit, toute consolation disparaît. Son geste perd toute sa valeur.

– Tu l'as appelée.

Elle ne parle pas vraiment, elle forme des mots en respirant, mais on comprend bien ce qu'elle veut dire.

– Je vais y aller.

– Non.

Il y a comme un caractère irrévocable à ce « non » de Jude qui m'empêche de le remettre en question. Il poursuit :

– Faith voulait être sûre que tu rentrerais sans problème à la maison.

– À la maison ?

Anne essaie d'attraper son verre. Je songe à le lui prendre des mains, mais si je fais ça, elle pourrait me le jeter en pleine figure.

– J'habite dans un motel. Il te l'a dit, ça ? Est-ce qu'il t'a dit que mon mari ne m'a pas quittée ? Il m'a virée. Mes propres enfants n'ont pas le droit de me voir.

Je suis coincée, dos au mur. J'ai sous-estimé Anne. Principalement parce que ma perception de sa personnalité et la situation dans laquelle elle se trouve réduite en ce moment sont complètement antinomiques. Ce n'est pas à Anne que je parle, je dois m'en souvenir. Je m'adresse à l'alcool et à toute la laideur qui se déchaîne en elle.

J'essaie de l'apaiser, mais mes paroles tombent à plat :

– Il ne m'a rien dit.

– Alors, tu te le tapes ? demande-t-elle. Fais gaffe. Tu as un gamin ? Un mari ? Le mien, c'est comme ça qu'il m'a coincée. Il m'a chopée en train de le tromper, mais ça ne lui a pas suffi. Il a dit à mes filles que j'avais fait une rechute. Il n'a pas supporté l'idée que je puisse juste avoir envie de m'envoyer quelqu'un d'autre.

– Je… ne couche pas avec lui et je ne suis pas mariée.

J'éprouve le besoin de me justifier, ça sort tout seul.

Elle plisse les yeux, mais ses paupières tombent un peu sous l'effet léthargique de l'alcool.

– Si tu n'es pas mariée, pourquoi tu ne te le tapes pas ?

– Sortons d'ici, s'interpose Jude avant qu'elle puisse continuer son interrogatoire.

Il jette un billet de cent dollars sur le bar et lui fait poser le verre vide. Nous devons intervenir tous les deux pour la soulever. Le temps d'arriver à la Jeep, elle est déjà dans les vapes. Je me faufile sur la place arrière et en profite pour envoyer un petit SMS d'excuses à Amie pour mon retard. Elle me répond immédiatement :

T'inquiète. Ton petit gars dormait déjà
à poings fermés quand je suis rentrée.

Je la remercie, puis lui promets de rentrer le plus rapidement possible à la maison, mais je culpabilise. Je n'étais pas là pour le mettre au lit ni lui faire un bisou avant qu'il se couche. Et là, je me retrouve avec deux quasi-inconnus. Je me suis peut-être trompée sur les raisons de la présence de Jude ici, mais impossible de nier que ce mec fout le bordel dans mes priorités.

Le motel est en périphérie, loin du joli centre-ville apprécié des touristes. Comme beaucoup de bâtiments autour, il est un peu délabré. Ici, il n'y a pas de petites rues pavées au charme désuet mais seulement de l'asphalte délabré avec plein de nids-de-poule. L'autoroute déverse ses flots de visiteurs directement au cœur de la ville, leur évitant de voir la pauvreté et ces gens qui luttent au quotidien. À travers la vitre, la lumière d'un néon qui clignote dans la brume se reflète sur les cheveux noirs de Jude.

Anne pourrait s'inquiéter de me voir la juger, si elle arrive à se souvenir de notre rencontre ce soir, mais si elle savait jusqu'où je suis allée et sur quelles surfaces j'ai dormi, elle ne s'en ferait pas autant. Nous la faisons entrer dans sa chambre, fermons la porte et remettons la clé au réceptionniste qui ne sourcille pas. J'ai comme l'impression que c'est la routine ici.

Lorsque nous regagnons la route, nous nous arrêtons sous la pluie, enroulés dans la brume, attendant tous les deux que l'autre se mette à parler.

– Merci.

Il a l'air sincère, mais je ne sais pas pourquoi il me remercie.

Je l'ai accusé à tort, je l'ai passé à la question, puis je lui ai ri au nez à l'idée que je puisse coucher avec lui. Parmi ces choix, je ne vois pas trop ce qui mériterait un merci. Ne sachant trop quoi dire, je me contente de hausser les épaules en lui répondant :

– Pas de quoi.

Et quelque part, je sais que ce n'est pas vrai. Ma présence à ses côtés a son importance. Je ne peux pas vraiment ignorer mon cœur qui bat à toute vitesse ni pourquoi je n'ai pas froid, malgré cette nuit glaciale et pluvieuse.

Il devient soudain solennel et je retiens mon souffle, le temps qu'il me demande :

– Bon, maintenant, la question c'est : Est-ce que j'ai besoin de demander une ordonnance restrictive à un juge ?

– Tu penses que c'est nécessaire ?

C'est parti tout seul. Je suis immédiatement horrifiée de ma réponse et encore plus en pensant aux raisons qui ont motivé sa question.

– Non. Non ! Comme je te l'ai dit, je t'ai vu entrer dans ce bar, et puis bon, je ne sais pas pourquoi je me suis arrêtée la semaine dernière, mais il pleuvait et tu avais l'air d'avoir si froid, alors je l'ai fait…

– Faith ! Je déconne, me confirme-t-il en souriant. Je n'ai vraiment pas envie de faire ça. Si c'est toi qui me suis partout en douce, ça pourrait même me plaire.

– Mais non, je ne t'espionne pas !

Côté honte, là, je suis à fond.

– Relax, me recommande-t-il sans pouvoir s'empêcher de rire. Je vais arrêter de te vanner maintenant.

– Désolée, dis-je en passant mes cheveux derrière les oreilles. Je ne suis pas trop habituée à ça.

– Pas de grand frère ? De sœur ?

– Pas vraiment.

Ma bouche s'assèche. C'est en partie la vérité, dans sa version la plus simpliste. Sentant le besoin de changer de sujet pour parler d'autre chose que de moi, je reprends alors :

– Je n'arrive pas à croire ce qui vient de se passer.

Jude comprend et jette un coup d'œil à la chambre dans laquelle nous venons de la laisser, et il réfléchit à haute voix :

– J'aurais peut-être dû vérifier qu'il n'y avait pas de bouteille ou de drogue. J'aurais probablement dû rester. Mais je ne le sentais pas. Ce serait con de mettre encore plus le bazar entre elle et son mari.

– On dirait un dilemme de preux chevalier : protéger sa vertu ou assurer sa sécurité.

Mon commentaire semble désinvolte, mais son programme de chevalier blanc m'impressionne plus que je veux bien l'admettre.

Un petit sourire suffisant étire les coins de sa bouche, mais il esquive ma métaphore pour ne pas répondre.

– Tu la connais bien ?

— Anne et moi ne fréquentons pas vraiment les mêmes cercles. Nos univers ne se télescopent qu'aux réunions des Narcotiques Anonymes. Je croyais qu'elle tenait bon, mais on dirait bien qu'elle a sérieusement déconné.

Je ne dis pas ça pour lui manquer de respect. Il y a déjà longtemps, j'ai décidé d'être franche et d'appeler un chat, un chat. Ça n'aide jamais de ne pas jouer cartes sur table.

— Tu essaies véritablement de voir le pire en chacun de nous ? C'est merdique, Faith.

Il me crache mon nom au visage, rendant son insulte encore plus personnelle.

Les mains sur les hanches, je refuse d'amender ma déclaration :

— Tu as raison. Je ne vois pas le bon côté des gens. Je pense même qu'il n'y a rien de foncièrement bon chez les humains.

— Pourquoi ?

Je suis sur le cul.

— Qu'est-ce que tu en as à faire ?

— C'est comme ça. Tu n'es pas aussi froide que tu voudrais que les gens le croient. Tu es prudente, mais tu te soucies de ton prochain.

— Tu ne sais rien de moi.

J'ai envie que ce soit vrai. La bruine se dépose sur mon visage. Des micro-gouttelettes adhèrent à ma peau, se prennent dans mes cils, formant peu à peu de grosses gouttes qui roulent le long de mes joues.

Il fait un pas vers moi et, à part cette rue glissante et sombre, je ne vois pas où aller. Alors, je campe sur ma position, pourtant il est si proche que son torse effleure ma poitrine. Je le sens à travers mon pull, mon soutien-gorge, ma peau même. Il éveille des sensations que je pensais avoir éradiquées de ma mémoire.

– Je sais que tu as ramassé un étranger sur la route, un mec trop con pour penser à mettre un manteau, et que tu l'as reconduit chez lui. Je sais que tu peux mettre un tablier et prendre des commandes dans un café, même si tu es maladroite. Et je sais que ton gamin pense que tu es une super-héroïne, et on ne peut pas tromper un môme.

Ses mots, que je prends en pleine gueule, et son corps chaud si proche n'ont rien à voir avec la chaleur humide qui s'accumule entre mes jambes.

– Les enfants ne font pas toujours preuve de discernement, je murmure. Un jour, quand Max découvrira toutes mes erreurs, il ne pensera plus la même chose. Quand il apprendra la vérité, il me verra telle que je suis en réalité.

– Les enfants ont plus d'instinct que les adultes. Ils ne savent pas encore se mentir à eux-mêmes. C'est un don et une malédiction. Crois-moi, j'aimais mon père, mais je savais que c'était un monstre.

Pas besoin d'en dire plus. Je n'ai pas besoin qu'il partage son histoire avec moi. Ses souvenirs sont comme des cicatrices et maintenant que je vois clairement en lui, je ne peux plus ignorer la vérité.

Elle est dans ses yeux – dans ce regard qu'il n'arrive pas vraiment à contrôler en permanence. Dans la nuit, ils sont d'un bleu sombre et distant, retenus prisonniers d'une autre époque, d'un autre endroit. Mais je veux qu'il soit là, avec moi – à me défier, à me faire peur, à me faire frissonner – alors, je ne réfléchis plus. J'agis. C'est tout. Passant mes bras autour de ses épaules, j'incline mon visage vers le sien, vers la tempête au-dessus de nous. Je lui offre mes lèvres et avec elles, un choix : rester pris au piège de son passé ou essayer de trouver son chemin à mes côtés.

J'attends une éternité et quand sa bouche trouve enfin la mienne, je sais que ma vie ne sera plus jamais la même. Jude était hésitant jusqu'à ce que je m'ouvre à lui et là, il prend tout – ma langue, mon corps. Ses bras musclés m'enserrent, annihilant tout espace entre nous. Son étreinte est possessive, mais je n'essaie pas de m'y soustraire. Non, je me fonds dans sa protection, alors même que des émotions contraires agitent mon âme. Puis il plaque mon dos contre la Jeep. La pluie s'infiltre dans mes vêtements trop fins, mais je m'en fous parce que Jude m'embrasse. Qu'est-ce qu'un peu d'eau quand on se noie déjà ? Quand il s'écarte, ses mains agrippent mes hanches et il me demande d'une voix rauque :

– Comment puis-je te garder ?

– Je ne vais nulle part.

– Si, tu vas partir.

Il presse son front contre le mien, mais j'en veux plus. Plus de contact, plus de temps. Plus de lui.

— Un jour, tu vas te rendre compte que tu es capable d'accepter la joie et de vivre avec et là, tu prendras ton envol, Sunshine.

Cette fois-ci, j'apprécie quand il m'appelle comme ça, comme si je pouvais incarner ce rayon de soleil, cette lumière dont il a besoin.

— Je garde les pieds sur terre.

C'est un rappel. Ça – permettre à Jude de m'embrasser –, c'est ce que j'ai fait de plus fou depuis des années. Je continue mes explications :

— Je ne rêve pas ni ne tire de plan sur la comète. Je ne peux pas prendre ce risque et je ne peux pas voler. Impossible.

— Alors, je te construirai des ailes.

CHAPITRE 8

Je sèche les réunions pendant deux semaines et j'évite les appels de Sondra, de Stéphanie et de quelques autres à qui je ne me souviens pas d'avoir filé mon numéro. Aucun doute, dans le groupe, tout le monde se dit que je suis retombée dans la drogue ou l'alcool. Eh bah non, j'ai succombé à la pire de toutes les addictions. À lui. Et je n'ai même pas eu d'autre shoot que celui de l'autre soir.

Je mentirais si je disais que je n'espérais pas qu'il surgisse devant ma porte ou au restaurant. Sauf que ce n'est pas le cas. Parce qu'il ne sait pas où j'habite. Il n'a pas mon numéro de portable. Sa meilleure chance de me trouver est au bistro, mais peut-être regrette-t-il ce baiser autant que moi. Ou peut-être est-il plus intelligent que moi ? C'est lui qui m'a dégagée de chez lui ce jour-là et, que je le veuille ou non, c'est moi qui n'arrête pas de croiser son chemin.

Parce qu'apparemment, je suis une folle qui le suit partout. La vérité, ça craint.

– Sors un peu, m'ordonne Amie au téléphone.

– Et pour faire quoi ?

Je me laisse retomber sur le canapé et observe Max qui est tout content de jouer aux Lego par terre.

– On est samedi !

– Et alors ?

Elle ne répond rien, parce que je lui ai mis le nez dans le caca. Ni l'une ni l'autre ne savons quoi faire le samedi. Elle travaille tout le temps, et moi je reste à la maison pour rattraper mon retard de lessives et regarder la télé. Mais là, côté lessive, je suis à jour et j'ai terminé ma liste de trucs à voir sur Netflix depuis que j'ai fait vœu de célibat. C'est à peine si je suis allée faire les courses. Le monde extérieur me semble être un terrain miné. Un pas en dehors du droit chemin, et je me retrouverai dans les bras de Jude Mercer.

– Je vais arrêter d'acheter du lait, menace Amie. Tu vas devoir sortir.

– J'ai accompagné Max à la maternelle.

– Mauvaise réponse ! Va falloir que j'emploie les grands moyens.

– Vas-y. Fais-toi plaisir.

Je raccroche avant qu'elle ne passe au niveau supérieur, côté menaces. Une heure plus tard, j'ai atteint un nouveau stade de nullité en regardant un téléfilm. Une de ces abominables productions larmoyantes dans laquelle une mère célibataire tombe amoureuse du toiletteur pour chien ou une merde dans le genre – et je n'arrive pas à m'en détacher.

Amie a peut-être raison quand elle parle de sortir de chez moi. Rassemblant mon courage, je vais dans la salle de bains pour affronter le miroir. J'ai l'air pâle, mais rien d'anormal à cette époque de l'année. Même sans cette réclusion d'ermite, j'aurais eu ce teint. Face à mon miroir, je m'ordonne :

– Arrête d'avoir peur de tout.

Quelques minutes plus tard, j'ai passé un coup de peigne dans mes cheveux, mis du déodorant et retrouvé tête humaine. Dans le genre excitant on fait mieux, mais je n'aurai pas honte d'être vue en public. Alors que j'enfile un jean propre, Max déboule dans la pièce et attrape ma main. Je n'arrive pas à l'arrêter pour me dire ce qui ne va pas, alors je le laisse me guider dans le séjour. La porte d'entrée est grande ouverte. Je tombe à genoux et me mets à signer rapidement, sans prendre la peine de regarder si la personne qui a frappé est toujours là.

– Je ne veux pas que tu ouvres la porte, chéri.

– Quelqu'un a frappé et tu n'es pas venue.

– Je suis désolée. Mais maman te dit qu'il ne faut pas ouvrir la porte.

Et là j'entends :

– Je n'ai pas voulu qu'il me laisse entrer.

La porte moustiquaire étouffe le son de la voix de Jude, mais elle ne réprime pas le frisson qui me parcourt. Mon excitation s'arrête brutalement quand je me lève et me rends compte que je n'ai pas eu le temps de fermer mon jean. Illico, je me retourne, je remonte la fermeture Éclair, puis ferme le bouton avant de compter jusqu'à trois.

Jude est toujours là, je me précipite vers la porte pour essayer de l'ouvrir.

– Euh… désolée. La porte se coince.

– Encore un truc à réparer.

Il s'accoude au chambranle, sa veste grise en grosse toile est assez ouverte pour me laisser apercevoir le fin T-shirt blanc qu'il porte en dessous.

– Je peux entrer ?

– Bien sûr, lui dis-je en reculant pour le laisser passer. Attention aux Lego et je ne peux pas te garantir qu'il n'y ait pas de biscuit par terre.

J'essaie de me souvenir de ce qu'une femme est censée faire quand un homme vient chez elle, mais malheureusement, la dernière fois que j'ai invité un mec chez moi… Eh bien, disons que je ne pourrais pas faire ça avec Max à la maison, même si j'en avais envie, et je n'ai pas envie de faire ça avec Jude. Enfin, peut-être que je ne devrais pas en avoir envie.

Jude a dû faire une sacrée impression la dernière fois au supermarché, parce que mon fils le reconnaît immédiatement et profite de mon absence momentanée pour le traîner dans sa chambre. *Qui est juste à côté de la mienne.* Cette idée me réveille d'un coup et je cours au fond du couloir pour claquer la porte de ma chambre avant qu'il ne puisse repérer les culottes sales qui jonchent le sol. Mais Jude prend sa visite guidée trop au sérieux pour les remarquer.

Quand Max a enfin terminé de lui montrer tous ses jouets, je respire normalement, à peu près certaine que je ne suis plus rouge comme une tomate.

Il profite d'une pause dans la présentation de Max pour se mettre à son niveau et lui demander :

– Je dois aider ta mère pour un truc. Ça ne t'embête pas si je m'occupe de ta voiture ?

Le regard de Max suit ses lèvres et il gonfle le torse pour autoriser Jude à continuer d'un hochement de tête. On dirait bien que l'homme de la maison vient de me refiler à un autre.

Je croise les bras sur ma poitrine et attends. Je peux gérer les plans de Jude Mercer, quels qu'ils soient. Il faut juste que je boutonne mon pantalon d'abord.

– Je m'inquiétais pour ta voiture, dit-il en me contournant avant d'aller déposer sa veste sur le canapé. Je me suis dit que je pourrais y jeter un coup d'œil. Histoire de voir si je peux réparer un truc ou deux.

– Oh.

Je cherche une façon polie de l'envoyer chier, parce que je ne pense pas être capable de supporter de le mater cinq minutes de pus dans son T-shirt moulant avec ses tatouages à la con qui viennent lui taquiner l'emmanchure. Pas sans lui sauter dessus du moins.

– Ce n'est pas nécessaire. Je connais un mec qui…

– Ouais, *moi*, m'interrompt-il. Écoute, je suis venu équipé.

Ah ouais, ça, j'avais remarqué.

– Je n'ai pas besoin d'aide.

C'est sorti tout seul, ça.

– Tu as été très claire là-dessus, dit-il en s'avançant vers le garage. Max et moi avons passé un accord.

– Mais…

Il m'interrompt d'un sourire qui me fait oublier toute objection.

– Il faudra que tu en parles avec Max.

Je n'en parle pas avec Max. Non, j'arpente la pièce de long en large un petit bout de temps. Puis j'essaie de reprendre mon téléfilm, mais je me dis que ça n'enverrait pas le bon message à Jude s'il me chopait en train de chialer devant cette histoire. Je commence et abandonne une douzaine d'activités avant qu'il ne soit l'heure de préparer le dîner. L'eau bout dans la casserole quand Amie rentre.

Je repère un paquet dans son sac et avance pour l'attraper, mais elle retire mes mains avant que je ne puisse mener l'enquête.

– Qu'est-ce que c'est ?

– Un cadeau pour toi, dit-elle, le regard brillant d'espièglerie. Mais d'abord, dis-moi quel est le bruit infernal qui sort de notre garage.

Je cherche une explication qui ne se terminerait pas par une ruée vers la porte pour qu'elle puisse mater Jude en plein boulot.

– Un dératiseur.

– Un dératiseur qui conduit une Jeep jaune ? Je ne savais pas qu'on avait un problème de rats, dit-elle en jetant un coup d'œil vers le bruit. Si c'est si horrible que ça, on devrait peut-être aller l'aider.

– Inutile.

Inutile de lui mentir surtout. Amie est du genre distraite, elle l'a toujours été, alors je lui dis :

– Allez, je fais des macaronis au fromage pour Max et tu me donnes mon cadeau.

Elle me suit, plissant le nez en me voyant vider le paquet de pâtes dans l'eau bouillante. D'après elle, les préparations toutes faites sont des abominations. Comme toute mère d'un enfant de quatre ans, je n'ai pas de tels préjugés. Avant, je m'insurgeais contre les portions individuelles et les petites briques de jus de fruit. Maintenant, je comprends. Mais je n'essaie pas de l'arrêter quand elle sort un morceau de cheddar affiné et qu'elle se met à le râper. Quelques minutes plus tard, elle se lance dans une béchamel maison pour faire la base de sa sauce au fromage. Au moins, Max est habitué à la version gourmet de la cuisine pour les tout-petits. Quand elle commence à intégrer le fromage à sa préparation, elle revient subitement sur moi et me demande :

– Bon, alors, ce problème de rats dans le garage…

Elle ne termine pas sa phrase, attendant que je le fasse.

– C'est un gros problème, dis-je, feignant la gravité. Il fallait qu'on s'en occupe.

Elle me menace de son fouet, éclaboussant la cuisine de fromage fondu.

– Hé, on n'a pas de brigade pour nettoyer la cuisine, ici.

Je lui prends le fouet des mains pour le remettre dans la casserole, mais elle ne perd pas le nord :

– Crache le morceau. Sinon, j'ajoute du brocoli à la sauce.

– Pourquoi punir Max ?

Je la contourne pour aller attraper du jus de pomme dans le frigo.

– Parce que je sais que tu vas en manger toi aussi et que tu détestes les brocolis. Ce qui est ridicule. Tu es adulte.

Elle s'arrête au beau milieu de sa leçon de morale pour retourner à sa sauce. Je m'adosse au plan de travail en essayant d'attirer son regard.

– Alors c'est ça ? Tu vas me punir en me faisant manger des légumes ?

– Faut bien que je fasse quelque chose. La situation est encore plus grave que je le croyais, dit-elle calmement sans lever les yeux de sa sauce, qui, je l'admets, en est à un stade clé de la recette.

– Putain, mais qu'est-ce que tu veux dire ?

– Regarde dans le sac.

Je fronce les sourcils, mais son comportement étrange, comme ce paquet mystère, sont trop tentants pour être ignorés. J'attrape le sac et découvre une longue boîte noire à l'intérieur.

– Est-ce que tu m'as encore acheté des ustensiles de cuisine, parce que ceux que j'ai trouvés au supermarché me suffisent amplement.

– Ce n'est pas vrai. Ton matos tombait en ruine, j'ai tout remplacé par du Le Creuset il y a plusieurs mois. Non, ça, tu en as encore plus besoin, d'autant plus que maintenant, tu as un problème de *parasite* dans le garage.

Impossible de rater sa façon très suggestive d'appuyer sur le terme parasite. Elle sait que ce n'est pas un dératiseur dans le garage. Mais un cadeau est un cadeau, alors je soulève le couvercle et pousse un cri. Un certain nombre de mots me traversent l'esprit quand je contemple l'objet. Gros. Violet. Long. Épais.

Mais surtout : *gode*.

– Putain, mais tu te fous de ma gueule ? Je n'ai pas besoin d'un… d'un…

Je le laisse tomber sur la table et recule comme si j'étais face à un serpent.

– D'un vibro ? complète-t-elle. La première phase, c'est l'acceptation, chérie. Tu dois accepter que ton vagin est hors d'usage depuis si longtemps qu'une équipe d'archéologues va bientôt lancer une expédition pour y faire des fouilles.

– Même pas vrai. Et de loin.

Je ne le touche pas, mais je ne peux pas m'empêcher de le regarder, fixement. La forme réaliste est-elle nécessaire ? Pourquoi cette couleur violette ?

– Quand t'es-tu envoyée en l'air pour la dernière fois ? insiste-t-elle. C'était avec le père de Max ?

J'hésite. C'est un sujet dont on ne parle pas. Pas de sexe, ça, on en parle tout le temps. Ce qui est normal quand sa coloc a la libido d'une ado de seize ans. Non, du père de Max. On ne parle pas de lui. J'ai mis un terme à cette conversation la première fois qu'elle a été abordée et, depuis, elle n'est jamais revenue sur le tapis.

– Ouais, je crois.

Voilà, je n'en dirai pas plus.

– Tu crois ?

Apparemment, c'était déjà trop. Elle continue :

– Si tu ne peux pas t'en souvenir, c'est encore pire que je le croyais. Là, c'est une urgence.

Elle abandonne sa sauce et attrape le vibro pour essayer de me le coller dans les mains.

Après quelques minutes de course-poursuite dans la cuisine pour me montrer les différents réglages, je cède :

– Mais arrête ! Je préfère quand c'est en vrai.

– Tu es devenue asexuelle ? C'est ça ?

Elle m'observe comme si elle pouvait déterminer comment j'ai fait pour en arriver là.

– Non, je suis crevée, j'ai un enfant et je n'ai pas le temps d'avoir un plan cul. Si j'en avais envie, je suis sûre que…

– Ouais, je te parie que ton dératiseur de l'extrême serait ravi de te donner un coup de main, dit-elle d'un ton pince-sans-rire.

– Le dératiseur de l'extrême ? nous interrompt la voix profonde de Jude.

Je sursaute, mais Amie panique et me jette le vibro. N'ayant jamais été très sportive, je ne l'attrape pas au vol. Il s'écrase par terre, à mes pieds, dans toute sa majesté et roule vers le milieu de la cuisine où il finit sa course. Jude l'aperçoit et réussit par miracle à garder son sérieux.

– J'ai remplacé le mécanisme. Tu peux maintenant baisser la vitre de ta voiture sans crainte. Tu n'as pas de grosse panne à réparer, m'informe-t-il comme s'il n'y avait pas un gros pénis en plastique violet par terre.

– J'ai une grosse dette envers toi.

Je pousse Amie et la contourne quand elle ramasse l'objet du délit.

– À propos de ça…

J'affiche un grand sourire forcé et mon cœur se met à battre comme un dingue.

– Et si on dînait ?

– Eh bien, tu as du bol. Amie est en train de préparer ses célèbres macaronis au fromage.

Je me mords les lèvres en espérant que ça s'arrête là. Ou pas.

– En fait, j'aimerais t'inviter à dîner.

– C'est toi qui as fait tout le boulot sur la voiture.

– Alors, c'est à moi de choisir le resto, et j'ai envie de chinois.

– Ok ! Pour le chinois, pas le sexe ! dis-je sans me retenir.

Il arque un sourcil interrogateur, mais ne montre pas qu'il est surpris et me répond :

– Parfait. De toute façon, je ne mélange jamais la gastronomie chinoise et le sexe.

Je prie pour qu'un trou béant se creuse instantanément sous mes pieds pour m'y faire disparaître. Au lieu de quoi, Max déboule dans la cuisine à toute vitesse et fonce sur Jude. Avant que je puisse présenter des excuses ou le faire reculer, il s'agrippe à ses jambes et lui fait un grand sourire. Malgré le stoïcisme dont il a fait preuve ces dernières minutes, Jude est incapable de résister à l'envie de sourire au visage plein d'adoration de mon fils. Le nœud que je sens normalement entortiller le bas de mon ventre à cause de cet homme remonte autour de mon cœur et le serre.

La voilà, la raison pour laquelle j'ai refusé qu'il dépanne ma voiture la première fois. Maintenant que je suis témoin de la scène dangereuse qui se déroule sous mes yeux, je m'en souviens. J'ai choisi de croire que j'étais capable de compenser l'absence du père de Max. Et là, je vois que j'ai échoué. La gorge serrée, je lance :

– À table.

Alors, Amie entre en action. Elle attrape mon fils, va chercher un truc dans le placard et me parle par-dessus son épaule.

– C'est bon, je gère. Max et moi allons passer la soirée ensemble. Allez-y tous les deux.

Je vais vraiment faire ça ? Je ne sais pas trop quel message je vais envoyer à Max si je pars avec Jude.

Mais il ne me laisse pas l'opportunité de reculer. Il avance, pose une main sur mes reins et ce léger contact me rappelle immédiatement ce jour-là sous la pluie, quand nous avons partagé ce baiser interdit.

— Je la ramène pas trop tard à la maison. Va chercher ton sac.

Même si mon esprit continue de ressasser toutes les raisons pour lesquelles c'est une très mauvaise idée, mon corps passe en mode pilote automatique et lui obéit à la lettre. J'ai comme des fourmillements du bout des doigts jusqu'à la nuque. *L'excitation.* Impossible de nier que je suis à fond, même si mon cerveau essaie d'enrayer mes mouvements. Mais je ne peux pas lutter contre mes émotions quand il me touche, même si c'est de façon innocente comme à l'instant. Son geste est si protecteur, il me donne l'impression d'être tellement en sécurité que je ne peux pas me refuser cette envie de l'accompagner.

Désolée, ma belle, tu es en train de perdre cette bataille.

— Ça t'embête si on prend ma voiture ? demande-t-il en m'escortant.

— Tu as peur d'être vu dans la mienne ?

En toute honnêteté, elle ne fait peut-être plus ce bruit infernal qui donnait l'impression qu'elle masti-quait des bouts de métal, mais elle est probablement pleine de vieilles frites et d'une tonne de courriers publicitaires. Je ne me souviens même plus de la dernière fois où j'ai fait l'effort de passer un coup d'aspi dedans.

Il ouvre la porte en haussant les épaules et me répond :

– On m'a déjà vu dans ta voiture. Je me disais seulement que ça te ferait peut-être plaisir de te faire conduire pour une fois.

Une offre toute simple et pourtant si attentionnée. C'est toujours moi qui contrôle la situation, qui endosse toutes les responsabilités. Même en partageant une bonne partie des tâches domestiques avec Amie, au final, tout ce que nous arrivons à faire, c'est trouver assez de temps pour faire tout ce que nous avons prévu. Elle a un restaurant. J'ai un gamin. Nous nous aidons à survivre, pas de luxe. Je ne me souviens pas de la dernière fois où j'ai cédé le contrôle de mon temps à une autre personne.

J'accepte tranquillement son offre.

– Bonne idée, ce serait sympa.

La vue de sa Jeep jaune fait remonter encore plus de sensations bouleversantes. S'il me plaquait contre sa carrosserie maintenant, est-ce que je le laisserais encore m'embrasser ? Est-ce que le fait que je me pose cette question prouve que j'en ai envie ?

Il m'ouvre la portière passager et avant même que je puisse réagir, il me soulève pour m'installer sur le siège.

Je pousse un petit cri alors que mon cœur fait un bond, au souvenir de la dernière fois où il a posé ses mains sur mes hanches.

– Je ne suis pas si petite que ça !

– Que tu dis.

Ses lèvres dessinent un sourire à faire cramer les petites culottes. Dans quel pétrin je me suis fourrée, moi ?

Je croise les bras sur ma poitrine, comme s'ils pouvaient protéger mon cœur, et secoue la tête.

– Je suis montée dedans toute seule comme une grande l'autre jour.

– Tu l'as escaladée comme une paroi rocheuse, me contre-t-il en fermant la porte avant de se pencher vers la vitre ouverte pour ajouter : C'est un rencard, Faith. Que tu le veuilles ou non.

Ce monstrueux vibro lui a peut-être envoyé un mauvais message. Il se trompe sur mon ambition pour la soirée.

– Ce n'est pas un rencard !

Mais il fait déjà le tour de la voiture pour s'installer. S'il m'a entendue, il n'en souffle pas un mot.

Mais au moment de passer la première, il me fait un grand sourire espiègle et me balance :

– Chérie, c'est un rencard.

CHAPITRE 9

Nous n'avons pas beaucoup de route à faire pour arriver au restaurant, ce qui n'est pas plus mal parce que Jude conduit comme un taré. Soit il a fait super-gaffe quand nous sommes allés récupérer Anne au bar, soit j'étais trop préoccupée pour m'en rendre compte. Là, je ne suis pas loin de regretter de ne pas avoir écrit mes dernières volontés ni déposé de testament. Ce qui pourrait rapidement devenir nécessaire.

Heureusement, les créateurs de son engin de mort ont été assez prévoyants pour transformer l'intérieur en cage géante à laquelle on peut s'agripper n'importe où chaque fois qu'il fait une embardée dans un virage. Quand il se gare enfin sur le parking, j'en profite pour faire une petite prière de remerciement pour avoir survécu. Mais je reste collée à mon siège lorsqu'il fait le tour du véhicule pour m'aider à descendre.

– Je suis allé trop vite ? demande-t-il quand je saute du siège passager.

– Non, je lui réponds en l'assassinant du regard, ce qui le fait reculer. Mais ne bouge pas, je me suis promis d'embrasser le sol si j'arrivais saine et sauve à bon port.

– Voilà ce qui arrive quand on propose de conduire. La prochaine fois, c'est toi qui t'y colles.

Je suis trop préoccupée par l'idée qu'il puisse y avoir une prochaine fois pour répondre, alors je le contourne en vitesse pour me diriger vers la porte. Il y arrive juste avant moi, non sans fournir un effort. Je dois l'admettre, j'aime bien voir ce mec galérer. Il est plutôt canon comme ça. Bien entendu, il est toujours canon.

– J'ai découvert que le *Lucky Dragon* était la meilleure petite cantine chinoise de la ville, m'apprend Jude en ouvrant la porte.

– C'est aussi le seul resto chinois en ville.

La plupart des filles penseraient que ce choix pour un premier rendez-vous n'est pas génial, mais je suis rouillée. Quelques calendriers en rouleau des années précédentes sont cloués aux murs et malgré le décor de tables entourées de banquettes comme dans les vieux fast-foods, les propriétaires ont fixé quelques jolies lanternes en papier au plafond. D'une certaine façon, il règne une ambiance originale que complètent les effluves de sauce soja et d'huile de friture.

Cet endroit n'est absolument pas intimidant comme pourraient l'être, disons, un restaurant étoilé ou un dîner chez les parents du mec, alors pourquoi j'ai chaud d'un seul coup ?

Personne n'a jamais stressé dans un resto chinois. Nonchalamment, je m'essuie les mains sur mon jean, de peur qu'il m'en prenne une pour la tenir et la découvre moite. Jude avance vers une table et je panique. Marmonnant une excuse comme quoi j'ai besoin d'aller aux toilettes, je file m'y réfugier. À cet instant, le petit symbole indiquant que cet endroit est réservé aux femmes m'offre la promesse d'une zone de quarantaine. Jude ne viendra pas ici. Pourtant, dès que je ferme la porte derrière moi, je me rends compte qu'il faudra bien que j'en sorte.

Je fouille mon sac à main pour en extraire mon portable et j'appelle la personne que j'ai désignée comme contact en cas d'urgence, parce que franche-ment, là je vis une situation de crise. Amie répond à la première sonnerie :

– Un rencard ne te tuera pas.

Je n'ai jamais dit qu'elle était douée en cas de crise. Pour l'instant, j'ignore ce paramètre et me lance dans une description de la situation.

– Il s'est approché d'une table et je ne savais pas si j'étais censée attendre qu'il me tire une chaise ou pas. Alors oui, je suis une femme indépendante et je peux me charger toute seule de ma putain de chaise, mais tu crois qu'il pourrait mal le prendre si je ne le laissais pas faire ? Et si ce n'était pas ce qu'il allait faire et que je me retrouve plantée à côté de la chaise avec une tête de connasse qui attend qu'on fasse tout pour elle ?

– Faith, je crois que personne, mais vraiment personne dans toute l'histoire des civilisations, n'a jamais autant psychoté sur un rencard.

Je l'entends soupirer dans son téléphone. Tellement que je sens le mien vibrer.

– Merci de ton aide.

– Bouge ton cul et sors des chiottes pour retrouver Jude avant que je vienne te le piquer, m'ordonne-t-elle.

– Tu fais du babysitting ce soir.

– Quand on veut, on peut, menace-t-elle. Sérieux, le commandant de bord demande à tous les passagers de regagner leur siège. Arrête d'être pitoyable et sors de là.

Je lui raccroche au nez, juste pour qu'elle sache que je ne la trouve pas drôle. Un jour, quand on sera vieilles toutes les deux, elle sera capable de raconter des conneries alors que je serai en plein infarctus. Je devrais peut-être avoir une petite conversation avec elle à propos de son implication en cas de crise.

Je m'arrête devant le miroir, ce qui me rappelle que je n'ai pas mis une once de maquillage sur mon visage ce matin. Pas génial pour la confiance. Prenant une grande inspiration, je me force à ouvrir la porte.

Jude m'attend, installé à l'une des tables, et je me glisse si rapidement sur la banquette que je manque tomber de l'autre côté. Au moins, le problème de la chaise est réglé.

Me tendant un menu en papier, il me demande :

– Alors, qu'a dit Amie ?

Je me concentre à fond sur les spécialités de la maison.

– Je ne vois pas du tout de quoi tu veux parler.

– Tu as disparu assez longtemps pour que j'aie le temps de lire la Bible. Je commençais à m'inquiéter, j'ai cru que tu t'étais échappée en passant par la fenêtre.

Je jette le menu sur la table. C'est probablement une mauvaise idée de manger alors que j'ai le bide complètement en vrac. Je hausse les épaules en triturant ma paille.

– Pourquoi je ferais un truc pareil ?

– Parce que je t'ai quasiment kidnappée.

– Pas du tout.

Je peux encore être cool. Quelque part, je dois avoir conservé cette capacité en moi.

– Sunshine, je m'en serais plus facilement sorti si je t'avais menacée avec un pistolet.

La serveuse apparaît et met ainsi un terme à notre badinage. J'en profite pour commander la même chose que d'habitude : le poulet au sésame. Jude demande de quoi nourrir toute une armée. Quand elle finit enfin de gribouiller toute cette liste, je le dévisage ouvertement.

– J'aime la nourriture chinoise, admet-il. C'est dur à trouver dans le coin. Il y a des douzaines de restaurants japonais, en revanche impossible de trouver un bon poulet Kung Pao. Alors, je rapporte les restes à la maison et j'ai à manger pour la semaine.

Je m'imagine immédiatement dans le canapé à me faire des restes de nouilles sautées froides avec lui. Cette image me retourne les tripes. Est-ce que je pourrai un jour être aussi à l'aise que ça avec lui ? Pas tant que je n'aurai pas dompté la horde d'infatigables papillons que je sens dans mon ventre depuis que nous nous sommes rencontrés.

– Qu'est-ce que tu aimes, Faith ?

Je dois être une putain de convive pour qu'il en soit réduit à me poser des questions en permanence. Il m'a peut-être sortie de force ce soir, mais bon je suis là.

– La musique, dis-je pour me lancer, et alors les réponses jaillissent de ma bouche comme si elles avaient attendu qu'il vienne me poser cette question depuis des années. Et la pluie, surtout quand il y a de la brume. Le café du matin, mais le soir plutôt du thé. La couleur jaune. Toutes ses nuances. Les chats.

– Les chats ? Pas les chiens ?

– J'aime bien les chiots, mais j'adore les chats. Ils sont merveilleusement égoïstes. Ils se contentent de glander et de dormir puis exigent qu'on s'occupe d'eux.

Jude éclate de rire et je ne pense à rien d'autre qu'à recommencer à le faire marrer.

– On dirait que tu es jalouse.

– C'est le cas, j'admets. Qui ne voudrait pas être un chat d'intérieur ?

– Pas un chat de gouttière ?

– J'ai déjà donné, j'avoue en chassant cette idée. Vivre de restes et accepter la charité. Ouais, ça, c'est fini pour moi.

– Peut-être que même les chats ne s'en sortent pas.

L'une de ses mains est posée à plat sur la table et je me demande s'il va la glisser vers moi. Je n'ai jamais été aussi consciente de la main d'un homme depuis la classe de seconde.

– Je crois, oui.

Je bois une gorgée d'eau, vaguement consciente que la vieille stéréo du restaurant passe de la musique dans la cuisine. Il n'y a pas beaucoup de monde en salle. Tous ceux qui sont entrés après nous ont pris leur repas à emporter.

– C'est ta chanson, me fait remarquer Jude, juste au moment où je me rends compte que je fredonne.

– Au fait, tu avais raison pour les paroles. Je suis allée vérifier.

– Je sais.

– Vraiment ?

Je lui jette l'emballage papier de ma paille et j'essaie d'ignorer le rebond sur son torse en continuant :

– Ce n'est pas facile pour moi d'admettre que j'ai tort.

– Qu'est-ce que tu veux que je te dise ?

Il me renvoie le bout de papier qui atterrit dans mon décolleté. Jude lève les bras au ciel comme s'il avait marqué le but du siècle.

Je le repêche et le pose prudemment devant moi.

– Je ne sais pas. Peut-être que tu t'en doutais ou que c'était un hasard. Comme ça, je n'aurais pas eu à ravaler ma fierté.

– Oui, j'aurais pu, mais je savais que tu te plantais.

Il retient à peine son rire et, maintenant, je n'ai plus envie de l'entendre. M. Arrogant est de retour, dans toute sa gloire.

– Dans le genre prétentieux, tu gères, connard, je lui réponds sur un ton des plus policés.

Il continue de rire en sortant son téléphone, puis tape quelque chose dessus. Un instant plus tard, il me le tend. Je lis les paroles de la chanson et découvre qu'il est écrit exactement ce que j'ai admis.

– Quand tu as raison, la dignité, ce n'est pas ton truc.

Je lui rends son portable, mais il le refuse d'un signe de tête.

– Continue de lire.

Je vais jusqu'au bout du texte, là où figurent les noms des auteurs.

Paroles de Jude Mercer.

– Tu as volé ton pari.

– Je n'ai jamais parié quoi que ce soit, Sunshine.

Je plisse les yeux en espérant avoir l'air irritée et non humiliée, puis je me penche sur la table.

– Tu aurais pu me dire comment tu savais.

– Ça aurait fait crâneur, contre-t-il, à raison. Et je ne voulais pas prendre mon pied en ayant l'air arrogant.

– Et comment voulais-tu prendre ton pied alors ?

– J'ai quelques idées en tête, répond-il, tout sourires.

– Sans gêne et arrogant, je marmonne.

Mais je suis tellement contente qu'il ne soit pas assis à côté de moi à cet instant. Il y a un risque réel que sa façon de me regarder puisse mettre le feu à ma culotte. J'espère juste ne pas avoir fait fondre le skaï de la banquette.

– Je promets de ne plus jamais te reprendre, jure-t-il en secouant une serviette en papier en l'air.

Je n'aime pas trop cette idée.

– Non ! Tu as plutôt intérêt à me prévenir quand je me ridiculise.

– Je peux vraiment te dire que tu te ridiculises ?

– Mieux vaut que tu choisisses tes mots avec un peu plus de soin que ça.

Sans réfléchir une seconde, je tends la main pour dessiner les contours de la plaque de métal attachée à son bracelet de cuir tout usé et lui dis :

– C'est important pour toi.

– Comment le sais-tu ?

– Pas fait exprès, j'ai eu du bol, j'admets. On dirait que tu le portes souvent.

– Un ami me l'a donné quand je me sentais perdu.

Jude s'interrompt et observe son bracelet. D'une voix douce, je lui demande :

– Est-ce qu'il te montre le chemin ?

– Non, il me rappelle que c'est moi qui décide où je vais.

– Alors, pourquoi y a-t-il deux flèches ?

La gravure est toute simple, les deux flèches indiquent des directions opposées.

– Parce qu'on a toujours le choix quand on décide où on va.

Je comprends l'importance de ce sentiment, même si je ne suis pas vraiment d'accord. Certains d'entre nous n'ont pas ce luxe. Mais je garde ça pour moi.

Le temps que la serveuse nous apporte notre commande, je m'habitue à la situation. Surtout parce que j'ai trouvé la page Wikipédia de Jude et qu'elle liste toutes les chansons qu'il a écrites. Il y en a beaucoup et je les connais toutes par cœur. Du moins, c'est ce que je crois. Je devrais me sentir gênée, je passe notre rencard à le citer, mais en fait ça me détend. Savoir que ces paroles sont les siennes nous donne enfin un point commun que j'accepte d'aborder.

Oubliant que j'ai la bouche pleine de nem, je me mets à couiner, après avoir dégluti :

Oh ! C'est toi qui as écrit « Rainy Day Girl » ?

– Tu connais vraiment tous mes titres.

Il dépose un morceau de beignet au crabe dans mon assiette. Je ne prends pas la peine de protester contre son offrande. Si la table est couverte de mets, mieux vaut piocher dedans.

— J'en suis presque sûre.

Je casse le beignet et en retire tous les morceaux croustillants en trop à l'intérieur.

— Mais c'est le meilleur, proteste-t-il en les récupérant dans mon assiette pour les porter à sa bouche.

Sa bouche. Je me rappelle notre baiser et me demande ce qu'il pourrait bien faire d'autre avec ses lèvres. Je me rends compte un peu trop tard que je suis en train de le dévisager.

Saisissant la première question qui me passe par la tête, je lui demande :

— Tu chantes ?

— J'y suis obligé, mais ce n'est pas beau.

— Je te parie que c'est faux.

— Si quelqu'un d'autre est payé pour enregistrer ces chansons, c'est pour une bonne raison, Sunshine.

— Pour revenir à ce surnom, je l'interromps, je ne sais pas si tu m'appelles comme ça pour te foutre de ma gueule ou pas.

— Au début, oui, mais plus maintenant.

— Ah ouais ?

— Ouais. Pendant toute la semaine, j'ai eu hâte de te revoir. Tu m'as manqué comme le soleil ces deux dernières semaines de pluie, parce que tu es devenue ma lumière. J'ai essayé de te laisser du temps et de l'espace, mais comme tu as séché les réunions pendant quinze jours, je n'en pouvais plus de rester loin de toi.

Sa confession reste comme suspendue entre nous, comme un piège tendu pour que je lui avoue que j'ai tout fait pour l'éviter. Puis il m'offre une porte de sortie :

– Tu étais probablement malade.

– Non. Mais ça fait longtemps que je n'ai pas fréquenté d'homme.

Tant que j'y suis, autant assumer mes sentiments aussi. En revanche, je ne lui dis pas que ça fait vraiment, vraiment trèèèèèèèès longtemps.

– Le père de Max ? devine-t-il.

J'hésite, je n'ai pas envie de laver mon linge sale en public dès notre premier rendez-vous.

Jude sent mon appréhension et change de sujet de conversation. Lui non plus, il n'a probablement pas envie de m'entendre parler de mon passé dès notre premier dîner.

– Alors, tu t'es renseignée sur les implants cochléaires pour Max ?

– C'est compliqué, je murmure.

Impossible qu'il ait envie d'entendre les quatre années de recherches que j'ai menées sur le sujet, alors je me rabats sur des platitudes.

– D'après l'assurance, ils ne sont pas nécessaires et je n'aurai jamais les moyens de les financer.

– Tu aimerais qu'il puisse entendre ?

Son intérêt est réel – honnête – et pour la première fois depuis longtemps, je sais qu'il ne fait pas que poser la question. Jude veut écouter ma réponse sans me donner son opinion moralisatrice. C'est un luxe que la majeure partie des gens ne m'a pas accordé.

Je dois y réfléchir. Personne ne m'a jamais directement interrogée sur le sujet.

– Je crois. Je crois que nous voulons tous que nos enfants soient parfaits. Enfin, tu vois ce que je veux dire. Pas parfaits. Juste en bonne santé, c'est ce que nous attendons, a minima. Il m'a fallu un bout de temps pour comprendre qu'il *est* effectivement en bonne santé, il a une super-école qui travaille avec lui sur la langue des signes et il apprend à lire sur les lèvres. Alors oui, je suppose que j'aimerais entendre le son de sa voix ou lui chanter une chanson, mais c'est assez égoïste de ma part.

– Je ne pense pas que ce soit égoïste, dit-il en prenant ma main pour nouer nos doigts ensemble. Je crois que tu es la personne la moins égoïste que j'aie jamais rencontrée.

Je commence à lever les yeux au ciel, mais il me serre la main et continue :

– Ne te sous-estime pas.

– Les habitudes ont la vie dure, je murmure.

– Alors, il va falloir mettre un terme à certaines d'entre elles.

À l'écouter, ça a l'air si simple.

Pourquoi le monde me semble plus facile à supporter quand je suis en sa présence ? J'ai envie de croire qu'il a raison et qu'il ne me sort pas un joli message, mais d'expérience, je sais que ce n'est pas vrai.

– Je ne pense pas que ce soit comme d'arrêter de se ronger les ongles.

– C'est plus dur qu'il n'y paraît.

Son pouce dessine des cercles sur le dos de ma main et j'ai du mal à me concentrer sur ce qu'il me dit.

– Voilà comment je vais m'y prendre pour que tu arrêtes de te sous-estimer. D'abord, je vais faire en sorte que tu te rendes compte tous les jours à quel point tu es exceptionnelle. Ensuite, chaque fois que tu te vanneras, je te le ferai remarquer, parce que personne n'a le droit de parler de toi de cette manière, même pas toi, Sunshine.

– C'est du sérieux, ce projet.

Son plan me coupe le souffle. Je ne sais pas d'où sort ce mec si compliqué et si profond, mais il me fait plonger, avec ses promesses.

– Je suis sérieux. Ce petit garçon a de la chance de t'avoir et je sais qu'il t'adore. N'importe qui peut s'en rendre compte, mais il est peut-être temps que quelqu'un s'occupe aussi de toi, pour un petit bout de temps.

L'air qui nous entoure est lourd de sa proposition et j'ai envie d'aspirer toute cette énergie à grandes goulées, jusqu'à en faire brûler mes dernières hésitations.

– Je n'ai pas une super-expérience avec les gens qui sont censés s'occuper de moi.

– Moi non plus.

La tristesse est de retour dans son regard insondable et j'éprouve un besoin vital d'envelopper son corps du mien pour le protéger de cette douleur.

– Inutile de partager nos tristes passés. Nous pouvons tous les deux comprendre ce que nous taisons. Mais c'est pour ça que nous pouvons prendre soin l'un de l'autre, parce que nous savons ce qui nous manque.

Je mordille ma lèvre, déchirée entre l'envie de hocher la tête pour lui montrer que je comprends et celle de retirer ma main. Jude prend la décision à ma place. Il lâche ma main et attrape les biscuits de la chance au bord de la table. Il m'en lance un et suggère :

– Peut-être qu'on réfléchit trop.

– Est-ce qu'on va découvrir le sens de la vie en ouvrant ces biscuits ?

Je déchire l'emballage en plastique, mais avant que j'aie pu casser le biscuit pour lire le message à l'intérieur, Jude immobilise ma main et m'explique :

– Il faut s'y prendre avec méthode. Vas-y, casse-le.

Je casse en deux la pâte du biscuit et attends les instructions.

– Ensuite, tu retires la première moitié et tu la manges pendant que tu lis le message *en silence.*

Je le dévisage comme s'il avait perdu la tête.

– Je crois qu'il y a moins d'étapes pour la fabrication de ce biscuit.

– Tu veux que ce qui est écrit sur le papier se réalise, oui ou non ?

– Ça dépend. J'ai déjà eu des messages merdiques.

Il esquisse un sourire, mais continue :

– Ensuite, tu manges l'autre moitié et tu échanges ton papier avec le mien pour le lire.

– Et quoi d'autre ? Il faut y mettre les pieds ?

Je le taquine. Jude ne répond pas. Il se contente de briser son biscuit et se lance dans son étrange rituel. Je me dépêche de suivre son exemple. À ma grande surprise, je lui tends mon bout de papier en mâchant ma première moitié. Dessus il est écrit :

Nous sommes les auteurs de nos propres histoires.

Donc, on est plus dans le registre du poster de motivation que dans la prédiction, mais ce n'est pas si mal. Je mets la seconde moitié dans ma bouche et rive mon regard à celui de Jude. Le problème avec ces biscuits, c'est qu'il faut une éternité pour les avaler et je manque m'étouffer quand je me mets à glousser. Tout est grotesque et adorable à la fois dans ce moment partagé.

Il est parfait.

Nous échangeons nos petits messages et je lis le sien :

Un oiseau dans la casserole, c'est toujours mieux que deux dans un buisson.

J'éclate de rire. Il se joint à moi en commentant :

– C'est la pire prophétie de la terre. La tienne est adorable.

– Arrête. Elle est trop kitsch.

– Seulement si tu l'interprètes comme telle.

Il ne me laisse pas participer au paiement de l'addition, mais accepte de me faire payer la prochaine fois. Le regardant rassembler ses boîtes de restes, je laisse l'idée d'un prochain dîner devenir un peu plus tangible et je ne peux nier que j'en ai envie. Et je ne devrais pas. C'est le bordel, surtout si on tient compte de nos passés, que nous avons soigneusement évité d'aborder l'un comme l'autre. Deux personnes peuvent-elles laisser leurs erreurs passées derrière elles ? Je ne sais pas si j'en ai envie – pas si ce sont ces souvenirs qui m'empêchent de me remettre à déconner. Sur le chemin du retour, Jude ne me force pas à parler. Cette fois-ci, il conduit prudemment, me laissant me concentrer sur mes réflexions. Quand nous arrivons devant chez moi, il me raccompagne jusqu'à la porte.

Son geste est vieux jeu, mais mon cœur s'emballe et je lui dis :

– Tu es le seul mec à m'avoir jamais raccompagnée comme ça.

– C'est une tragédie.

Il replace l'une de mes mèches de cheveux derrière mon oreille. Son doigt s'attarde sur ma joue, puis trace l'ovale de mon visage.

D'instinct, mes lèvres s'écartent.

Jude approche, sa bouche effleure mon oreille.

– Je ne t'embrasserai que quand tu me le demanderas.

Comment fait-il pour passer d'adorable à exaspérant aussi rapidement ?

– Alors, tu vas attendre très longtemps.

J'essaie d'ignorer le fait qu'en prenant cette décision, je vais devoir attendre tout comme lui. Triturant la poignée de la porte derrière moi, je tâtonne pour la trouver et quand je m'y agrippe, j'espère de tout cœur qu'il cédera en premier.

– Peut-être que c'est toi qui m'embrasseras en premier, Sunshine.

Son souffle me chatouille le cou et sa bouche est assez proche pour que je sache exactement ce à côté de quoi je passe.

– Alors, tu vas attendre encore plus longtemps.

J'ouvre la porte et me glisse dans la maison. S'il pense que je vais lui faciliter la tâche, il se fourre le doigt dans l'œil. J'ai envie de croire à ses promesses sirupeuses, mais mieux vaut qu'il se rende compte dès maintenant que dans le genre dure à cuire, je me pose là.

CHAPITRE 10

Lorsque je me rends à la réunion suivante, je suis accueillie par des visages inquiets et des bras ouverts, ce qui me met mal à l'aise. Impossible de rassurer tout le monde en leur faisant comprendre que je vais bien. Je suppose que c'est naturel de penser au pire dans ce genre de situation. Une personne disparaît et on s'imagine que tout est foutu mais, pour la première fois depuis des années, je n'ai pas l'impression de m'agripper à la vie en restant un peu à la traîne. Personne pour me pousser à avancer. C'est moi qui décide, je suis responsable. Je n'ai même pas besoin de mon café.

Stéphanie m'arrête avant que je trouve un siège pour m'asseoir.

– Si tu as besoin de parler…

– Non, je vais bien.

Mais je pourrais parler latin, ça serait pareil.

– Nous devons nous pardonner nos erreurs et lâcher prise. C'est important.

– Ok, c'est noté.

Je fais un pas de côté et vais m'installer aussi loin de Jude que possible. Non que je l'évite, mais je veux me concentrer sur la réunion. Vraiment. Il croise mon regard, le retient et me fait un clin d'œil. Nous partageons un petit secret. La honte et l'inquiétude qui me bouffaient quand nous nous sommes rencontrés sont remplacées par des attentes pleines d'agitation devant cette promesse d'affection. Personne n'est au courant pour nous ici, ce qui me semble un peu coquin – et franchement génial.

– Ils étaient à deux doigts d'appeler le FBI, m'informe Sondra en installant sa chaise à côté de la mienne. Ils sont allés faire un tour au café et sont passés en voiture devant chez toi.

– Bien vu, l'anonymat de ce programme. J'étais occupée.

Elle débouche un tube de gloss à paillettes et en étale une couche sur ses lèvres.

– J'espère que par « occupée » tu veux dire que tu étais occupée à te l'envoyer.

Elle jette un coup d'œil à Jude qui est absorbé dans une conversation avec Bob.

Je me force à hausser les épaules comme si je ne voyais pas ce qu'elle voulait dire.

– C'est bien ce que je me disais, ajoute-t-elle en souriant, toutes gencives dehors, pour me montrer qu'elle est contente.

Le silence se fait dans le groupe lorsqu'Anne se lève et s'éclaircit la gorge. Je me demande combien d'entre eux savent qu'elle a replongé. Je fais confiance à Jude, il n'est pas du genre à faire circuler des ragots, mais il y avait beaucoup de monde dans le bar ce soir-là.

– Je voulais partager avec vous la nouvelle : je suis sobre depuis une semaine.

Il y a une pause, puis tout le monde se met à l'acclamer. Elle baisse la tête, ne dissimulant pas tout à fait un sourire triste, et lève la main pour demander le silence puis reprend :

– Je sais que c'est censé être un succès, mais je n'en ai pas l'impression, parce que j'avais gâché cinq ans d'abstinence.

– C'est une sacrée réussite, intervient Sondra. Chérie, on est tous passés par là. Nous sommes humains. À chaque jour suffit sa peine.

Le problème, c'est que c'est facile d'avancer étape par étape, jour par jour, au début. On a l'impression de faire un grand pas quand on franchit une étape de vingt-quatre heures sans rien consommer, mais on finit par noter toutes ces journées. On les collectionne, mais c'est comme construire un château de cartes, il ne faut pas grand-chose pour tout faire péter. Ouais, on est tous passés par là. Mais ce n'est pas rassurant quand c'est tout l'univers qui commence à s'effondrer autour de soi.

– C'est ce que je me dis et je recommence depuis le début. À l'évidence, je ne me contrôle pas aussi bien que je le croyais, admet Anne en tortillant ses mains sans quitter Jude des yeux. Je t'ai aussi mis dans une position très inconfortable et j'en suis désolée. Merci de m'avoir éloignée de cette bouteille.

Jude hoche la tête pour lui montrer qu'il accepte ses excuses.

– Pas besoin d'être désolée.

– Si, le corrige-t-elle. Tu es peut-être plus fort que moi. J'en suis à peu près certaine. Mais te forcer à entrer dans un bar était terrible. Que tu t'en rendes compte ou pas, ce geste t'était préjudiciable. Je suis désolée que mes actes t'aient fait souffrir.

C'est l'une des étapes. Elle recommence vraiment tout depuis le début, mais je suis surprise lorsqu'elle se tourne vers moi.

– La même chose pour toi, Faith. Je sais qu'ici, beaucoup de gens pensent que…

Voilà qui explique tout. Anne n'est pas la seule à avoir été repérée dans ce bar. Apparemment, contrairement à Jude, ma présence dans les lieux n'a pas été assimilée à un sauvetage.

– Faut que tu comprennes, chérie, me souffle Sondra à mi-voix. Tu n'es pas revenue aux réunions après. Jude était seul et il n'a pas ouvert la bouche.

Parce qu'il est au-dessus de tous les ragots minables qui circulent dans cette petite ville. Malgré les meilleures intentions de ce groupe d'âmes brisées, les gens parlent.

– Je me fous de ce que pensent les gens, dis-je pour couper court aux excuses d'Anne. Je suis contente que tu ailles mieux et je suis fière de toi.

Sachant que la dernière fois que je l'ai vue, elle m'a accusée de me taper Jude, je pense que ma réponse me catapulte dans une catégorie supérieure à la sienne sur tous les plans. D'autant plus que son discours me replace dans la scène à ses côtés. Adieu notre petit secret.

Le reste de la réunion se déroule comme d'habitude. Quelques personnes partagent leur histoire volontiers et Stéphanie en désigne d'autres pour les forcer à parler. Quand je suis venue ici pour la première fois, je me suis accrochée à chacun de ces récits, espérant que leurs mots me guériraient. Maintenant, je sais que nous venons ici pour nous remémorer nos erreurs. Qu'est-ce qu'elles nous apprennent du passé ? Que lorsqu'on oublie le passé, nous sommes condamnés à le répéter. Ceci n'est pas un groupe de soutien, c'est notre pénitence hebdomadaire. Nous paierons le prix de nos péchés le restant de nos jours. C'est probablement pour cette raison que ces réunions sont organisées dans une église. Certains d'entre nous cherchent à être rassurés, qu'on leur dise qu'on peut changer, et à être pardonnés pour les six autres jours de la semaine. D'autres ont besoin de s'apitoyer sur leur sort pour nourrir leur fanatisme. Nous n'échappons pas à nos addictions, simplement elles deviennent nos religions.

– Est-ce que je peux vous parler ? demande Stéphanie d'un ton sec.

Je tire sur ma veste en la suivant dans le couloir sombre. Jude me sourit, mais il a l'air perplexe.

— Est-ce qu'on est convoqués dans le bureau de la principale ?

Un seul d'entre eux rit à ma question.

— Ce n'est pas une blague. Je ne pense pas avoir à t'apprendre à quel point il est dangereux de se mettre à arracher des gens à leur tabouret de bar ?

Elle est tellement en colère qu'elle en tremble de partout.

Elle a raison, ce qui explique également pourquoi je regrette qu'Anne ait parlé. C'est une chose de décrocher son téléphone, c'en est une autre d'aller sciemment traverser l'enfer.

— Depuis quand est-il acceptable de tourner le dos aux gens qui ont besoin de nous ? l'interrompt Jude.

— Il y a des limites, commence Stéphanie.

— Va te faire foutre avec tes limites !

Il n'attend pas de voir comment elle réagit à son insulte. Même si je sais que son argument est valable, je ne peux m'empêcher de savourer de la voir tergiverser pour trouver une réponse.

Je lui cours après et l'attrape alors qu'il déverrouille sa Jeep.

— C'est dans ces cas-là que ta moto mettrait une touche dramatique à la scène.

Mais là, il n'est pas d'humeur à rire.

— Tu es d'accord avec elle ?

Je choisis mes mots avec soin.

— On ne peut pas sauver tout le monde.

– Et alors, on ne doit même pas essayer ? hurle-t-il.

Bon, tant pis pour la prudence.

– Ce n'est pas ça. Les gens doivent vouloir qu'on les aide. On ne peut pas les sauver de force.

– Anne voulait qu'on l'aide, m'interrompt-il. Et tu devrais te réjouir de savoir que j'ai arrêté de vouloir sauver la terre entière il y a un bail. Putain, je pensais que toi au moins, tu comprendrais.

– Mais merde, qu'est-ce que tu entends par là ?

– Laisse tomber.

Il s'installe derrière son volant et se barre immédiatement, me laissant analyser ses paroles. Je reste plantée là, sur ce bout de trottoir défoncé, à regarder une lueur grise à l'horizon. Même en me répétant mon mantra dans ma tête, cela ne m'apporte pas la paix. Impossible de trouver une base solide, et la tempête que je dois affronter cette fois-ci, c'est Jude.

CHAPITRE 11

Avant

Le mot « toxico » traversa l'esprit de Grace bien avant qu'il ne franchisse la barre de ses lèvres. Elle n'avait jamais eu l'intention de surveiller Faith, mais il lui était impossible d'ignorer son comportement. Au début, ses transgressions étaient relativement bénignes. Faith ne rentrait discrètement dans leur chambre que quelques heures après le lever du soleil, ou elle oubliait de mentionner qu'elle avait taxé un billet à sa sœur sans lui en parler. Il lui était facile d'oublier ce genre de petites choses. Quand Mamie n'a pas pu honorer une traite de remboursement de son prêt parce qu'elle était à découvert, elle ne s'est jamais doutée que c'était à cause de Faith. Grace en revanche, si. Et lorsqu'elle ne rentra pas à la maison pendant presque une semaine, ce qu'elle suspectait fut confirmé. Elle appela la police. Déposa un rapport. Ce fut le début d'une longue et vaine relation avec les forces de l'ordre. Ils n'éprouvèrent aucun problème à qualifier Faith de toxicomane.

La cérémonie de célébration de fin de lycée fila, tout comme Faith. Elle ne prit pas la peine d'y participer, de toute façon, elle n'avait pas passé son bac. Quand Grace rentra à la maison après la soirée, elle trouva sa sœur affalée devant la porte d'entrée, une joue enflée, de la couleur de la robe de cérémonie de Grace.

Dans la salle d'attente des urgences, Mamie prit la main de Grace et garda le silence pendant qu'un docteur énumérait les blessures de sa sœur ainsi que la longue liste des drogues trouvées dans son sang.

– Que devons-nous faire ? demanda Mamie dont la voix lasse faisait écho à sa détermination.

Elle était parvenue à élever les enfants de sa fille et Grace savait que rien ne l'empêcherait d'aller jusqu'au bout de son devoir.

– Il faut la faire interner.

Le médecin ne s'encombra pas de marques d'empathie. Faith n'était rien d'autre qu'une junkie de plus qui prenait un lit d'hôpital dont un malade avait besoin.

Il lui fallut quelques secondes pour comprendre qu'il parlait d'une cure de désintoxication. Pour la première fois, Grace se rendit compte qu'elle avait honte de partager le même visage que sa sœur.

Mamie n'hésita même pas.

– Nous ferons tout ce qui est nécessaire.

– Votre assurance ne couvrira pas les frais, continua-t-il en parcourant son dossier. Mais je peux lui trouver une place. Il faut vraiment qu'elle y aille dès ce soir.

Personne ne se demanda comment elles étaient censées payer ces soins. Grace n'en avait jamais parlé avec Mamie. C'était une évidence. La famille passe avant tout. Avant les frais de scolarité pour l'université, aussi.

Plus tard, lorsque Faith s'assit les joues roses et rebondies sur son lit d'hôpital et qu'elle demanda où elles avaient trouvé l'argent, elles mentirent. Elles dirent que l'assurance avait tout payé et elle les crut. Les mensonges sont toujours plus faciles à accepter.

Un an plus tard, le petit héritage que leurs parents leur avaient laissé était complètement épuisé. Cette fois-ci, Mamie hypothéqua sa maison et, au passage, désigna Grace comme sa propriétaire.

— Au cas où il m'arrive quoi que ce soit, dit-elle à sa petite-fille. Cette maison a toujours de la valeur.

Petit à petit, le problème de Faith les bouffa complètement, jusqu'à ce que le mot « toxicomane » devienne normal et non plus synonyme de honte.

Faith partit. Un samedi matin, elle disparut. Mamie était dans tous ses états, elle appela tous les commissariats. Au début, ils l'écoutèrent, prirent sa déposition et une photo. Grace se demanda s'ils allaient l'afficher partout dans Seattle. Si elle allait être exposée, même à Ballard, et que les gens se mettraient à appeler pour dire qu'ils l'avaient repérée alors qu'en fait, ils se trompaient en la prenant pour sa sœur. C'était couru d'avance. Cet écueil serait sans fin, entre inquiétude et prières.

Mais quand la police creusa un peu plus l'affaire, ils laissèrent tout tomber. Au début, ils promirent de continuer les recherches, même après avoir consulté son casier judiciaire. Mais Grace n'était pas dupe. Ils ne cherchaient pas sa sœur. D'après eux, Faith referait surface d'elle-même. Ils le lui dirent dans le dos de sa grand-mère.

– Écoutez, un jour on la ramassera certainement sur Pioneer Square ou près du rivage. Vous savez si elle a repris la drogue ?

La détective en charge de l'enquête était gentille, mais elle n'avait pas de temps à perdre, hors de question de mâcher ses mots.

– Je crois que oui, admit doucement Grace.

– Ce n'est pas votre faute. C'est à elle de demander de l'aide. Vous ne pouvez pas la forcer à se désintoxiquer.

Sur cette déclaration, elle disparut. Ce fut la dernière fois que la police vint lui apporter des nouvelles de sa sœur. Les gens aiment dire « pas de nouvelles, bonne nouvelle », mais ce sont les mêmes qui ne veulent pas admettre que de ne pas avoir de nouvelles vous retourne complètement, jusqu'à ce qu'on s'imagine le pire. Grace sursautait rien qu'en apercevant son reflet. Son apparence lui rappelait de façon flagrante, à elle comme à Mamie, que Faith avait disparu.

Peut-être est-ce la raison pour laquelle l'esprit de sa grand-mère commença à s'égarer pour de bon. Elle se perdit en cherchant quelqu'un d'autre. Combien d'autres mères ont souffert du même destin ?

Au début, sa mémoire se dégrada petit à petit. Elle oubliait des choses insignifiantes. Laissait les clés sur la porte, ne se rappelait pas qu'elle portait ses lunettes. Allait chercher du lait au supermarché et en revenait avec du pain. Grace essaya d'ignorer ces petits incidents. Puis ils prirent de plus en plus d'ampleur.

Un anniversaire. Son adresse. Son propre nom. Sa mémoire lui échappait comme du sable à la marée descendante – petit bout par petit bout – jusqu'à ce que son esprit soit vierge de tout souvenir et complètement neuf. Des petits bouts lui revenaient par vagues, des fragments de sa vie passée. Ces jours-là, elle ne criait pas sur Grace lorsqu'elle rentrait à la maison ni ne menaçait d'appeler la police. Ces jours-là, elle se rappelait qu'elle était grand-mère. Et elle se souvenait de Faith. Ça ne durait jamais longtemps. La maladie reprenait ses droits au petit matin. Ou peut-être était-ce la souffrance de se découvrir dans cette situation chaque fois qu'elle retrouvait sa personnalité. Ces jours-là, elle pleurait tout doucement dans sa chambre. Elle demandait à Grace ce qui s'était passé la semaine précédente et Grace lui répondait « pas grand-chose », sans prendre la peine de lui dire qu'en fait il s'était écoulé plus d'un mois.

Puis Grace se retrouva encore toute seule, à prendre soin d'une femme qui, la plupart du temps, nourrissait des sentiments paranoïaques à son encontre. Elle finit par céder et la fit admettre dans une maison de repos spécialisée dans la péninsule de Kitsap. Elle put assumer financièrement ce placement, mais pas grand-chose d'autre, à part un billet de ferry pour s'y rendre. Au début, elle lui rendait visite tous les week-ends. Mamie la dévisageait, puis finissait par lui sourire.

– Faith, tu es enfin venue me voir. Viens t'asseoir, ma chérie, et dis-moi comment ça se passe à l'école.

Et Grace ne la reprenait pas. Si elle l'avait oubliée, au moins elle se souvenait de sa sœur. Elle avait oublié le chagrin, Grace n'en avait jamais espéré autant.

CHAPITRE 12

On ne peut pas toucher quelqu'un qui refuse qu'on l'approche. La réaction de Jude lors de la réunion me l'a rappelé. C'est l'une des premières vérités que n'importe quel animateur de groupe de soutien peut vous apprendre.

Un groupe de soutien pour les personnes atteintes de cancer ? Le patient ne s'en sortira pas s'il refuse d'essayer.

Un problème d'addiction au jeu ? Impossible d'éloigner d'un casino la personne atteinte de ce trouble, si elle veut y aller. Parfois, c'est même impossible alors qu'elle ne le veut pas.

Un cercle pour les proches d'alcooliques ? Le groupe pour les amis et la famille des personnes atteintes ? Arrêtez d'essayer ! Ils vous rebattront les oreilles avec cette notion à longueur de séance.

Parce qu'essayer de guérir quelqu'un est le meilleur moyen de se détruire soi-même. Non, le vrai truc, c'est qu'il faut rester fort jusqu'à ce que le malade prenne conscience que la balle est dans son camp. C'est difficile à croire quand on tient à une personne dépendante. Quand on aime quelqu'un, on veut juste l'aider, prendre soin de lui, le soutenir. C'est pour cette raison que la codépendance est si dangereuse. J'ai été aux premières loges, je sais ce que ça fait, c'est pour cette raison que je ne peux pas prendre le parti de Jude les yeux fermés.

Je comprends ce besoin de se mêler des affaires d'une personne pour l'aider. Ou pour l'éloigner de la bouteille. Ou d'une seringue. Ou de tout autre moyen qu'elle a choisi pour se détruire, quel qu'il soit.

Je sais aussi que cette démarche est vaine.

Mais mon scepticisme ne m'aide pas non plus à rester loin de Jude. Je ne peux pas prendre le risque de m'investir dans une relation avec un homme qui n'a pas le sens des réalités au sujet de l'addiction, ça sous-entend peut-être qu'il ne maîtrise pas sa propre sobriété.

— On avait peut-être besoin de prendre un peu nos distances. Tout allait trop vite entre nous.

— Vous avez eu un rencard, rétorque Amie sans lever les yeux des carottes qu'elle pèle pour préparer le coup de feu du soir. À ce rythme-là, tu seras prête pour ton deuxième rendez-vous quand tu auras cinquante ans.

— Tu crois que je veux l'éviter ?

Ces derniers jours, j'ai refusé de prendre ses appels. Au point qu'il a appelé le *Bout du Monde* pour commander un repas à emporter, alors maintenant, même ici je ne peux plus décrocher le téléphone.

– Je ne suis pas sûre de pouvoir gérer Jude, mais je me sens comme prise au piège quand je ne suis pas avec lui. Je me sens comme prisonnière.

– Alors, je te suggère de décamper pour une visite conjugale, ça te va ?

À ce stade, un certain nombre des cuisiniers de la brigade tendent l'oreille.

Je baisse le ton, mais dans cette mini-cuisine, ça ne sert pas à grand chose.

– Tu ne viens pas de me faire remarquer que nous n'avons eu qu'un seul rendez-vous ?

– Tu m'as aussi dit que tu avais fondu comme du beurre dans une poêle brûlante quand il t'a embrassée, me rappelle-t-elle en gesticulant dans tous les sens avec son couteau à la main. On dirait qu'il en vaut le coup.

Je fais un pas en arrière avant d'être victime d'une éviscération.

– Ce n'était pas que le baiser. Jude provoque en moi tellement d'émotions que je n'ai pas ressenties depuis des années. De la colère. De la tristesse. Des vertiges.

– Tu t'es renfermée sur toi-même pour éviter tout ce qui pourrait te perturber. Tu dois t'ouvrir à nouveau à la possibilité de vivre une relation amoureuse.

Amie la sage est de retour.

– Je suis très ouverte quand il est dans les parages, dis-je en me laissant tomber contre le mur de la cuisine. C'est ça le problème.

– Non, ça, c'est un début très prometteur.

Elle me fait un clin d'œil, abandonnant la préparation des légumes à son sous-chef, essuie ses mains sur son tablier et me désigne son bureau d'un mouvement de tête.

Je la suis et la regarde se verser un verre de vin tandis que je me sers un café. Nous nous asseyons autour du bureau. J'ai à peine bu une gorgée qu'elle me balance direct :

– Tu as envie de coucher avec lui ?

Je m'étrangle avec mon café et le recrache comme dans une scène de comédie à la télé. Amie fronce les sourcils en couvrant son verre pour le protéger.

– C'est une simple question. Pas la peine de mourir.

– Tu l'as vu.

J'essuie les éclaboussures sur mes vêtements, bien contente d'être habillée en noir aujourd'hui.

– Bien sûr que j'ai envie de coucher avec lui. Quelle femme n'en aurait pas envie ?

– Une lesbienne. Une aveugle. Avec un peu de chance, une femme mariée, énumère-t-elle sur ses doigts.

– Une minorité, donc.

Inutile de nier que Jude pourrait coucher avec toutes les femmes qu'il veut. Comprendre ce qu'il me trouve est une pure perte de temps. L'attirance nous joue des tours comme ça, et même si j'ai un enfant, j'aime à penser que je suis plutôt pas mal – quand je n'oublie pas de me brosser les cheveux !

Le vrai problème, c'est que mon corps a eu envie de lui en premier. Qu'une femme adulte en soit encore à baver sur les mecs tatoués aux cheveux en bataille et au regard profond, c'est triste. Bien que mes premiers émois soient nés de son T-shirt bien tendu sur ses muscles. Depuis cet instant, c'est moi qui le désire. Et depuis que j'ai un peu mieux appris à le connaître, c'est plus que du désir. J'ai comme besoin de savoir ce que mon corps ressentirait contre le sien.

– Alors, tu vas te le taper ?

Je bégaie pour essayer de trouver une réponse qui ne me fasse pas passer pour une ado en chaleur :

– Euh… Enfin, c'est-à-dire que peut-être… un jour.

– Dieu soit loué !

Elle sort son portable du bureau et commence à taper comme une furie.

– Qu'est-ce que tu fais ?

J'essaie de voir ce qu'elle trafique sur son portable.

– Je m'abonne à des magazines de mariage, déclare-t-elle en se mettant à fredonner la marche nuptiale pour marquer son propos.

– Oh putain !

Je lui arrache son téléphone des mains.

– Quoi ? J'adore organiser.

– Alors prévois ça, dis-je pour la rappeler à la réalité du but de notre conversation, nous ne nous adresserons plus jamais la parole.

Amie repose son portable et m'attrape par les épaules.

– Bon. Tu es une femme forte, décidée et magnifique, qui mérite de se faire prendre dans tous les sens par ce sublime spécimen masculin. Tu vas te prendre en main, aller là-bas et te l'envoyer.

– J'ai un gamin, je lui rappelle. Et encore un peu de fierté.

– Et c'est exactement pour ça que tu vas faire le premier pas. Aucune femme qui se respecte ne passerait à côté d'une opportunité pareille.

– Et s'il n'en avait pas envie ?

Maintenant, je me cherche des excuses.

– Alors là, tu cherches la merde, tranche-t-elle en se levant, les bras tendus. Tu t'es servi de ton vibro, hein ?

– Je ne répondrai pas à cette question.

Mais je la laisse m'aider à me relever. Je n'admettrai pas que ça me fout la trouille.

– Je dois aller chercher Max dans une heure. Ça ne me laisse pas beaucoup de temps.

– Tes ambitions me rendent si fière, conclut-elle en me serrant dans ses bras. Je m'occupe de Max. S'il te plaît, ne rentre pas à la maison tant que l'un de vous n'aura pas eu besoin d'une assistance médicale.

Ouais, ça, ça n'arrivera jamais de la vie.

– Je rentre à la maison ce soir.

– Demain matin.

Je fais comme si je n'avais rien entendu. Amie me pousse vers la porte en me souhaitant quantité de joyeux orgasmes. Elle parle assez fort pour que tous les clients du restaurant pivotent sur eux-mêmes et me dévisagent.

Il n'y a rien de tel que de sentir toute une ville derrière soi, et plus important encore, de l'avoir en face de soi.

Le temps d'arriver chez Jude, le stress est complètement monté. Assise dans ma voiture, je regarde sa maison et constate que les différences qui nous séparent sont criantes. C'est incroyable comme tous nos petits choix s'empilent et construisent des existences radicalement opposées. Jude et moi partageons ce même défaut tragique : la toxicomanie, l'addiction. Pourtant, il vit tout là-haut et moi tout en bas.

Nos mondes ne sont pas faits pour se rencontrer.

L'argent, Max ; rien de tout ça ne m'empêchera d'aller frapper à sa porte, alors qu'est-ce que je fous encore assise là ?

Je sursaute en entendant quelqu'un taper doucement sur ma vitre. Je me tourne lentement, une main toujours pressée sur le cœur, et me retrouve face à Jude. Il rentre d'un jogging. Ses cheveux luisent de sueur et son T-shirt moule sa poitrine et ses tablettes abdominales. Il me fait signe de baisser la vitre. Quand je lui réponds non d'un signe de tête, il ouvre ma portière.

– Je l'ai réparée, tu te souviens ?

Ce n'est pas pour ça que je ne voulais pas la baisser, mais il me rappelle indirectement pourquoi j'aurais dû le faire. Jude est altruiste. Il est généreux de son temps et de son écoute. Quand il a fallu m'aider, il n'a pas reculé, tout comme il n'a pas abandonné Anne dans ce bar. En prendre conscience ne fait que renforcer mon envie de lui sauter dessus.

— Alors, tu recommences à me parler ?

— Je crois.

Si seulement il savait pourquoi je suis venue. J'agrippe le volant de ma voiture, me demandant si je peux retrouver la fille ultra-indépendante que j'étais.

— Viens, entre.

Il n'attend pas pour voir si je le suis. Jude avance vers la maison, étirant ses sublimes bras au-dessus de sa tête et derrière son dos.

Dernière chance pour m'enfuir. Mais non, je coupe mon moteur et le suis.

La première fois que je suis entrée chez lui, j'ai été stupéfaite. Aujourd'hui, je suis muette, mais seulement parce que je cherche une excuse à ma présence qui n'annihile pas toute ma dignité. C'est comme si je pouvais entendre Amie me faire la morale.

Jude s'aventure dans la cuisine et sort une bouteille d'eau du congélateur. Il me la tend, mais je la refuse d'un signe de tête. Je caresse du bout des doigts le plan de travail en granit complètement lisse pendant qu'il la vide d'un trait. Il ressemble à une statue avec la tête inclinée en arrière et son corps à découvert. La seule preuve que cette œuvre d'art magnifiquement sculptée est vivante est le léger mouvement de gorge quand il boit.

Une fois la bouteille entièrement bue, il la jette dans le bac de recyclage et se tourne vers moi.

– On se parle vraiment ? Parce que tu es plutôt silencieuse, Sunshine.

– Oui, je réponds un peu trop rapidement.

Enfin, on le devrait, ou du moins c'est sur le point d'arriver.

– Tu n'as pas répondu à mes appels.

Il parle d'un ton détaché, mais son regard est blessé.

Je lui ai fait mal en me mettant à distance, mais il faut qu'il comprenne pourquoi c'est nécessaire de temps en temps.

– Je ne suis pas venue pour ça, mais nous ne pouvons pas avancer si je prétends le contraire. Je pense que pour certains d'entre nous, l'optimisme est difficile à accepter. Nous devons nous habituer à être réalistes.

– … Ou cyniques, propose-t-il.

– Peut-être.

Cette conversation ne se déroule pas comme je l'avais prévu. Alors, je reprends :

– Mais sur un plan personnel, j'ai dû apprendre cette leçon à la dure. À trop espérer, on s'aveugle.

Il fait un pas vers moi pour me répondre :

– À ne pas assez espérer, on risque la solitude.

On parle d'Anne ou de nous ? Je n'ai pas le courage de le lui demander.

– Parfois, je crois que je ne suis plus capable d'avoir foi en quoi que ce soit.

– Mais si, tu peux le faire, rétorque-t-il en se dressant juste devant moi. Faith, ton nom est l'incarnation de la foi.

Mais ce n'est pas le cas. Ça ne l'a jamais été. Mon nom est un mensonge. Je ne suis pas plus capable de croire en mon avenir que d'oublier mon passé.

– Non. J'aimerais que ce soit possible, mais non.

– Laisse-moi t'aider, dit-il en prenant mon visage dans ses mains, ce qui m'incite à me lover contre la chaleur de sa peau. J'aurai foi en toi jusqu'à ce que tu sois capable de la retrouver.

On m'a appris que personne ne peut vous guérir et j'ai bien pris soin de m'éloigner de toute personne essayant de le faire, mais je ne peux pas nier que je désire Jude et tout ce qu'il m'offre aussi. J'ai envie qu'il croie en moi pour me donner la force de croire en nous.

– Me laisseras-tu trouver une place à tes côtés ?

Je lui réponds avec mes lèvres, les écrasant contre sa bouche. Ce baiser n'est pas affamé ni douloureux, comme je me l'étais imaginé sur la route. C'est encore mieux. La main de Jude glisse de mon visage à mes cheveux et me retient contre lui. Nous ne luttons pas pour nous coller l'un à l'autre. Non, nos corps bougent naturellement, même quand le baiser s'approfondit et que je me fonds en lui. Nous nous complétons, mes courbes s'arrondissent autour de ses muscles tendus. Nous sommes faits l'un pour l'autre. À cet instant, cette pensée fugace ne peut pas m'effrayer, parce qu'avec lui, juste là, je n'ai aucun doute, je suis à ma place.

Jude s'écarte, nous laissant à bout de souffle.

– Tu es sûre ?

Je lui réponds d'un autre baiser, murmurant un « oui » contre ses lèvres. Il n'a pas besoin de plus d'encouragements, il me soulève et me porte vers une autre pièce. Je ne sais pas où il m'emmène et je m'en fous.

Lorsque Jude me dépose sur un lit, je me rends compte que je dois être dans sa chambre. La lumière coule à flots par des fenêtres que je ne peux pas voir, parce que je n'ai d'yeux que pour lui.

– J'attendais que tu m'embrasses encore, Sunshine, dit-il en commençant à se déshabiller.

Il retire son T-shirt trempé de sueur. D'un seul coup, je deviens toute timide, mais je ne me détourne pas en le voyant se dénuder. Pas envie.

Voilà qui est nouveau. Ce n'est pas la première fois que je regarde un homme se déshabiller, mais face à Jude, j'ai l'impression que c'est le cas. Il est encore plus parfait que je me l'étais imaginé. Le tatouage que j'avais vu pointer sous ses manches s'enroule autour de son épaule et lui barre le torse. J'ai envie de lui demander sa signification. J'ai envie de lui demander de tout me dire de lui, mais je me contente de mordre ma lèvre. Mon regard se plante dans le sien lorsqu'il fait descendre son pantalon. Jude se laisse tomber sur le lit et avance vers moi tel un félin.

– Tu as un désavantage sur moi, dit-il d'une voix rauque.

Sa bouche vient alors se poser dans mon cou et sa main attrape le bas de mon top et le fait lentement remonter. Il s'écarte un peu, mais seulement pour laisser passer ma tête. Ses mains glissent derrière mon dos pour détacher mon soutien-gorge, libérant mes seins. En quelques minutes, je suis aussi nue que lui, à découvert, mais je ne ressens si honte, ni embarras, ni stress.

Au contact de nos corps, les étincelles deviennent incandescentes. Le feu prend doucement dans mon ventre, puis vient s'insinuer partout sous ma peau. J'ai envie de le toucher partout. Je veux brûler vive.

Jude semble être dans le même état. La main qu'il a placée derrière mon dos me soulève et je me cambre pour l'accompagner.

– Je m'imagine ce moment depuis qu'on s'est rencontrés, dit-il d'une voix douce.

Et je sais qu'il aurait pu coucher avec moi à tout moment. Le fait qu'il ait attendu, qu'il ait pris le temps de me séduire, m'excite comme jamais, parce que je sais que ce n'est pas une simple aventure. Il y a plus que du sexe en jeu. C'est du solide et avec lui, je ne peux pas en être effrayée.

Ses lèvres s'égarent entre mes seins.

– J'ai envie de te bouffer.

Oh putain ! Moi aussi.

Je le sens descendre vers mon nombril, puis vers mon pubis, j'ai de plus en plus envie de lui. Il s'installe entre mes cuisses et ses lèvres se posent sur mon sexe. La chaleur de son souffle ondoie sur ma peau sensibilisée.

Je ne me souviens pas de la dernière fois où j'ai couché avec un mec comme lui. Je ne me souviens pas de la dernière fois où j'ai eu envie de coucher avec un mec comme lui.

Ma tête se renverse en arrière et je m'agrippe aux draps alors qu'il se lance dans un lent assaut. Sa langue plonge habilement dans les replis de mes chairs intimes. Je sais maintenant que je vais avoir envie de ça tous les jours. Je vais avoir envie de *lui* tous les jours. J'imagine que c'est le problème quand on est sujet à l'addiction. Je tâtonne pour doucement attraper les cheveux à l'arrière de son crâne, m'y tenant jusqu'à ce qu'il me pousse vers cette extase dont je me suis privée jusqu'à présent. Comment ai-je pu croire que je pourrais vivre sans ?

Je suis vivante.

Certains appellent l'orgasme « la petite mort », mais je ne suis pas d'accord. C'est l'essence même de la vie. Jude me donne ce souffle vital, m'insuffle son essence. Quand je jouis sur sa langue, son âme est si profondément ancrée en moi que j'en tremble et en frissonne.

Je frémis encore lorsqu'il remonte vers mon visage et glisse ses bras autour de ma taille.

— Tu es toujours sûre, Sunshine ? murmure-t-il.

Cette fois-ci, je ne peux plus que hocher la tête. Mon corps convulse encore sous l'effet de son expertise. Il tend la main vers la table de chevet et j'entends qu'il déchire un emballage. Je lui murmure alors :

– Je prends la pilule et je n'ai rien fait depuis… avant Max…

Je le laisse comprendre. Ma confession me fait rougir, mais Jude m'embrasse jusqu'à m'en faire oublier mon embarras.

– Je suis clean, m'assure-t-il.

Je me mords les lèvres en le voyant dérouler le préservatif. J'ai été trop occupée par ses yeux lorsqu'il s'est déshabillé tout à l'heure et légèrement trop gênée pour regarder quand il a enlevé son pantalon, mais maintenant que je le sens se presser contre ma chatte, je dois m'accrocher. Jude est patient, il marque des pauses pour me laisser le temps de l'accepter quand il glisse en moi centimètre par centimètre.

Je m'étire et il m'emplit. Je prends et il donne. Un autre petit moment d'extase me traverse quand il s'installe en moi. C'est un écho de ce qu'il vient de me donner et un avant-goût de ce qui reste à venir.

– C'est ça, Sunshine, me cajole-t-il en ondulant son corps contre le mien. Je vais te donner ce dont tu as besoin. Avec moi, tu seras en sécurité. Laisse-moi m'occuper de toi.

Mon corps se détend, dépassé par toutes ces sensations et les émotions qui m'envahissent, mais il m'aide à tenir bon.

– Oh, bordel ! Oui, Jude !

Des cris étranglés jaillissent de mes lèvres, sortant d'un endroit que j'avais fermé à clé.

Là, avec lui, je me retrouve, moi et les parcelles de mon être qui me manquaient. Je me sens entière alors qu'il s'enfonce doucement en moi et je sais que, dorénavant, rien ne sera jamais plus pareil. Après Jude Mercer, tout aura changé et cette prise de conscience me fait exploser pour me reconstruire autour de lui.

CHAPITRE 13

Jude s'infiltre dans mes rêves et je me réveille moite de sueur, enroulée dans les draps. Mes paupières tentent de s'ouvrir à plusieurs reprises sous la douce lueur du matin qui filtre à travers les fenêtres. Je me retourne pour enfouir mon visage dans l'oreiller, essayant de faire la différence entre le réel et le produit de mon esprit endormi. Je me souviens de ses lèvres, de ses mains sur ma peau. Le désir me prend aux tripes et je m'agrippe encore plus à l'oreiller. *C'est le matin.* Je me précipite pour trouver un objet qui me donne l'heure.

J'attrape mon portable posé sur la table de chevet. Amie décroche à la deuxième sonnerie et m'accueille immédiatement en me disant :

– Putain, je suis tellement fière de toi ! Des détails ! Il me faut des détails ! Il était comment ? Génial ? Il a un gros kiki ? Il t'a chevauchée comme s'il était sur la moto qu'il devrait avoir, plutôt que cette Jeep ?

Je ne prends pas la peine de lui dire qu'il a effectivement une moto. J'ai plus important sur la conscience côté inquiétude. Alors, je fais l'impasse sur toutes ses questions et j'attaque.

– Je suis tellement désolée. Je suis en route vers la maison.

– Attends, je t'ai dit d'y passer toute la nuit, me rappelle Amie.

– Oui, mais ne t'ai-je pas dit que je n'allais pas le faire. Max n'est pas trop perturbé ?

– Max est à l'école. Je lui ai fait des pancakes ce matin et je lui ai dit que maman faisait la grasse matinée.

Je n'arrive pas à me souvenir d'avoir dormi une seule fois le matin durant ces cinq dernières années.

– Et il t'a crue ?

– Oui, il a aussi dit qu'il pensait que maman devrait faire ça plus souvent, mais c'est probablement parce qu'il y avait des pépites de chocolat dans les pancakes.

– Tu le pourris.

Malgré mes mots, je sens le soulagement. Max va bien, le monde ne s'est pas arrêté de tourner et je viens de passer la meilleure nuit de ma vie. Amie reprend ses taquineries.

– Ouais, il faut bien que quelqu'un le pourrisse. Sa coquine de mère a découché.

– Où est passée ta fierté à mon égard ? Je vais faire comme si tu n'avais rien dit. Il faut que j'y aille. Je dois trouver Jude.

– Tu veux dire qu'il n'est pas allongé à côté de toi complètement nu ? Tu me niques mon scénario.

Je l'entends pratiquement faire la moue au téléphone, j'admets alors :

— Moi, je suis complètement nue.

— Je t'ai déjà vue à poil, dit-elle en soupirant, et on dirait bien que Jude n'est plus sur le marché.

— Probablement. Il m'a laissée dormir chez lui.

Qu'est-ce que ça fait du bien de dire ça.

— Je crois que c'est toi la pourrie gâtée. D'abord, Max qui veut que tu fasses la grasse matinée et maintenant Jude. Tous ces hommes qui prennent soin de toi. Tu devrais partager.

Mon vœu le plus cher, c'est qu'Amie trouve le mec qu'il lui faut. Une petite pointe de culpabilité me serre la poitrine et comme si elle pouvait lire dans mes pensées, elle reprend :

— Oh, oh. Je sais que je ne devrais pas te chambrer en ce moment. Tu n'as pas le droit de te sentir mal aujourd'hui. Va retrouver Jude et ne viens pas travailler tant que tu n'auras pas eu au moins trois orgasmes de plus.

— Euh, on flirte avec le harcèlement sexuel, là, patronne.

— Je vais mettre les RH sur le coup. Allez, fonce ! Mais souviens-toi, je veux tous les détails. Si tu arrives à mettre la main sur un mètre ruban, n'hésite pas à revenir avec des mesures précises.

Je lui raccroche au nez avant qu'elle puisse me demander de prendre des selfies en douce avec lui.

Sans Jude à mes côtés pour me distraire, je peux vraiment apprécier le luxe de sa chambre. Hier soir, je me suis bien rendu compte que son lit était géant parce que nous avons baptisé absolument toute sa surface.

Il me faut faire un effort surhumain pour m'arracher au luxe de ses draps. Quand je me lève, mes genoux tremblent encore un peu. Je m'approche de la fenêtre et admire la vue spectaculaire. D'un côté, la forêt envahit l'espace. De grands pins de l'Oregon surplombent la fenêtre. C'est comme si j'étais dans une cabane dans les bois, mais ambiance hôtel quatre étoiles. De l'autre côté, c'est l'océan qui s'ouvre à moi. C'est la même vue que depuis le séjour, mais elle semble plus intime, comme s'il avait concentré toute cette perfection. En fait, j'ai comme l'impression de me retrouver au paradis. En dehors de cette maison, le monde semble avoir cessé d'exister. Je ne peux penser à rien d'autre qu'à cet homme et aux souvenirs qu'il m'a donnés la nuit dernière.

Mes vêtements sont éparpillés par terre, mais je ne suis pas encore prête à m'habiller, pas maintenant qu'on m'a accordé ma demi-journée. Non pas que Jude ait besoin de beaucoup de temps pour remplir la mission confiée par Amie. Je tire sur le drap dans le lit et l'enroule autour de moi.

Sa chambre débouche sur un couloir étroit. Je ne me souviens même pas de l'avoir emprunté hier, mais j'étais plutôt occupée, il faut dire. Je jette un coup d'œil derrière les autres portes, découvrant des chambres d'amis, des salles de bains, jusqu'à ce que j'arrive dans le grand séjour et la cuisine.

Jude est à son chevalet, c'est la seule chose qui m'empêche de le voir complètement nu dans le reflet de la baie vitrée du sol au plafond. Je m'arrête pour me repaître de son dos musclé et de ses mollets galbés. Je ne vois pas ce qu'il peint, mais j'admire sa technique et la fermeté de son cul bombé. Ses muscles se contractent à chaque mouvement de son pinceau sur la toile. De temps en temps, j'aperçois un trait de couleur. Il sait exactement ce qu'il fait. Aucune hésitation dans son geste. Mais la véritable œuvre d'art, c'est son corps exposé, nimbé de lumière.

Sans prendre la peine de se retourner, il m'interpelle par-dessus son épaule :

– J'ai laissé une salade de fruits sur le plan de travail et du café. Je me suis dit que tu devais être un peu en hypoglycémie. Nous n'avons pas vraiment dîné hier.

Mais bon Dieu, on a bien consommé le dessert.

Je me hisse sur un tabouret de bar dans la cuisine devant l'îlot central sur lequel se trouve un bol contenant de l'ananas, du raisin et des fraises qu'il a, à l'évidence, préparés lui-même. Le café est servi dans un gobelet de voyage en acier. Quand je l'ouvre, il fume encore. Apparemment, Jude pense à tout. Après la nuit que je viens de passer, je devrais le savoir.

Je pique une fraise avec ma fourchette et lui demande :

– Quelle heure est-il ?

Je ne m'en suis pas préoccupée en regardant mon portable. J'ai appelé Amie complètement paniquée et ensuite, j'avais d'autres choses en tête quand j'ai raccroché.

– Environ neuf heures et demie.

– Oh mon Dieu, je ne pense pas avoir dormi aussi tard depuis mon adolescence.

– Il faut dire que tu n'as pas trop dormi cette nuit.

– Dois-je détecter une sorte de sous-entendu prétentieux, M. Mercer ?

Je farfouille dans la salade de fruits, mon appétit reculant devant les papillons qui ont pris leur envolée dans mon ventre.

– Je dois admettre être assez fier de moi.

Je dois admettre aussi qu'il a de quoi être fier.

J'arrive à voir sa toile maintenant. Aujourd'hui, elle est traversée de violentes touches de bleu et de gris, avec quelques éclats de jaune.

– Tu peins toujours l'océan ?

– Je ne m'en suis pas encore lassé. Je ne pense pas que cela soit possible.

Je vois exactement ce qu'il veut dire. J'ai la même impression. Il continue de peindre pendant que je termine mon petit déjeuner, m'émerveillant de me sentir aussi bien ici. Une fille ne devrait pas prendre racine chez un mec après leur première nuit, mais Jude a fait de gros efforts pour me donner l'impression que je suis la bienvenue chez lui. En plus, impossible de nier l'explosion de batte-ments effrénés dans mon cœur quand je le regarde.

Ma salade de fruits avalée, je pose le bol dans l'évier, puis avance vers la porte coulissante qui donne sur la terrasse. Je m'arrête, attendant que Jude remarque mon approche. Je ne veux pas qu'il s'arrête de peindre, mais merde, qu'est-ce que j'ai envie qu'il me touche. Son regard quitte sa toile et me dévore doucement.

– J'ai l'impression que la vue est devenue soudain beaucoup plus intéressante.

Un sursaut d'audace disparue depuis un bail me saisit et je laisse tomber le drap.

Sa pomme d'Adam effectue un mouvement vertical pour accompagner sa déglutition.

– Voilà qui est très inspirant.

Me souvenant du goût de sa peau, je lèche ma lèvre inférieure et me tourne vers l'océan. Il ne cache pas sa force aujourd'hui. De l'écume blanche couronne les vagues qui viennent se fracasser sur la côte. Ce type de paysage m'apaise toujours, mais aujourd'hui, la marée semble comprendre que je ne veux pas être calmée. Je veux être ravagée. Elle est aussi puissante, affamée et brutale que je me sens.

Sans réfléchir, je fais glisser la porte et avance sur la terrasse. L'air frais de ce début de printemps mord mon corps dénudé, mais je m'en moque. Je suis libre. Le rugissement des vagues fait vibrer mon sang, me donnant leur vigueur, alors je tends mes bras vers elles. Le vent fouette ma peau et je respire l'odeur du sel. Je n'ai jamais connu de pareille extase sous drogue.

Jude vient se placer derrière moi. Sa proximité déclenche un pic d'adrénaline. Passant ses bras autour de ma taille, il me tire contre lui. Mon ventre est maculé de peinture. J'ai envie de devenir sa toile.

– Tu n'as pas froid ? demande-t-il.

– Pas quand tu es près de moi.

Mes mots sont comme une invitation qu'il accepte. Il me fait pivoter lentement sur moi-même, nos bouches se rencontrent et même si j'ai envie de lui, ce baiser est amplement suffisant. Mais bon, l'effet qu'il a sur mon corps est indéniable et après quelques instants dans cette position, je m'écarte. Je me retourne encore et m'accoude à la rambarde de la terrasse. Je lui jette un coup d'œil par-dessus mon épaule. À cet instant, rien d'autre que lui ne peut me toucher. Il semble le comprendre et s'approche pour se saisir de mes hanches.

– Je n'ai jamais rien vu de plus beau que toi.

Ses mots me secouent alors que ses mains glissent vers l'intérieur de mes cuisses. Je suis déjà prête à l'accueillir et mes jambes s'écartent d'elles-mêmes.

– Tu as envie de moi, Faith ?

– Oui.

Je murmure cette vérité dans le vent, mais il la saisit. Du bout des doigts, il dessine de petits cercles réguliers alors qu'il guide le bout de sa queue entre mes petites lèvres enflées et je m'épanouis pour l'accueillir. Être emplie d'un homme comme lui est une délicieuse sensation. Là, maintenant, il pourrait me demander n'importe quoi, je l'accepterais.

– Je veux t'entendre, Sunshine.

Pour ça, je suis complètement d'accord. Je m'accroche à la rambarde et m'y tiens fermement tandis qu'il entame son mouvement de va-et-vient. Caresse après caresse, il crée une scène. Sous mes yeux, l'océan continue à violemment tempêter. Au loin, sur la ligne d'horizon, des masses grises annoncent la pluie. Le monde entier est agité, tout comme ces émotions contradictoires qui bouleversent mon cœur. Jude est derrière moi, les tempêtes m'attendent et je n'arrive pas à trouver quoi que ce soit en moi qui puisse les craindre. Il me tire vers le fond et je meurs d'envie de me noyer.

Ses doigts me pincent et malaxent mes courbes et il continue à me pénétrer profondément. En surface, j'ai l'air de me contrôler, je tiens bon, mais à l'intérieur, je vibre de partout. Le plaisir s'accumule en moi, il afflue et reflue doucement, gagne en puissance, puis j'atteins le haut de la vague, des cris m'échappent, comme l'océan mugit sous nos pieds. Jude se penche sur moi, m'embrasse dans le cou et sur la nuque alors qu'il commence à grogner son plaisir :

– C'est tellement bon d'être en toi.

Je lâche la rambarde d'une main et attrape la sienne entre mes jambes, la tirant sur mon ventre pour mêler nos doigts alors qu'il jouit. Quand il s'immobilise, nous restons dans cette position un bon moment, deux âmes enchevêtrées en pleine nature : un homme et une femme, primitifs et hors du temps.

– Tu commences à trembler, dit-il. Viens, on rentre. Je vais te réchauffer.

Je n'ai pas l'impression d'avoir froid, mais je le suivrais n'importe où. Je ne peux pas lui refuser son envie de s'occuper de moi. Personne n'a essayé de faire ça depuis si longtemps. Jude va chercher une couverture et j'en profite pour aller voir sa toile. Il a ajouté quelque chose dessus : des lignes, une rambarde et une figure féminine abstraite, douce. Je sais que c'est moi.

Posant la couverture sur mes épaules, il annonce :

– Je ne suis pas prêt à ajouter des détails. J'ai envie de faire ça comme il faut et j'ai l'impression que ça pourrait me prendre toute une vie pour y parvenir.

Je prends une longue inspiration et la retiens jusqu'à m'en faire brûler les poumons. Devant mon silence, il continue à parler :

– Je sais que tu crois qu'on ne peut jamais vraiment connaître quelqu'un, mais je ne lâche pas l'affaire.

– J'ai envie que tu me connaisses, mais c'est impossible. Quand tu en sauras plus, tu pourrais ne plus le vouloir, dis-je doucement.

Il me prend dans ses bras et nous contemplons la femme sur la toile – anonyme mais identifiée. Cette femme est une contradiction, tout comme moi.

– Tu as peut-être raison, m'accorde-t-il. Mais en fait, j'ai l'impression que je pourrais tomber amoureux de toi.

CHAPITRE 14

Parfois, le temps file à toute vitesse et on essaie de s'accrocher à tous ces instants précieux pour les retenir. La naissance de son enfant, son premier sourire, la première fois où il se retourne, ou lorsqu'il fait ses premiers pas. Tout arrive si vite. Quand Max était bébé, mon amour pour lui grandissait chaque jour qui passait. Je n'aurais jamais cru que cette sensation pourrait revenir.

Je ne suis pas tout à fait prête à admettre que c'est le cas.

Jude est assis par terre dans le séjour avec Max et s'entraîne à signer pendant que je me fais cette réflexion. Il a commencé depuis presque un mois, peu de temps après que j'ai cédé, quand je suis retournée l'embrasser. La nuit où je me suis retrouvée dans son lit. Le temps file à toute vitesse et dans des moments comme celui-ci, quand je le regarde avec mon fils, j'ai l'impression de ne plus pouvoir respirer. J'ai envie de dire que tout va trop vite, mais cette sensation est grisante.

Mais bon, il y a des règles à respecter.

Il ne passe jamais la nuit à la maison. Nous ne nous embrassons pas devant Max. Parfois, Jude me tient la main en douce, mais il n'est pas mon petit ami, tout comme je ne suis pas sa petite amie, même si nous savons tous les deux que c'est le cas.

Je ne peux pas prendre le risque que Max soit encore plus attaché à lui qu'il ne l'est déjà. À qui je vais faire croire ça ? Nous nous sommes attachés. Je les regarde progresser du coin de l'œil. Max est ravi de jouer les enseignants. Ça lui vient naturellement. Bien sûr, son étudiant est très investi. Je les espionne encore quand Amie rentre à la maison.

— Le fort tient bon ?

Le printemps a officiellement débuté à Port Townsend, avec ses épisodes brumeux et son flot constant de touristes. Ce qui veut aussi dire que les vacances scolaires battent leur plein et que je ne suis donc pas au restaurant.

— Tout va bien, répond-elle en chassant mon inquiétude d'un geste de la main.

Mais je vois que ses yeux sont cernés.

Elle y est encore plus que d'habitude. Je fais ce que je peux depuis la maison, passant les commandes, réglant les factures, mais honnêtement, elle a aussi besoin de ma présence entre les murs pour l'aider à ne pas devenir folle. Quelqu'un doit pouvoir éjecter la patronne de la cuisine quand elle perd les pédales.

– Il n'y en a plus que pour quelques jours, lui dis-je pour la rassurer. Après, tu ne pourras plus te débarrasser de moi.

– Qu'est-ce qu'il y a dans quelques jours ? demande Jude en entrant dans la cuisine.

– Max n'a pas école jusqu'à la fin de la semaine.

Nous essayons tous deux de prétendre qu'il ne joue pas les figures paternelles, mais il est déjà au courant.

– Ce qui fait que je n'ai pas mon bras droit avec moi, ajoute Amie en me prenant par les épaules. Rappelle-moi de t'augmenter quand tu reviendras.

– Je n'y manquerai pas.

– Tu sais, si tu as besoin d'elle à ce point, propose Jude d'un ton hésitant, je pourrais m'occuper de Max pendant quelques jours, ne serait-ce que quelques heures.

Amie et moi partageons un regard de connivence. C'est un sujet délicat. J'exige de mes baby-sitters de passer un examen de sécurité que le FBI trouverait difficile. Si j'avais déjà eu un mec avant lui, je ne lui aurais certainement jamais laissé mon fils.

– Ce serait super, intervient Amie.

Je la dévisage et la traite silencieusement de *traîtresse*. Jude le remarque et me sourit d'un air rassurant. Ce sourire qui me donne des papillons dans le ventre.

– Si tu n'es pas à l'aise avec cette idée, aucun problème. Tu n'as qu'à dire non.

Mais j'ai tellement l'habitude de dire oui à Jude.

– Ok.

J'ai fini par le dire. Tous les deux ont l'air surpris, mais ils sont assez sages pour ne rien faire remarquer.

– Ok, je viendrai le chercher demain.

Jude a du mal à contenir son excitation. Des trucs de gamins sont arrivés dans notre maison ces dernières semaines. Une nouvelle PlayStation, des dinosaures en plastique, un masque de Spiderman. Il se pourrait bien qu'il soit aussi gamin que le mien. Il va complètement pourrir Max cette semaine.

– Je dois rentrer à la maison. J'ai encore quelques mesures à plaquer sur cette nouvelle chanson avant de la terminer, comme ça, je pourrai être complètement dispo pour le petit gars.

– Qu'est-ce que tu fais là, d'ailleurs ? demande Amie en feignant l'innocence.

– Je n'arrête pas de trouver des trucs à réparer.

Il passe une tête dans le séjour. Max regarde la télé et Jude en profite pour me donner un baiser furtif avant de dire :

– Je te verrai demain matin, Sunshine.

Je souris encore en fermant la porte derrière lui, et Amie me dit :

– Je commence à me dire qu'il fait exprès de casser des trucs chez nous pour avoir une excuse de venir les réparer.

Disparition du sourire. Jude étant parti, il me faut affronter seule l'éléphant dans la pièce.

– Tout va bien entre nous ? Je sais que ce mec prend de la place.

– Comme si j'en avais quelque chose à faire.
Tu crois que je pourrais lui faire peindre ma chambre ?
Il coûte tellement moins cher qu'un artisan. Tu n'as
qu'à le payer en nature en t'envoyant en l'air avec lui.

J'ignore sa dernière remarque et insiste :

– Tu me le dirais s'il se mettait à prendre trop
de place, hein ?

– Oui, promis, affirme-t-elle sur un ton dramatique. Mais, tu sais, tu peux parfaitement dormir
chez lui de temps en temps. Je suis tout à fait capable
de m'occuper de ton fils. Je l'ai déjà fait.

Je le sais très bien, mais il n'y a pas que ça en jeu.

– Je ne veux pas que Max pense que je l'ai
abandonné pour Jude.

– Cette idée ne lui viendrait jamais à l'esprit.

– Les choses avancent si vite. Je ne veux pas
qu'il se fasse écarter de tout ça. Je ne veux pas qu'il
en souffre.

– Tu ne peux pas l'enfermer dans une bulle, ma
chérie.

– Si seulement je le pouvais !

– Je sais.

– Est-ce que je déconne complètement de laisser
Jude s'occuper de lui cette semaine ?

– Non, et je dirais même que tu m'empêches
de complètement déconner. Tu n'étais pas là pour
me calmer et j'ai viré l'un des chefs de la brigade.

– Quoi ?

Cette révélation me distrait momentanément
de mon dilemme à propos de la place de Jude

dans ma vie. Elle lève la main pour reprendre ses explications :

– Je te le dis tout net, on ne peut pas me faire confiance quand tu n'es pas là trop longtemps.

La confiance. C'est exactement le cœur de mon problème.

Je reprends le fil de ma pensée en mettant de côté son problème en cuisine :

– Enfin, ce que je veux dire, c'est que je crois que je suis censée m'inquiéter de laisser Max en sa compagnie. Et s'il s'enfuyait ? Et s'il le vendait comme esclave ? Et si tout le problème…

– Stop ! Arrête de lire les témoignages sur Facebook.

– Je suis une maman. C'est mon job de m'inquiéter.

– Eh bien, tu fais super-bien ton boulot, mais tu dois aussi éviter de te rendre folle. En gros, ce qu'on doit faire, c'est assurer une sorte d'équilibre mental autour de nous.

Elle m'attrape par les épaules et me regarde droit dans les yeux, puis reprend :

– Écoute, tout le monde voit bien que Jude adore ce gamin.

Je pique un fard au sous-entendu de sa phrase – que Jude n'aime pas uniquement cet enfant. Nous tournons autour de cette notion depuis quelques semaines. Mais bon, Amie n'insiste pas.

– C'est à cause des circonstances de votre rencontre ?

– Ça devrait, dis-je en secouant la tête dans un geste négatif. Je devrais m'en inquiéter. Pourquoi n'est-ce pas le cas ?

– On devrait te mettre sur scène pour faire du stand-up.

– C'est ta faute.

– Je ne faisais que poser la question, rétorque-t-elle en grognant.

– Alors non. Jude ne rate jamais une réunion. Il n'a jamais montré de signe de rechute. Je suis plus inquiète quant à ma capacité à rester sur le droit chemin que pour la sienne.

– C'est impressionnant, commente Amie en arquant un sourcil. Parce que je n'ai jamais douté un seul instant de toi. Je ne te vois pas du tout replonger.

– La foi que tu as en moi est stupéfiante.

– Et parfaitement fondée, rétorque-t-elle en déballant les sacs de nourriture qu'elle a rapportés pour le dîner.

J'attrape des assiettes en souriant de toutes mes dents.

– Il n'en faut que trois, dit-elle.

En baissant les yeux, je vois que j'ai aussi sorti un couvert pour Jude.

– Tu sais, si vous avez envie de, euh… comment dire ça ? Emménager ensemble ? Je le prendrai bien. Je peux toujours me trouver un appartement, lance-t-elle d'un ton détaché.

Amie n'a pas encore vu la maison de Jude, principalement parce que j'insiste pour rester ici la plupart du temps.

– On pourrait tous facilement emménager chez Jude si c'était ce que je voulais.

– Je crois que tu ne comprends pas ce que je te dis. J'ai l'impression qu'il est peut-être temps que vous soyez seuls tous les deux.

Du pouce, je désigne le petit garçon qui regarde *Spider Man* dans le séjour et lui fait remarquer :

– On ne sera jamais seuls.

– Tu sais très bien ce que je veux dire. Quand tu seras prête, ne t'en fais pas pour moi, c'est tout.

– Je ne suis pas prête, dis-je doucement. Le seul homme avec qui j'ai vécu, c'était mon père et je ne me souviens même plus de lui.

– Je veux juste que tu sois entourée de ta famille.

– C'est toi ma famille.

Je suis blessée pour elle, mais elle reprend :

– Oui, mais à un moment ou à un autre, ça pourrait bien changer et c'est cool.

Je plie quelques serviettes en papier pour dresser la table en réfléchissant.

– Quand j'ai vendu la maison de ma grand-mère, j'ai cru que je n'aurais plus jamais de foyer, surtout après la disparition de ma sœur, mais tu m'as ouvert la porte. C'est ici ma maison.

– Et ça le sera toujours, chérie, me promet Amie. Mais ne te sens pas obligée de quoi que ce soit par sentimentalisme. Les hommes comme Jude, ça n'arrive qu'une seule fois dans la vie.

Tout au fond de moi, je le sais très bien.

– Il est trop tôt pour en parler. On ne se connaît que depuis quelques mois.

– Peu importe. Quand tu sais, tu sais, enfin c'est ce qu'on m'a dit.

J'ai envie de croire en la possibilité d'un véritable amour, aussi follement qu'Amie. Je suis prête à faire des efforts pour ça et j'ai envie de croire que j'ai trouvé le bon, mais la seule chose que j'aie jamais trouvée jusqu'ici, ce sont les ennuis.

Quelques jours plus tard, Jude n'a toujours pas assassiné, kidnappé ou vendu mon fils à un cirque ambulant. Non, il l'a conduit à l'aquarium du coin. Ensemble, ils ont construit un chef-d'œuvre en Lego au milieu du séjour. Aujourd'hui, il l'amène au bistro. Max va saluer nos habitués tandis que Jude s'accoude d'un air séducteur au comptoir d'accueil de la cheffe de rang.

– Je me disais que je pouvais emmener le petit à Seattle. Je crois qu'il aimerait vraiment visiter le Pacific Science Center.

– Non !

Ma réaction a été sèche et immédiate, et je me sens subitement très con. Ce n'est pas sa faute, il ne connaît pas mes douloureux souvenirs liés à cette ville.

– Enfin, je préférerais que tu n'ailles pas trop loin avec lui.

Jude ne me contredit pas. Il ne me fait pas remarquer que Seattle est à moins de deux heures de voiture ni ne remet en question mon argument. Il se contente de me répondre :

– Pas de problème, c'est bon. Mais ça veut dire que je vais devoir acheter plus de Lego.

J'écarquille les yeux pour mimer l'horreur de la situation.

– Bientôt, nous devrons vivre dans une maison en Lego.

– C'est mon but, Sunshine. Tu kiffes ?

– Hé, j'ai une question à te poser.

J'hésite. J'essaie de trouver le courage d'aborder la question, puis je me lance :

– Tu crois que… enfin tu peux dire non si tu veux, mais tu crois que tu pourrais vouloir venir avec nous rendre visite à ma grand-mère, ce week-end ? On essaie d'aller la voir une fois par mois, mais j'ai séché le mois dernier et je culpabilise à mort.

Je ne lui dis pas que j'étais tellement prise par notre histoire que je l'ai oubliée.

– J'adorerais. On pourra s'entraîner à faire un *road trip* comme ça. Je pourrais peut-être te convaincre qu'il existe un monde en dehors de Port Townsend et qu'il n'est pas aussi terrifiant que tu veux bien le croire.

Je déglutis la grosse boule dans ma gorge. Seattle ne me fait pas peur, mais les souvenirs qui m'y attendent à tous les coins de rue, si.

Jude ne semble pas remarquer mon inquiétude.

– Allez, on te laisse tranquille.

Avant que je ne puisse réagir, il m'embrasse devant tout le restaurant. Max nous remarque et sourit de toutes ses dents. Je les chasse tous les deux, trop troublée par cette démonstration publique pour le réprimander.

– Il devient téméraire, ton gars, m'interpelle Amie depuis la cuisine. Il ne vient pas de braver la règle numéro deux ?

Je sais très bien ce qu'elle pense de mes règles.

– Si.

– Hé, haut les cœurs, Sunshine, continue-t-elle en empruntant le surnom dont il m'a affublée. Ça veut juste dire que tu lui donnes envie d'enfreindre les règles.

Je disparais dans le bureau pour être seule avec mes pensées. Je sais mieux que quiconque que s'il y a des règles, c'est pour une bonne raison.

– Oh mon petit chou, tu nous as manqué ! s'exclame Maggie lorsque nous arrivons à la maison de retraite le samedi.

Elle serre Max dans ses bras en lui faisant un gros câlin.

– Je sais, j'ai honte. On a été super-occupés et je n'ai pas réussi à venir le mois dernier.

Je culpabilise de plus en plus depuis quelques semaines, et tout sort d'un seul coup. Maggie m'interrompt :

– Ne te flagelle pas. Tu es là maintenant, c'est tout ce qui compte.

La porte d'entrée s'ouvre en grand et Maggie écarquille les yeux, appréciant le spectacle de Jude qui nous rejoint après avoir garé la voiture. Il retire ses lunettes de soleil et les accroche à l'encolure de son T-shirt bleu.

– Maggie, je vous présente Jude.

Je suis encore un peu rouillée pour faire les présentations, alors je laisse sciemment les détails de côté. Quelles que soient les conclusions qu'elle tire du fait que je fasse venir un homme ici, elles sont probablement justes. Il lui tend la main.

– Heureux de vous rencontrer.

– Quel plaisir en effet.

Maggie élude sa main tendue et passe directement à la phase accolade en lui disant :

– J'ai prié pour que Faith nous amène un homme.

Max me sauve en attrapant ma main, puis celle de Jude, m'évitant d'entendre depuis combien de temps elle prie pour ça. Il nous traîne derrière lui, exhibant Jude à chacun dans la salle commune. Un certain nombre de résidentes font mine de s'éventer pour chasser des bouffées de chaleur.

– Je n'avais pas prévu d'avoir honte à ce point-là, dis-je à Jude à mi-voix. Imagine seulement ce qu'elles peuvent bien penser !

Au même moment, l'un des seniors me fait un clin d'œil et Jude me répond :

– Je crois qu'ils ont vu juste.

Je lui donne une petite tape en guise de représailles.

Aujourd'hui, quand nous entrons dans sa chambre, Mamie regarde par la fenêtre.

– Bonjour, Mamie. Je suis accompagnée de Max et d'un ami aujourd'hui.

Elle se tourne doucement et plisse les yeux pour me demander :

– Qui êtes-vous ?

Maggie s'affaire dans la pièce derrière nous, l'air fermement déterminée.

— Eh bien, Marilyn. C'est votre petite-fille, Faith, et votre arrière-petit-fils, Max. Et ils sont venus avec un ami.

— Je ne la connais pas, répète-t-elle.

— C'est moi, Mamie.

Je me penche vers elle pour essayer de lui prendre la main, mais elle la retire.

— Grace ?

J'inspire un bon coup pour reprendre contenance et la corrige :

— Faith.

— Où est Grace ? demande-t-elle en regardant partout.

— Désolée, elle n'est pas là.

Je me redresse, troublée. Une sensation de claustrophobie m'amène à triturer un bouton sur ma veste, puis j'annonce :

— On devrait peut-être y aller.

Mais Jude s'installe juste devant Mamie qui l'observe d'un air méfiant.

— Qui êtes-vous ?

— Je m'appelle Jude, Madame.

— Vous ne trouverez pas d'argent pour vous acheter de la drogue ici. J'ai tout caché. Je ne peux pas faire confiance à mes filles.

— Vous pouvez lui faire confiance, dit doucement Jude. Et vous pouvez aussi me faire confiance.

— Mmmm.

Mamie se rencogne dans son fauteuil et se balance avant de reprendre :

– C'est ce qu'elle dit à chaque fois. C'est ce que me dit tout le temps Faith et puis, un jour, la télé a disparu.

– Maggie, vous pourriez emmener Max dans la salle commune pour qu'il dise bonjour à tout le monde ?

Elle accepte d'un hochement de tête et pose sa main sur son épaule. Il est trop jeune pour comprendre le problème de ma grand-mère et doit probablement trouver notre conversation perturbante. Du moins, c'est ce que j'espère.

– La télévision est dans la salle commune. Personne ne l'a volée, lui dis-je.

– N'essaie pas de me baratiner, ma petite fille. Tu me baratines tout le temps.

Qu'elle me reconnaisse devrait marquer une amélioration, mais ce n'est pas le cas.

– Faith m'a dit qu'avant vous habitiez à Seattle, dit Jude pour essayer de lancer la conversation, mais Mamie ne marche pas.

– Vous ne détournerez pas mon attention. Je vous ai l'œil tous les deux.

Après quelques minutes d'accusations supplémentaires, je sors de la pièce. Jude est juste derrière moi.

– Je suis tellement désolée…

– Pas de quoi être désolée. Elle est malade, Sunshine. C'est moi qui suis désolé, parce que je sais que ça te fait mal de la voir comme ça.

– Elle ne dresse pas un joli portrait de moi, n'est-ce pas ?

Je ne peux pas laisser passer ça. Jude a peut-être envie de passer outre ces révélations, mais pas moi. Je ne pourrai jamais obtenir son pardon et elle ne comprendra jamais. Elle ne me connaîtra jamais vraiment autrement que comme la droguée que j'étais. Il m'attrape la main et me dit :

– On pourra en reparler dans la voiture, mais pour le moment, rentrons à la maison.

La maison ? Où est ma maison ? Cet établissement pourrait être mon foyer comme n'importe quel endroit. Je n'ai de place nulle part. Ma grand-mère devrait être chez moi, mais je n'ai rien d'autre que Max pour m'ancrer à cette terre. Une mère devrait être capable d'offrir un toit à son fils, un toit permanent et non pas les conséquences de ses erreurs.

Maggie a détourné l'attention de Max en lui donnant une tonne de bonbons qu'il s'apprête à donner à un patient diabétique, si je ne l'arrête pas. Après l'avoir installé dans la voiture, je dis à Jude :

– Désolée de nous avoir fait venir jusqu'ici pour rien.

– Bordel, Faith. Arrête de t'excuser, m'aboie-t-il juste avant de se radoucir. Désolé.

Quand je prends place sur le siège passager, c'est à peine si je contiens mes larmes. Ma gorge est toute serrée. Nous faisons la route en silence un moment, laissant derrière nous la bourgade portuaire pour reprendre la route sinueuse qui nous conduira à Port Townsend. D'habitude, je trouve cette partie du voyage agréable, mais pas aujourd'hui.

– Mon père me battait, avoue Jude à brûle-pourpoint. Ça n'a plus d'importance maintenant. J'ai accepté depuis longtemps. Je crois que je t'en parle seulement parce que je sais à quel point ça fait mal quand les gens qui sont censés t'aimer ne t'aiment pas. Au moins, ta grand-mère a une excuse.

– Jude.

J'ai murmuré son nom, mais je ne suis pas sûre de savoir quoi dire.

– Je ne veux pas de ta pitié, Sunshine. Je veux que tu saches que tu peux me parler. Je sais que tu souffres.

J'aimerais tellement ne pas être dans cette voiture, pour le tenir dans mes bras, mais là, tout ce que j'ai, ce sont ses mots. M'agrippant à sa main, je commence d'une voix tremblante à lui ouvrir une porte que je tenais fermée jusqu'à présent :

– Elle n'a pas toujours été comme ça. Elle a essayé, mais c'était dur. Ma sœur et moi, nous avons eu beaucoup d'ennuis.

Gros silence. Jude me jette un coup d'œil et je vois la tempête dans son regard bleu.

– Tu ne parles jamais de ta sœur.

– Tu ne parles jamais de ton père.

– Si terrible que ça ?

– Les gens n'ont pas toujours besoin de te frapper pour te faire mal. Je l'aimais tellement. Elle était ma meilleure amie et la voir se détruire m'a détruite aussi.

– Où est-elle maintenant ?

Sa main serre la mienne un peu plus fort.

— Je ne sais pas. C'est la vérité. Un jour, j'ai décidé de ne plus la laisser me faire mal et donc, j'ai dû partir. Elle n'aurait pas pu me trouver, même si elle en avait eu envie.

C'est très dur d'avouer ça. Et je continue :

— C'est une vérité que j'ai gardée secrète pendant trop longtemps, mais crois-moi, elle ne veut pas me retrouver.

— Pourquoi ?

— Parce que si elle l'avait voulu, elle l'aurait déjà fait. Si elle m'avait aimée comme moi je l'aime, si elle nous avait aimés comme on l'aime, elle m'aurait trouvée.

— Elle est au courant pour Max ?

— Oui, dis-je d'une voix creuse. Elle sait.

— Faith.

Il fait alors une longue pause, puis reprend :

— Tu sais que tu peux tout me dire, non ?

— Oui.

Je regarde par la fenêtre et me concentre sur les nuages qui passent devant le soleil. J'aimerais que ce soit vrai.

CHAPITRE 15

Avant

Quand la porte s'ouvrit, longtemps après minuit ce mercredi soir là, Grace aurait dû attraper la batte de base-ball ou appeler les flics. En fait, elle prit son temps pour gagner l'entrée de la maison. Elles se dévisagèrent un long moment, en silence. Trois ans, et pourtant son visage n'avait pas changé. Ou peut-être que si. Peut-être avait-il subtilement évolué comme le sien. Il y avait bien quelques petites différences, mais elles étaient mineures : une petite cicatrice argentée à la naissance des cheveux, un corps pas vraiment épanoui. Faith portait un top un peu ample, mais il ne pouvait pas cacher les os saillants sous sa peau. Ni l'une ni l'autre ne rompit le contact visuel. Faith remarqua-t-elle que Grace portait les cheveux plus court ? Ou qu'elle avait arrêté de mettre du fard à paupières violet ? Ne voyait-elle qu'une même image d'elle-même ? Grace lui sauta dessus et enveloppa les épaules de Faith de ses bras.

– Où étais-tu ?

La question lui échappa plus tôt qu'elle ne l'aurait voulu. Faith était fragile et Dieu sait ce qui lui était arrivé en son absence. Grace avait eu assez de mauvaises fréquentations pour pouvoir se l'imaginer. Sa sœur avait ce je-ne-sais-quoi qui lui faisait penser à une toute jeune biche. Ses genoux étaient cagneux et son équilibre chancelant. Elle donnait l'impression qu'elle pourrait disparaître à n'importe quel moment. Grace n'allait pas accepter ça et lui dit :

– Tu n'as pas à me répondre.

– Je le ferai, lui promit Faith. Mais là, j'ai besoin de dormir. Est-ce que je peux rester ?

Comme si Grace allait la laisser partir.

– Oui. Tu peux prendre mon lit.

– On peut partager ? Comme quand on était petites ?

Grace sourit malgré la boule dans sa gorge. Une seule larme glissa le long de la joue de Faith.

– Tu m'as manqué.

Cette nuit-là, Grace regarda sa sœur dormir, de peur de fermer les yeux. C'était un magnifique cauchemar de l'avoir à nouveau près d'elle. Mais autant elle avait rêvé de cet instant, autant son esprit ne pouvait s'empêcher de repenser à ce que Faith avait vécu. Quelque chose l'avait enfin poussée à revenir.

Le lendemain matin, mal à l'aise, elles s'assirent toutes deux autour de la table de cuisine de Mamie.

Faith engloutissait de grandes cuillerées de céréales sous le regard de sa sœur.

– Cette maison m'a manqué, dit Faith en laissant tomber sa cuiller dans le bol vide.

Elle s'adossa à la chaise comme pour observer la scène.

– Je suis en train de la vendre, avoua doucement Grace. Les soins pour Mamie coûtent trop cher. Je pourrai payer quelques années de sa pension avec les gains de la vente.

– Et après ?

Si cette révélation la perturba, elle ne le montra pas.

Grace n'avait pas vu sa sœur ainsi depuis leur adolescence. C'était elle qui avait le sens pratique – elle qui avait la tête sur les épaules – et Grace avait tout fait foirer en la traînant à une soirée. La voilà, l'erreur qui la poussait à se détester. La raison qui la poussait à ne jamais reprendre Mamie quand elle pensait avoir Faith face à elle, parce que c'était Faith qui aurait dû être là.

Faith était censée être celle sur laquelle on pouvait compter et elle l'aurait été si Grace ne l'avait pas fait boire.

– Je vais trouver un meilleur boulot. J'ai pris des cours du soir. J'ai décroché un diplôme de premier degré.

Il n'y avait pas de quoi faire la fière d'après Grace. Elle avait espéré pouvoir s'inscrire à l'université de Seattle, mais à ce moment-là, Mamie avait eu besoin de soins à temps complet. Pas d'autre choix que de se mettre à bosser, il lui avait fallu trouver un job. Trois, en fait : un boulot à temps partiel dans une librairie, quelques services dans un restaurant plusieurs soirs par semaine et ses week-ends au Pacific Science Center. Elle arrivait à peine à régler les factures. Vendre la maison était la meilleure chose à faire, mais aussi la plus difficile.

Faith lui attrapa la main et lui dit :

– Je vais trouver un boulot aussi. On va s'en sortir.

Elles pouvaient s'en sortir, se dit Grace. Quel autre choix avaient-elles ? Et puis Faith était revenue à la maison. Grace ferait en sorte que ça fonctionne, même si ça devait la tuer. Sa sœur méritait une véritable seconde chance et, ensemble, elles pouvaient s'en tirer. Peut-être qu'après quelques mois sur le droit chemin, elles pourraient aller à la fac toutes les deux. En se répartissant les coûts, c'était tout à fait envisageable. Et même si Grace ne reprenait jamais les cours, elle avait retrouvé quelque chose de bien plus important.

Sa sœur était de retour.

Au début, elle crut que Faith était en phase de sevrage. Malgré ses promesses de trouver un boulot, elle dormait à des horaires étranges. Grace l'entendait plusieurs fois par jour derrière la porte de la salle de bains. Quelques semaines plus tard, quand la situation empira au lieu de s'améliorer, elle frappa, puis ouvrit la porte et entra sans qu'on lui réponde. Grace attrapa les cheveux de sa sœur et attendit qu'elle termine.

Faith s'accroupit et s'essuya la bouche. Quelques instants plus tard, ses jambes tremblantes se replièrent sous elle.

– Désolée.

– Je suis juste contente de ne pas être à ta place.

Grace fouilla dans les placards, trouva un élastique pour cheveux et le lui tendit.

– C'est pour quand je ne peux pas être à tes côtés.

Puis elle aussi prit place sur le carrelage bleu tout fissuré.

– Écoute, je sais que je suis nulle. Je n'arrête pas de me dire que je vais me débarrasser de ça et que je vais me reprendre.

– C'est juste la période de sevrage, commenta Grace sur un ton apaisant. On est déjà passées par là.

Et cette fois, ça va marcher, ajouta-t-elle d'un ton féroce. Mais elle ne se faisait pas assez confiance pour le dire à voix haute. Le dos de Faith lui semblait si frêle, comme si la moindre pression pouvait l'effrayer. Elle allait l'aider à passer ce cap, parce que maintenant, elle savait ce qu'elle affrontait.

– Pas ça, murmura Faith.

– Non, admit Grace. Parce que la dernière fois, j'ai merdé. Je ne comprenais pas. On ne comprenait pas. Je ne savais pas que tu étais…

Elle n'arrivait pas à se résoudre à dire le mot *toxicomane*. Il lui semblait trop dur.

– Une toxico ? proposa Faith à sa place. Une paumée ? Une grosse merde ?

– Ne dis pas ça !

L'entendre le dire alors que Grace se l'était déjà avoué il y a plusieurs années lui faisait plus mal encore.

– C'est la vérité, petite sœur. Et ça me va. Crois-moi. On m'a traitée de pire que ça.

Mais malgré sa bravade, la voix de Faith se brisa légèrement.

Elle n'avait pas accepté qui elle était et Grace ne pouvait pas lui en vouloir. Un jour, il leur faudrait bien l'accepter toutes les deux, mais ce n'était pas ce qui ennuyait Grace.

– Qui t'a traitée plus mal que ça ? Tu ne dois pas lui avoir parlé de moi.

– Lui, qui ?

Faith arqua un sourcil interrogateur et sourit faiblement avant de grimacer et de plaquer sa main sur son ventre.

– Tu n'as pas toujours choisi les meilleurs mecs.

Grace parlait d'une voix atone, de peur de se trahir d'une manière ou d'une autre. Sa sœur n'avait plus jamais évoqué cette soirée chez Derrick. D'après Grace, elle ne se souvenait même pas de ce qui s'était passé. Elle l'espérait du moins.

– Parle-moi. Même si j'en ai terminé avec tout ça.

Cette fois-ci, c'est Grace qui arqua un sourcil ironiquement interrogateur.

— Je sais, difficile de croire que je suis sortie avec un mec bien pendant quelque temps, avoua Faith sur la défensive.

Si c'était un mec si bien que ça, alors pourquoi la laissait-il se droguer ? Elle garda cette pensée pour elle. Ces mecs appartenaient au passé de Faith. Grace devait simplement s'assurer qu'ils ne referaient pas surface.

— Bien sûr, j'ai tout fait foirer, continua Faith devant le silence de sa sœur. Il n'était pas au courant pour la drogue et quand il l'a appris…

— Tu n'as pas à me le dire.

— Ce n'est pas si terrible. Il a essayé de m'aider, mais je n'étais pas prête. Je ne lui ai même pas dit au revoir. J'ai juste appelé un vieux copain.

Faith déglutit avec difficulté et plaqua sa main sur sa bouche. Un instant plus tard, elle remit la tête dans la cuvette.

Grace lui caressait le dos pendant qu'elle vomissait. Inutile de tout faire remonter à la surface tant que son corps subissait autant de stress.

— On devrait peut-être aller voir un docteur. Il pourrait te dire combien de temps ça te prendrait de, euh… purger ton organisme.

— Aller voir un docteur semble une bonne idée, avança Faith sans lâcher la cuvette. Mais je sais combien de temps ça va prendre. Il me reste environ sept mois.

– Sept mois ? répéta Grace, incrédule. Je ne pensais pas que ça prendrait aussi longtemps.

– Grace.

Faith prononça doucement son nom et il lui fallut quelques horribles et atroces instants pour comprendre.

Quelque part, une *grossesse* semblait être un concept encore plus sale que la *toxicomanie*.

– Ne t'inquiète pas. J'ai réfléchi à toutes mes options. Je pense que je devrais le garder.

Elle commença à raconter. Ses mots sortaient aussi vite que les questions s'accumulaient dans l'esprit de Grace qui commença par la première venue à son esprit :

– Qui est le père ?

Faith renifla, comme si cette question était ridicule.

– Aucune idée et, crois-moi, c'est probablement pas plus mal. Ce gamin ne connaîtra jamais rien de ce monde-là. Promis juré.

Grace ravala le reste de ses questions. Faith avait raison. Peu importait ce qui s'était passé ou comment elles allaient faire pour s'en tirer. Ce gamin ne connaîtrait jamais rien de ce monde-là. Ce bébé allait les sauver.

CHAPITRE 16

Le dimanche, on mange chinois.

C'est devenu notre rituel avant même que je m'en rende compte. Jude revient du *Lucky Dragon* avec des sacs de nourriture pour quatre et nous prenons place autour de la table comme une grande famille heureuse.

J'attrape une pile d'assiettes dans le placard et les passe à Amie en lui disant :

– Je devrais peut-être dire quelque chose.

– Il te nourrit, ne va pas chercher midi à quatorze heures. Il n'y a pas l'ombre d'un complot.

Elle me prend les assiettes et disparaît dans le séjour.

Mais bon, j'ai quand même l'impression d'être au beau milieu d'un complot. Peut-être parce qu'il m'est devenu impossible de résister à l'attraction qu'il exerce sur moi. Jude est en train de devenir une constante de ma vie. Les journées sans le voir ne me semblent pas normales. D'une manière ou d'une autre, nous nous retrouvons à dîner en famille au

quotidien. Il s'est insinué dans mon cœur et, maintenant, il se fait une place dans mon foyer.

Quand j'entre dans le séjour, je le vois ouvrir les
cartons de nourriture. Il lève la tête et sa bouche
dessine un grand sourire. Mon cœur vacille. J'ai
envie de devenir son foyer.

Au menu, du porc *Moo Shu* et des nems, les
boîtes passant de l'un à l'autre pendant qu'Amie
raconte des blagues. Elle est assise par terre, à côté
de Max, Jude et moi occupons le canapé.

— Vous savez que nous avons une table pour
dîner, dis-je en la désignant de mes baguettes.

— Le chinois et la pizza ne peuvent pas être
mangés de façon formelle, commente Jude en
attrapant un bout de poulet au sésame qu'il tend
devant mes lèvres.

Je plisse les yeux d'un air mauvais et accepte
son offrande.

— Tu te souviens que j'élève un enfant ? Il laisse
déjà des miettes partout.

— Il sait que les dimanches sont particuliers,
m'assure Amie en se penchant vers Max pour
déposer un baiser sur son crâne.

Malgré mes doutes, mon cœur est plein d'amour.
Être là, en présence d'eux trois, déverse encore plus
fort des torrents de bonheur en moi, j'ai l'impression
que mon cœur gonfle de joie et d'affection. Jude se
tourne alors vers moi et me murmure un « Merci »
à l'oreille. Je pivote à mon tour pour lui faire face

et plonge dans le bleu de ses yeux, pour graver la plénitude de ce moment dans ma mémoire.

Jude retourne à son festin et je me tais pour passer inaperçue. Le temps ralentit pour que j'enregistre tous les détails de cette scène, le rire insouciant d'Amie qui fait briller ses yeux gris, Max qui se débat avec ses baguettes, la chaleur de l'homme à mes côtés, son corps, son sourire, son âme. Je ne mérite aucun d'eux, mais je ne les laisserai jamais me quitter.

– Comme ça.

Jude se penche au-dessus de la table basse et me fait revenir au présent. Il ajuste la main de Max autour des baguettes qui lui échappent immédiatement.

– Accroche-toi, petit gars.

Jude attrape mon poignet et retire l'élastique qui l'entourait. Son pouce s'attarde sur ma peau une petite seconde, comme s'il avait besoin de me toucher. C'est un geste innocent que Max ne remarque pas, mais Amie agite ses sourcils en me regardant. L'une d'entre nous est définitivement amoureuse de l'idée de Jude Mercer dans ma vie.

Il enroule l'élastique autour de la baguette du dessus, puis le replie sur le nem et l'avance vers l'extrémité.

– Nem chargé, annonce-t-il en montrant son invention à Max.

Mon fils s'enthousiasme, mais pas à cause des baguettes. Si Jude nous quitte demain, ce petit garçon ne sera plus jamais le même. Aucun d'entre nous ne le sera.

Je repousse cette idée et me concentre sur l'instant. Max ne renverse que la moitié de la boîte de riz par terre avec son nouveau système pour manger. Désignant les saletés sur le tapis, je demande :

— Est-ce qu'on tire à la courte paille pour savoir qui nettoiera tout ça ?

— La vie, c'est salissant, Sunshine. Parfois, le résultat est dégueu, mais là, c'est un beau résultat, dit Jude d'une voix douce, comme l'homme qu'il est.

Il nous passe les biscuits chinois, ce qui me donne le temps de chasser la boule d'émotion dans ma gorge. Maintenant, nous avons tous adopté son cérémonial. Même Max attend que nous ayons tous terminé la première partie pour passer son petit bout de papier à Jude.

— *Un rêve devra se réaliser*, lit-il. Il est pas mal celui-là, mon petit gars.

Le regard de mon fils se détache de Jude pour se fixer sur le mien et il me sourit d'un air espiègle.

Oh oh !

J'échange le mien avec celui d'Amie et lis rapidement le sien :

— *Vous avez de nombreux talents.*

— Au lit, ajoute-t-elle. Dites-moi quelque chose que j'ignore.

Elle me souffle un baiser et je lui jette la boulette de papier.

– Je garde le mien, annonce Jude, mais je le lui arrache des mains.

– *Vous aurez droit à une seconde chance.*

– Au lit ? demande Amie en feignant d'être choquée.

Je lui tire la langue.

– *Quand le bonheur frappe à votre porte, ouvrez-la*, lit Jude sur le mien, nous ignorant toutes les deux.

Entendre ce message de ses lèvres incite mon cœur à cogner de plus belle.

Max commence à signer :

– Pourquoi les papiers de tante Amie parlent toujours de trucs au lit ?

– En parlant de lit, intervient Amie en me mimant des excuses silencieuses au-dessus de Max. Pourquoi ne pas se préparer pour aller se coucher, petit gars ?

Max se colle contre la cuisse de Jude. D'accord, j'ai envie de faire la même chose, m'accrocher à Jude et refuser de le laisser partir, surtout quand vient l'heure d'aller se coucher. Mais mon côté maternel fait un come-back et me rappelle, d'un air désapprobateur, que je suis face à une figure classique de l'attachement. Plus je permets ce type de comportement, plus nous aurons mal quand Jude nous quittera.

Avant de pouvoir arracher ce petit garçon à son dieu, Jude le prend dans ses bras et annonce :

– C'est bon, je gère. Détendez-vous toutes les deux.

Son sourire monte jusque dans ses yeux qui se plissent, ce qui me touche profondément, tiraillant mon cœur rouillé. J'ignore toutes les alarmes qui se déclenchent dans ma tête pour me laisser envahir par cette délicieuse sensation. Voir Jude porter Max jusqu'à son lit me fait l'effet d'une pièce de puzzle tout juste retrouvée. Elle s'intègre simplement à l'ensemble.

À mes côtés, Amie soupire bruyamment et pose sa tête sur mon épaule.

— Tu crois que tu vas tomber enceinte avant le mariage ? On va peut-être devoir te trouver une robe de mariée spéciale future maman.

Un ange passe.

— Oh mon Dieu.

Je m'écarte d'elle et me concentre sur tous les trucs à jeter, les boîtes et les baguettes. Je laisse les biscuits là où ils sont, je n'ai pas vraiment envie de les jeter.

— Je ne porterai pas son enfant et je ne l'épouserai pas.

Amie croise les bras sur sa poitrine et pince les lèvres pour me contredire :

— Tu es sûre ? Je crois que le simple fait d'avoir assisté à cette scène m'a fait tomber enceinte. Comment tu fais pour ne pas lui sauter dessus en permanence ?

Même si je fais tout pour me retenir, j'explose de rire. Je jette les déchets à la poubelle et me penche sur le plan de travail, une main sur le ventre, mes abdos sont douloureux de rire autant. Amie me rejoint, je sais qu'elle ne laissera jamais tomber son délire de mariage. Entre deux secousses d'hilarité, j'arrive à reprendre mon souffle pour lui dire :

– Je ne sais… pas trop… pourquoi c'est si drôle.

– Parce que c'est vrai, propose-t-elle à bout de souffle. N'essaie pas de me faire croire que tu n'as pas ovulé sur-le-champ en voyant ça.

Je lui jette un torchon à la figure et l'abandonne pour la laisser finir de ranger la pièce. Sur la pointe des pieds, je traverse le couloir pour jeter un coup d'œil à Max dans sa chambre.

– L'éléphant avait peur de dire bonjour.

Les lèvres de Jude bougent doucement et même si Max ne peut pas l'entendre, sa voix conserve un rythme régulier. C'est un son apaisant : l'écouter lire une histoire avant d'aller se coucher.

Mais les émotions font rage en moi et je ne peux pas nier que je désire ce que j'ai sous les yeux. Pour mon fils. Je veux Jude. Je veux cette vie impossible à ses côtés.

Appuyant mon épaule contre le mur, j'essaie de me concentrer. Mais il m'est impossible de trouver la paix. Je ne trouve que ce besoin démesuré que je n'avais jamais ressenti jusqu'à maintenant. Les pièces manquantes que Jude m'a montrées ne font pas partie d'un tableau, elles m'appartiennent.

J'ai mal de tant le désirer, c'est étrange comme cette incroyable sensation de réconfort – de possession – qu'il m'a donnée, suscite en moi un brûlant désir. Qui monte en moi, la voix de Jude devenant l'oxygène qui alimente mon brasier interne, et j'ai peur de me consumer totalement.

Je ne bouge pas quand Amie passe devant moi. Elle ne s'arrête que devant la porte de sa chambre.

– Je vais me coucher. Je crois que vous avez peut-être envie d'être seuls tous les deux ce soir.

Cette fois-ci, j'accepte ses insinuations pas subtiles du tout. Elle ferme sa porte, et moi mes paupières. Je l'écoute lire cette histoire, je sais qu'il a presque terminé, alors je me force à m'éloigner. Elle a rassemblé et aligné les restes de notre repas sur le plan de travail. Je lui mets tout dans un sac ou je les mets au frigo ? Je ne sais même pas ce qu'il y a dans les boîtes, mais peu importe, Jude aime tout. Je décide de les garder et les range.

Parce que je veux que Jude les mange ici. Parce que demain, je veux l'appeler et lui proposer de les réchauffer pour lui.

Parce que j'ai envie de le voir demain.

– Tu ne vas rien me laisser rapporter chez moi ?

Il s'adosse au meuble de la cuisine et pose ses mains sur le plan de travail. Ce mouvement devrait être parfaitement innocent, mais il provoque une tension de ses muscles qui met en valeur les moindres creux et bosses.

Je n'ai vraiment pas besoin de voir ça. M'arrachant à sa contemplation, je marque un temps d'arrêt et finis par lui tendre les boîtes.

– Je déconnais, Sunshine.

Il me prend les boîtes des mains et les repose sur le plan de travail. Terrain neutre. Je réussis à lui demander :

– Tu ne les veux pas ?

Je vois au mouvement de sa gorge qu'il rumine ma question. La tension dans ses bras se communique au reste de son corps. Il semble paré à tirer.

Peut-être est-il aussi tendu que moi, mais je ne peux m'empêcher de me tortiller sous son regard possessif. Je mets le feu à cette férocité. Je suis la tempête qui vient perturber le calme azuréen de ses yeux. Et m'en rendre compte anéantit ma peur.

Parce que j'ai causé la perte de cet homme.

J'ai envie de dire quelque chose, mais aucun mot ne sort de ma bouche. Avant même de trouver les mots, ses lèvres trouvent les miennes. Il s'écrase contre moi et je suis impuissante devant sa force. Il me propulse dans l'inconnu et si je me noie, rien à foutre.

Mon corps se façonne au sien alors qu'il glisse ses mains sous mon cul et me soulève. Je m'enroule autour de lui dans un mouvement instinctif pour coller le siège de mon désir contre son membre. Un grognement sourd lui échappe et ses bras me pressent encore un peu plus contre lui.

Je prendrai tout de lui, tout ce qu'il me donnera. C'est le seul besoin que je suis capable de comprendre en m'ouvrant à lui, permettant à sa langue de caresser la mienne. Il s'agit d'une invitation à laquelle je réponds en m'agrippant à ses cheveux, fermement, prête à tout pour le posséder comme il me possède.

Quand il heurte la table de la cuisine, nous devenons immédiatement actifs, déboutonnant et débouclant tout le plus rapidement possible de nos doigts impatients. Me trémoussant pour faire tomber mon jean, je me concentre sur son corps. La paume de ma main s'attarde sur les volutes encrées de son tatouage, puis je me jette sur lui et plante mes dents dans sa peau.

– Bon Dieu, Sunshine, grogne-t-il.

Mais avant de comprendre que je lui ai fait mal, il me repousse sur la table et détache mon soutien-gorge. Je bouge pour le retirer et mon poignet bute contre une boîte de crayons de couleur que je fais tomber. Nos regards se rivent l'un à l'autre tandis qu'ils s'éparpillent par terre, mais immédiatement je me retrouve dans ses bras. Jude ouvre la porte menant au garage d'un coup de pied.

– Je la réparerai plus tard, me promet-il en m'aidant à la franchir avant de nous retourner et de la barricader de nos corps liés. Accroche-toi.

Je passe mes bras autour de ses épaules et me tiens à lui, le temps qu'il libère son sexe. Je sens sa chaleur se répandre sur mon ventre. Je sens également sa barbe m'érafler la joue alors que sa bouche se dirige vers mon cou et qu'il me prévient :

– Je ne vais pas pouvoir être patient.

– Ne le sois pas, je le supplie.

Pas besoin de le lui répéter. L'une de ses mains s'insinue entre mes cuisses et il repousse ma culotte sur le côté. Mon dos nu s'écrase contre la porte en bois alors qu'il me pénètre. Le torse de Jude se plaque contre mes seins et le poids de son corps s'écrase contre le mien. Je me perds dans le rythme de ses pénétrations. Dans le flux et le reflux. Il n'y a que ses coups de reins, chacun tous plus terribles les uns que les autres, et le magnifique et violent sentiment inéluctable d'abandon, puis de plénitude.

Dans ses bras, je suis entière. Il me complète et cette révélation terrifiante fait passer mes nerfs en surchauffe. La vague qui m'emporte se brise et je m'écrase sur lui.

Jude me rattrape quand je m'effondre, et capture mes lèvres. Il m'ancre dans la réalité, me tenant énergiquement contre lui, me maintenant fermement dans cet instant.

Il m'embrasse, se laissant aller à sa jouissance. Des baisers pour rassurer. Des baisers promesses. Des baisers désespérés. Je veux tous les goûter. Quand je sens la chaleur de son plaisir se répandre en moi, nos bouches se séparent, tout en restant jointes. Son souffle est brûlant sur mon visage, son front repose contre le mien.

Je ne dis pas un mot. Non, je savoure la sensation de son membre en moi et son goût qui s'attarde sur ma langue.

Lorsqu'il rompt enfin le silence, il ne fait rien pour détruire la magie de l'instant :

– Bon Dieu, j'ai envie de rester, ma belle. J'ai envie de te porter jusqu'au lit et te faire l'amour toute la nuit.

Je me laisse imaginer la scène : celle de cette vie impossible qui n'arrête pas de me narguer, en se baladant sous mon nez. Je veux aller me coucher avec Jude et je veux me réveiller à ses côtés.

– On ne peut pas.

Je ne cache pas que c'est un regret. Ce n'est pas le genre de chose que je me permets souvent, et l'amertume de ce sentiment se loge dans mon cœur.

– Je sais, mais ça ne veut pas dire que je ne peux pas en rêver, murmure-t-il contre mon oreille. Je ne pourrai pas dormir sans toi cette nuit. Je suis trop tendu. Alors, laisse-moi imaginer pendant une minute que je ne doive pas te reposer, me rhabiller et rentrer chez moi pour retrouver un lit vide, tellement vide que j'ai l'impression que ce n'est plus le mien.

– Tu n'es jamais venu dans mon lit.

À mon tour je murmure, et c'est à peine si je peux m'entendre, tellement les battements de mon cœur sont forts.

Il recule un peu la tête pour me regarder droit dans les yeux.

– C'est là qu'est ma place, avec toi.

Le martellement dans ma poitrine est si intense qu'il commence à être douloureux et je détourne le regard.

– Et le matin, quand je n'arriverai pas à me sortir du lit, tu changeras d'avis, j'ironise vaguement.

Impossible de me laisser croire au jeu des faux-semblants.

— Ne fais pas ça, m'arrête-t-il. Ne crois pas que je ne sais pas ce que je te demande, Faith. Je connais et comprends les implications.

— Je ne suis pas…

— Prête, finit-il pour moi. Je le sais aussi, mais j'ai besoin que tu comprennes quelque chose. J'attendrai aussi longtemps qu'il le faudra. Je n'irai nulle part. Et un jour, je te porterai dans ce lit et je te ferai l'amour toute la nuit.

Une larme indésirable roule sur ma joue.

— Et le matin ?

— Je sortirai en douce du lit pour regarder des dessins animés avec Max pendant que tu récupéreras.

Un sourire bien trop juvénile transforme son visage.

— Quand tu présentes les choses comme ça…

Je souris à mon tour alors que de nouvelles larmes s'enfuient. *J'ai tellement hâte.*

— Un jour, dit-il doucement.

Je ne pourrais pas espérer plus et c'est déjà bien plus que je mérite, mais quand il libère enfin mes jambes, j'imagine déjà la scène. Impossible de m'en empêcher. Jude me tend mes vêtements et boutonne mon jean, sans cesser de me voler des baisers. Il ne dit rien de plus en m'embrassant pour me dire bonne nuit et grimpe dans sa jeep. Alors, je me glisse dans mon lit et perds mon regard dans la nuit en rêvant de ce jour.

CHAPITRE 17

Pour un jour de semaine, le bureau de poste est étrangement calme. L'accès rapide aux services publics ne fait pas partie des avantages à vivre dans une petite ville aux États-Unis. Généralement, je passe plus d'une heure à faire la queue, rien que pour un carnet de timbres, récupérer des paquets ou envoyer un des nombreux chèques qui permet de faire tourner le bistro *Le Bout du Monde*.

Aujourd'hui, il me faut moins de dix minutes, ce qui me laisse une heure entière pour ma pause déjeuner. Je sors mon téléphone et perds cinq de ces précieuses minutes de liberté à me demander si j'envoie un SMS à Jude.

– Tu n'es plus au lycée, dis-je à voix haute pour m'engueuler.

La vieille dame affairée qui passe devant moi sur le parking me regarde bizarrement, comme si c'était la première fois de sa vie qu'elle voyait quelqu'un parler tout seul.

Je m'autofélicite quand je trouve le courage d'appuyer sur « envoyer » et Jude me récompense d'une réponse immédiate.

Sa maison n'est qu'à quelques minutes d'ici, mais la route est magnifique aujourd'hui. Le soleil a enfin percé le marasme pluvieux du printemps et en grimpant sur la falaise, le vent fouette les vitres de ma voiture qui commencent à trembler.

Quand j'arrive, sa porte est ouverte et j'entre d'un pas hésitant chez lui en appelant :

– Jude ?

– Je suis là.

Sa voix me guide jusqu'à la cuisine et je le retrouve perché sur un tabouret de bar. Avant de pouvoir véritablement apprécier l'effet de son jean délavé sur ses fesses, je remarque une bouteille devant lui.

Calmement je lui demande :

– Qu'est-ce que tu fais ?

– J'affronte mon ennemi. Il pense toujours qu'il va gagner.

Je me force à approcher de quelques pas. À entendre son discours délirant, on dirait que l'ennemi a déjà gagné.

– Tu as bu ?

La question est sortie toute seule. Le tact, ce n'est pas trop mon truc. J'habite avec Amie depuis trop longtemps et, pour elle, c'est un défaut.

– Non, Sunshine, dit-il en levant un crayon, dévoilant ainsi un cahier de portées devant lui. *Estate*

Studios dans son infinie sagesse m'a commandé une nouvelle chanson pour une étoile montante de la pop-country.

— Pop-country ? dis-je en m'étranglant ostensiblement de dégoût. Ça existe vraiment, ça ?

— Ouais, et c'est énorme.

À en juger au son de sa voix, mieux vaut que j'évite d'en savoir plus sur la question.

— Alors, pourquoi l'ennemi ?

J'observe la bouteille, mais je ne la touche pas. Ça fait bien longtemps que je n'ai pas été aussi proche de la fine fleur du vieux Sud, le whisky du Tennessee. Mais je remarque une chose : la bouteille est pleine, le liquide ambré à l'intérieur n'a pas été dilué avec de l'eau et la cire autour du bouchon est encore intacte.

— Quels sont les résultats de ton enquête ? demande-t-il.

— Que tu n'es coupable de rien d'autre que d'imprudence. Tu penses que c'est une bonne idée d'avoir ça chez toi ?

L'une des premières règles à respecter quand on veut rester clean, c'est de rester loin de toute source de tentation. Jude, en revanche, semble avoir son propre programme en douze étapes.

— Je possède cette bouteille de whisky depuis le jour de mes vingt et un ans, me confesse-t-il en faisant tourbillonner son crayon comme une baguette magique. Tu te rends compte ? Quelque part, je suis sûr qu'un fin connaisseur de bourbon ressentirait une inexplicable vague de tristesse.

– Alors, la bouteille a presque dix ans ?

– Neuf, me corrige-t-il. Ne me vieillis pas trop, Sunshine.

Je m'installe sur le tabouret de bar, le plus loin possible de cette bouteille, et jette un coup d'œil à son cahier pour découvrir que la page ouverte est complètement blanche.

– Tu restes assis devant une bouteille de gnôle fermée et un bout de papier vierge. Tu m'expliques ?

– La nouvelle star de la pop-country de chez *Estate*, Jensen Nichols, a besoin d'une chanson qui le fasse remarquer, enfin c'est ce qu'ils disent.

Il repousse la bouteille de quelques centimètres, faisant grincer son cul de verre contre le granit. Le bruit m'arrache les oreilles.

– Une chanson sur le whisky ?

– Ils veulent une chanson optimiste sur un garçon qui met le feu à la maison de son père alcoolique qui le bat.

Ma main vient directement se plaquer sur ma bouche.

– Rappelle-moi de ne jamais écouter de pop-country.

– Exactement, commente Jude d'un ton pince-sans-rire. Mais je leur ai dit que j'allais l'écrire.

Alors là, je ne le comprends pas. J'attrape sa main pour emmêler nos doigts.

– Tu veux me dire pourquoi ?

– Parce que je me suis dit qu'il était peut-être temps que j'affronte mon vieil ennemi, murmure-t-il, le regard braqué sur le whisky.

– Je ne savais pas que tu étais alcoolique.

Je ne sais pas trop quoi lui dire, mais je suis à peu près certaine que ce n'était pas ce qu'il fallait.

– Je ne le suis pas. Mon père l'était.

Il y avait déjà fait allusion, mais je préfère ne jamais lui mettre la pression pour qu'il en parle.

– Je croyais que si quelqu'un pouvait parler d'un garçon qui était conduit au meurtre par son alcoolique de père, ce serait moi, mais j'ai un peu de mal avec la partie vengeance.

Jude repousse son tabouret et se lève en attrapant la bouteille qu'il va ranger dans un placard au-dessus du frigo et reprend :

– Elle ne m'a pas autant inspiré que je l'aurais cru.

– Je sais que je ne suis pas du métier, alors ne prends pas mon opinion pour un avis d'expert, mais si j'étais toi, je leur aurais dit d'aller se faire foutre.

Jude explose de rire.

– Je vais devoir te citer, Sunshine. Bon, j'imagine que tu n'es pas venue me voir pendant ta pause dej pour me dissuader de faire le grand saut, mais je suis bien content que tu l'aies fait.

Je hausse les épaules comme si ce n'était rien, mais je suis tout de même bien heureuse qu'il soit content de me voir.

– Que dire ? La routine, quoi.

– Tu as faim ?

– Qu'as-tu en tête ?

– Un sandwich.

Je me mords les lèvres et secoue négativement la tête.

– Une salade ?

Encore non.

– On pourrait directement aller à la case dessert, propose-t-il.

Cette fois-ci, j'acquiesce vigoureusement et avec enthousiasme.

Jude avance vers moi d'un pas nonchalant, attrape ma main pour m'inciter à me lever et me guide dans le couloir. Nous n'avons pas beaucoup de temps, alors nous démarrons des préliminaires directs et super-chauds en avançant.

Il retire son jean et fait tomber le mien. Je tombe sur le lit, mais il me fait signe de son index d'approcher et me dit en reculant vers la fenêtre :

– Ma femme de ménage me dit que c'est toujours trop propre chez moi. J'essaie de trouver un moyen de salir un peu.

– Ah ouais ? je demande, le sourcil interrogateur.

Quand j'arrive devant lui, il se penche vers moi et murmure :

– Moi aussi, j'ai faim, Sunshine.

Il glisse un bras autour de ma taille et me fait pivoter pour faire face à la fenêtre. Posant douce-ment sa main dans mon dos, il m'incite à me plaquer contre la vitre. Mes bras se lèvent au-dessus de ma tête, il se laisse tomber à genoux derrière moi et m'incite à écarter les cuisses.

— Tu vois à quel point ces vitres sont propres ? murmure-t-il en posant une main entre mes jambes.

Il la fait glisser le long de mon sexe déjà enflé et fiévreux.

— Tu peux te voir dedans. Ouvre grand les yeux.

Je prends une grande inspiration et lui obéis. Mon visage me regarde en face. Même si le reflet n'est pas aussi clair que dans un miroir, je me vois, mais comme un fantôme translucide.

— Pose tes mains contre la vitre et recule un peu. Je veux que tu voies à quel point j'aime te bouffer la chatte.

Brusquement, je me sens gênée à cette idée et déglutis, mais je fais ce qu'il me demande. En baissant la tête, je vois son visage, encadré par mes cuisses pâles, et j'ai soudain très chaud.

— C'est bien, Sunshine, m'encourage-t-il avant de commencer à me lécher et me sucer.

Joueur, il mordille de ses dents le bouton engorgé qu'il sait caresser. Quand sa bouche se plaque dessus avec gourmandise, mon front tombe en avant, heurtant la vitre. Une seconde plus tard, la merveilleuse sensation de succion disparaît.

— Tu dois continuer à regarder, me gronde-t-il.

Je dois faire appel à tout mon self-control pour garder les yeux ouverts quand sa langue glisse en moi. Pas moyen de m'agripper à la vitre, la seule chose que je peux faire, c'est laisser des traces de doigts gras dessus. Quand mes jambes se mettent à trembler, il les attrape pour me maintenir avec vigueur et je me laisse emporter par les vagues du plaisir.

Je m'effondre contre la baie vitrée, écrasant mes seins contre le verre. Jude se positionne derrière moi, mais quand il s'apprête à s'enfoncer dans mon intimité, je rassemble mon peu d'énergie pour faire demi-tour, m'agenouiller devant lui et lui ordonner :

– Regarde-moi.

Je ne vais pas le laisser s'amuser tout seul.

Pas besoin de miroir ou de vitre pour me voir le prendre dans ma bouche, laissant courir mes lèvres sur toute la longueur de son membre. Je lève rapidement les yeux pour voir son visage tendu et ses yeux lourds de désir posés sur moi.

– C'est ça, me complimente-t-il alors que ma langue s'enroule autour de son gland.

Encouragée par son regard brûlant, je vais encore plus loin, ignorant la résistance naturelle de ma gorge, jusqu'à le sentir taper au fond. Il enfouit ses mains dans mes cheveux et tire légèrement dessus pour m'inciter à le caresser et l'avaler dans la chaleur humide de ma bouche.

Il ne me dit pas que je suis belle, il me le montre en ne quittant pas mon regard même quand il ondule doucement des hanches. Un à un, ses muscles se tendent, jusqu'à ce qu'il morde ses lèvres à son tour. Il ne me prévient pas qu'il est sur le point de jouir, parce qu'il ne m'a pas invitée à venir le sucer. C'est moi qui me suis donnée à lui et à son plaisir. Je n'ai jamais rien vu de plus beau que l'agonie de plaisir qui s'empare des traits de son visage lorsqu'il jouit. Je continue à le caresser de ma langue alors que son membre palpite en moi, jusqu'à ce qu'il recule et m'aide à me relever.

Je devrais retourner bosser, mais je ne dis rien. Non, nous nous glissons dans son lit, dans un amas de bras et de jambes jusqu'à former un tout unique. Jude dépose un baiser sur mon front, puis bouge un peu pour enfouir son visage dans mes cheveux, et se met à fredonner doucement. La mélodie me dit quelque chose, elle est lente et triste. Je me love contre son torse, cherchant son odeur que j'essaie de retrouver.

Quand je la reconnais enfin, je lui murmure :

– Écris-moi une chanson.

– C'est ce que je fais, dit-il en continuant à fredonner une version mélancolique de cette ritournelle que nous connaissons tous les deux par cœur.

Il recule un peu et me regarde droit dans les yeux pour me dire :

– *You are my Sunshine*[4].

Il ne me chante pas les paroles. Il me les promet. Je suis peut-être son *Sunshine*, son rayon de soleil, mais en fondant dans ses bras, je comprends que si je brûle, c'est pour lui.

---

4. Cette chanson populaire américaine des années 40 a été reprise par de nombreux artistes dans des styles très différents, notamment Johnny Cash dans une version mélancolique proche de celle interprétée ici par le personnage de Jude.

CHAPITRE 18

Aujourd'hui, le sujet de la réunion est la prudence.

Je n'ai pas vraiment besoin qu'on me fasse la leçon là-dessus, car chacune de mes décisions doit être validée par mon bureau d'analyses interne.

Stéphanie nous lit un passage du dernier bouquin de développement personnel qu'elle essaie de nous refourguer à tout prix :

« Devenir sobre peut être aussi enivrant que ce qui nous a conduit en cure de désintoxication et c'est comme ça qu'on devient accro à ce type de guérison. »

Cette fille devrait bosser dans l'édition. Personne ne trouve plus de vertus aux bouquins qu'elle. Elle ferme le livre.

– Est-ce que ça vous parle ?

Quelques-uns d'entre nous se jettent des regards tendus. Sondra finit par céder en soupirant :

– Oui. Quand j'ai commencé à venir ici, j'ai perdu certains de mes amis.

– Pourquoi penses-tu que ce soit arrivé ? demande Stéphanie le regard lourd de compassion et de sollicitude.

– Certains d'entre eux ne m'apportaient rien de bon.

Tiens, je connais ça, me dis-je intérieurement.

– Et d'autres ne comprenaient pas pourquoi, si j'allais mieux, je devais continuer à venir aux réunions. J'ai perdu l'un de mes mecs comme ça.

Sondra fait cliqueter ses faux ongles les uns contre les autres en parlant.

– Combien d'entre vous sont passés par là ?

Stéphanie attend que certaines mains se lèvent à contrecœur avant d'attaquer son sermon. Apparemment, c'est sa nouvelle tactique dans la bataille pour sauver nos âmes.

Ça ne m'est jamais arrivé. Jamais quelqu'un n'a pas compris la raison pour laquelle je venais à ces réunions. Je n'ai jamais eu à m'expliquer. Amie l'accepte sans poser de question, mais il faut dire qu'elle parle aussi à l'univers. Disons qu'elle est un peu plus en harmonie avec ses besoins spirituels que la plupart des gens.

– Alors, qu'est-ce qui vous pousse à continuer à venir, malgré l'adversité et cette incompréhension ?

Quelques participants marmonnent leur réponse.

L'habitude.

Un contrôleur judiciaire.

Au moins, nous sommes honnêtes.

Quand tout le monde se tait, j'offre ma propre réponse :

– Parce qu'il n'y a pas de remède.

Jude est assis à quelques chaises de moi, il se penche en avant, les coudes sur ses genoux.

Tout le monde attend que je développe ma pensée. *Bien joué*. Moi qui déteste attirer l'attention sur moi. Mais, à ma grande surprise, je continue de parler :

– Les gens veulent croire aux guérisons miracles – les régimes sans effort, les médicaments magiques. La société adore ces réponses toutes faites. Mais nous, nous venons parce que nous savons que ça n'existe pas. Nous avons besoin de nous souvenir de nos erreurs. Nous devons faire le choix au quotidien de ne pas foutre en l'air toute notre existence.

– Alors, que dis-tu aux gens qui ne le comprennent pas ? me relance Stéphanie, cherchant une conclusion à sa leçon de morale.

Je jette un coup d'œil à Jude, à Sondra et à Anne avant de m'adosser à ma chaise en haussant les épaules pour finalement répondre :

– Je ne perds pas mon temps à leur parler.

– Tu ne penses pas que c'est un peu dur ?

Stéphanie a du mal avec ma réponse. Je soupire. Le plus dur, ce serait de les laisser m'approcher de plus près.

– Non. Je n'ai pas un stock infini d'instinct de conservation que je pourrai partager. J'en ai besoin pour moi.

Ce qu'elle ne comprend pas – et ce que les gens dont elle parle ne comprennent pas –, c'est que nous les protégeons de nous-mêmes et du moment où inévitablement nous finirons par tout faire foirer. S'ils ne peuvent pas le comprendre, je ne peux pas les aider.

– Intéressant.

Sur ce commentaire, elle ouvre de nouveau son livre et se met à lire un autre passage.

Jude pince les lèvres. Je soupçonne qu'il essaie de ne pas exploser de rire de la voir si troublée par mon idée.

Le reste de la réunion est tout aussi instructif.

Jude tape son épaule contre la mienne quand il me retrouve à la porte à la fin de la réunion. C'est le seul geste d'affection publique que je lui permets.

Dehors, le soleil tente de percer à travers les nuages. Cette année, le printemps est timide, mais le temps commence enfin à se réchauffer.

– Alors, tu ne partages pas ton stock d'instinct de conservation ? me taquine-t-il.

– Nan.

Nous marchons jusqu'à nos voitures respectives. J'insiste encore pour venir seule. Je ne partage pas non plus mon autonomie.

Il a retiré les portières de sa Jeep et se glisse facilement derrière le volant avant de m'interpeller :

– Je peux venir ce soir ?

Je rougis en pensant à notre dernière nuit. Mordant ma lèvre, j'accepte d'un hochement de tête.

Apparemment, ce qui me manque, c'est du self-control.

Jude reste plus tard que l'heure d'aller se coucher. Je devrais lui demander de rentrer chez lui, car plus il reste, plus je suis encline à briser mes propres règles. Au lieu de quoi, je me retrouve enroulée autour de lui sur le canapé. Pour le moment, en tout bien tout honneur, mais à mesure que les minutes s'écoulent et qu'il se fait de plus en plus tard, sa proximité me fait des choses. Max dort à poings fermés. Amie est sortie et puis merde, à qui vais-je vendre mes mensonges ?

Après notre petite expérience dans le garage l'autre soir, je me sens de plus en plus audacieuse.

– À quoi penses-tu, Sunshine ?

Je passe ma main sur son ventre, savourant de mes doigts les rebonds des muscles de son torse.

– Je crois que je préfère te le montrer que te le dire.

Il n'essaie pas de m'en dissuader, ce qui veut dire qu'il est partant pour enfreindre mes règles, lui aussi. Il se contente de prendre ses aises sur le canapé, croisant les bras derrière sa tête avec un sourire un peu trop sûr de lui. J'avance sournoisement pour le chevaucher. Pour le moment, je me contrôle assez pour garder mes vêtements, mais ça ne va pas durer longtemps. Je me penche vers lui et effleure ses lèvres des miennes. Brusquement, sa grosse main vient m'attraper la nuque.

— On n'a pas le temps de tourner autour du pot, dit-il dans un souffle.

Nous nous jetons l'un sur l'autre, dans une bataille de bras, de jambes et de langues. Sa main passe sous mon T-shirt, caressant mon sein par-dessus mon soutien-gorge. Il y a comme un truc délicieusement adolescent dans cette situation. Nous ne sommes pas censés faire ça, et pourtant nous n'arrivons pas à garder nos distances. Toutefois, il y a des limites et nous le savons tous les deux, mais bon, ça ne veut pas dire qu'on ne peut pas les repousser un peu.

Il commence à frotter sa braguette contre moi et je ne peux pas m'empêcher d'onduler des hanches alors que nos baisers gagnent en profondeur. Je le touche à travers ses vêtements, j'en veux plus, mais pourtant, j'arrive à me contenir. Tout ça me rend folle. Sa queue est bien dure. Je la sens sous son jean et, sans aucune honte, je me frotte contre lui à travers le coton de mon pantalon et le satin de ma petite culotte.

— J'ai envie de te voir jouir, murmure-t-il.

Il me fait gémir de plaisir et je dois me mordre les lèvres pour garder le silence.

— Il n'y a personne ici, chérie, m'encourage-t-il. Que toi et moi.

Et là, je ressens comme un éclair de culpabilité. L'éternel fardeau d'être à la fois une mère et une femme. Max est couché depuis des heures, mais j'ai l'impression de faire quelque chose de mal, même si oh, c'est tellement bon. J'enfouis mon visage dans son cou pour réprimer les sons que je commence à faire. Sa barbe me gratte le front et sa main est maintenant sous mon soutien-gorge, elle pince et caresse mon téton tandis que je me contorsionne sur lui. Sa respiration s'accélère, comme la mienne, quand je sens une petite main se poser sur mon épaule.

D'un bond, nous nous écartons loin l'un de l'autre, essayant de rajuster nos vêtements légèrement de travers. La culpabilité que je lis sur le visage de Jude trahit celle que je ressens. Je m'exclame alors :

– Qu'est-ce que tu fais debout ?

Mais Max regarde par terre. Il se dandine d'un pied sur l'autre et je dois lui relever le menton. Il n'ose nous regarder ni l'un ni l'autre et j'ai le cœur gros. Voilà exactement ce que je voulais éviter.

Je lui parle en signant :

– Pourquoi t'es-tu levé ?

Ses lèvres tremblent et il se frotte le ventre. Jude se joint à notre conversation :

– Tu ne te sens pas bien, petit gars ?

Mais je me suis déjà levée et je guide Max vers sa chambre. En route, j'interpelle Jude par-dessus mon épaule :

– Bon, bah, on se voit demain.

– Je ne suis pas obligé de partir, dit-il d'un air entendu.

Euh, si. Mais ça, je le dis dans ma tête. Au lieu de quoi je me force à hausser les épaules. J'ai envie qu'il soit encore là quand je reviendrai dans le salon, même s'il doit vraiment partir. Je me force à sourire en remettant Max dans son lit.

– Tu as juste besoin de dormir, mon chéri. Maman est juste à côté. Viens me chercher si tu en as besoin.

Je lui embrasse le front, mais il a toujours l'air mal à l'aise.

– Quel est le problème ?

– J'ai fait une bêtise ?

Je ferme les yeux et j'essaie de garder mon calme en lui répondant avec mes mains.

– Non, bien sûr que non, tu n'as pas fait de bêtise. Je suis toujours là pour toi. Quoi qu'il arrive.

Je lui caresse le dos pendant quelques minutes, jusqu'à ce que sa respiration se fasse plus régulière et que ses paupières cillent sous l'assaut des rêves. Quand je retourne dans le séjour, Jude est encore sur le canapé.

– Tu devrais vraiment partir.

Cette fois-ci, je le pense et je suis ferme.

– Faith, je…

Mais je l'interromps en levant la main.

– J'ai mis ces règles en place pour une bonne raison et, à l'évidence, je ne peux pas me faire confiance quand tu es là.

– Alors, je dois m'améliorer, me promet-il. Moi aussi j'ai enfreint les règles, tu te rappelles ?

– Ce ne sont pas les tiennes, dis-je en haussant les épaules.

J'essaie de faire preuve d'indifférence, mais mon effet tombe à plat, sonnant aussi faux que mes sentiments à l'idée qu'il me quitte.

– Mais putain si, ce sont aussi les miennes. Tu n'en aurais pas eu besoin si je n'étais pas là.

– J'ai toujours eu ces règles, dis-je sur la défensive.

– Avec combien de gars es-tu sortie depuis la naissance de Max ?

Le nez dans le caca. Je serre les poings.

– Je n'ai pas besoin que tu me juges.

Jude jette un coup d'œil par la fenêtre et nous gardons tous les deux le silence.

– Je suis désolé, Faith. Je n'essaie pas de te faire porter le chapeau, mais nous ne devrions ni l'un ni l'autre nous infliger ça. C'est naturel qu'un homme et une femme qui ont des sentiments l'un pour l'autre veuillent de l'intimité.

– Certes, mais je ne m'en sens pas capable.

Je me force à lui dire ça, même si je sens que mon cœur commence à se briser.

– Ne t'emporte pas comme ça. Ne laisse pas la culpabilité te forcer à dire des trucs que tu ne penses pas.

Ce n'est pas un conseil. C'est un ordre, et le ton très ferme de sa voix me hérisse.

– Ma priorité absolue est de protéger Max et de m'assurer qu'il ne soit pas blessé.

– Tu penses que je lui ferais du mal ? demande Jude d'une voix étranglée.

– Non, mais que se passera-t-il dans quelques mois si tu décides de retourner à Seattle ? Ou à

Los Angeles ? Je ne vois pas où est notre place dans ce tableau.

– C'est vous le tableau. Tout le reste, c'est l'arrière-plan, dit-il doucement.

J'ai envie de me lover dans ses bras, mais je résiste. Il dit tout ce qu'il faut et, en plus, il le pense. Alors, pourquoi suis-je incapable de le laisser m'aimer ?

Comme je ne réponds pas, il change de tactique.

– Peut-être qu'il nous faut prendre le problème sur un plan plus pragmatique. J'ai fait quelques recherches sur les implants cochléaires.

– Quoi ?

C'est sorti tout seul. Je ne voyais pas du tout cette conversation partir dans cette direction. Vraiment pas.

– Je sais que tu m'as dit que ton assurance ne paierait pas pour ça, mais ce n'est plus vraiment un problème maintenant.

– C'est un problème, lui dis-je pour l'arrêter. Parce que je n'ai pas l'argent pour les payer.

– Mais moi, si.

– Jude, je suis désolée. Je ne peux pas te laisser faire ça et même si je le voulais, il y a encore bien d'autres aspects que le financier à prendre en compte.

– Comme quoi ? Je sais que tu n'es pas prête à laisser cette relation devenir sérieuse, mais elle l'est déjà pour lui et pour moi. J'aime ton gamin et je veux ce qu'il y a de mieux pour lui. Je ne dois m'occuper de personne, je n'ai pas de famille.

– Oh non, pas ça.

Je fais quelques pas en arrière pour m'adosser au mur. Jude se lève et approche.

– Je l'ai trouvée, ma famille. Nous le savons tous les deux. Il est temps que tu me laisses en faire partie.

Bon Dieu, ce que j'en ai envie, mais mieux que quiconque, j'ai appris que je ne pouvais me reposer sur personne.

– Et puis d'abord, pourquoi veux-tu qu'il ait ces implants ? Pour qu'on puisse baiser sur le canapé ? Pour qu'on puisse faire ce qu'on veut parce que, comme ça, il pourra nous appeler ?

Jude plisse les yeux et je sens ses épaules se crisper.

– Ce n'est ça pas du tout, et tu le sais très bien.

– Il est parfaitement capable de communiquer avec nous. Nous n'avons pas besoin de lui faire subir un protocole chirurgical lourd et inutile, juste par égoïsme.

– Ce n'est pas égoïste, c'est ce qu'il y a de mieux pour lui, hurle Jude.

– Et comment peux-tu savoir ce qu'il y a de mieux pour lui ? Tu n'es pas son père. Tu n'as pas été présent ces quatre dernières années.

Il s'arrête à quelques pas.

– Je suis là maintenant.

Mais je vois bien que ma réflexion l'a touché. J'ai très envie de reprendre mes mots, mais ils devaient être dits. Plus nous attendons pour nous avouer que nous vivons un mensonge, plus nous allons nous faire mal. Nous nous dévisageons pendant que j'essaie de rassembler mon courage pour passer à l'étape suivante, mais c'est Jude qui parle en premier.

– Vous aimer tous les deux est le truc le moins égoïste que j'ai jamais fait. Je sais que tu as du mal à faire confiance aux autres et j'essaie d'être patient. Mais putain, tôt ou tard, tu vas devoir accepter que je ne partirai pas.

Je m'agrippe au chambranle de la porte pour m'empêcher de courir me réfugier dans ses bras. Le retour de Max enfonce le clou. Même dans le couloir plongé dans la pénombre, il a l'air tout pâlot.

Je passe immédiatement en mode maman, mais avant que je puisse agir, il ouvre la bouche et vomit partout sur la moquette. Je ferme les yeux et cherche la source de plénitude et de force maternelle dont j'ai besoin pour gérer ça.

– Va-t'en, dis-je doucement à Jude avant de me tourner vers mon fils et de le porter jusqu'à la salle de bains.

Je lui retire ses vêtements poisseux et l'aide à se laver la bouche. Je connais la chanson. Il n'y a rien que je peux faire pour un enfant de quatre ans qui vomit. Pas de médicament à lui donner. Je ne peux qu'être là, lui tenir la main et le nettoyer. C'est le job que j'ai accepté le jour où il est né.

– Pourquoi vous vous disputiez ? me signe Max. C'est à cause de moi ?

J'enregistre dans ma tête cette petite preuve que virer Jude de ma vie est la meilleure chose à faire pour mon fils.

— Non, lui dis-je. On ne faisait que parler.

— S'il te plaît, ne lui demande pas de partir.

Et voilà. Il le veut dans sa vie autant que moi. Autant que Jude en a envie aussi. Je sais qu'il vaut mieux que je le force à partir, parce que ce ne sera pas toujours le cas. Peut-être pas maintenant, mais un jour, ils comprendront.

Je m'assoupis en câlinant Max. Quand je reviens en titubant dans le séjour, je découvre que le vomi a été nettoyé et je trouve Jude devant la machine à laver, sur le point de mettre le pyjama de Max au sèche-linge. Sans lever les yeux vers moi il me dit :

— Je pars tout de suite. Je ne voulais pas que tu te retrouves toute seule à tout gérer.

Les larmes me piquent les yeux.

— Je suis désolée, dis-je doucement.

Il se penche en avant en agrippant le bord du lave-linge, et pousse un gros soupir.

— Je sais contre quoi on se bat, Faith, et je sais pourquoi tu es inquiète. Je ne peux pas te promettre de ne jamais déconner. Mais je peux te promettre que tout ce que j'ai et tout ce que je suis est à toi.

Il attend que je lui réponde et je sais ce qu'il attend. Je suis censée lui dire la même chose et j'en ai envie, mais je sais que si je le fais, ce sera un mensonge. Devant mon silence, il se redresse, attrape mon menton et me dit :

– Va te reposer, Sunshine.

Il doit connaître la vérité, même si je dois le perdre pour ça. J'ouvre la bouche, prête à lui cracher les plus sordides des secrets et les souvenirs troublés de mon passé.

Mais Max se met à pleurer de l'autre côté de la maison et ma tête tombe en avant.

– Deuxième round.

– Je m'en occupe ce coup-ci, m'affirme Jude, très sûr de lui. Va te coucher un moment. On dirait que la nuit va être longue pour nous deux.

Nous deux. La nuit va être longue *pour nous deux.* Aucune hésitation. Aucune attente. Jude a choisi sa place à nos côtés.

Il me pousse vers la porte de ma chambre et se précipite vers Max sans même prendre le temps de m'embrasser. Peu importe. S'il croit vraiment que sa place est là et que c'est ce qu'il veut, alors il sait gérer ses priorités. Là, pour l'instant, la priorité, c'est Max.

Alors, je me glisse sous ma couette et m'installe confortablement, mes paupières se font lourdes et mes pensées tournent en rond dans ma tête, revenant sans cesse à ces choses qu'il doit savoir. Il doit savoir pourquoi Max est sourd et il doit savoir quelles erreurs m'ont poussée à venir m'installer dans cette petite ville.

Mais plus que tout, Jude doit savoir ce que je fuis.

CHAPITRE 19

Avant

Les pleurs ne cessaient jamais. À chacun de ses minuscules vagissements, elle paniquait, et de plus en plus. Les cris gagnaient en amplitude et appuyaient sur sa poitrine, jusqu'à ce qu'elle pense qu'elle allait exploser. Quand Grace était au travail, elle laissait Max dans son couffin et ils pleuraient ensemble jusqu'à ce que l'un des deux s'endorme. Faith rêvait de ces visages qu'elle avait laissés derrière elle. Il y en avait eu plein de méchants, là-bas en Californie, mais aussi des gentils. Il y avait toujours quelqu'un d'assez sympa pour lui donner un coup de main ou lui proposer de passer la nuit sur son canapé. Plus d'une fois, elle s'était retrouvée accueillie dans la maison d'un homme. Certains tombaient amoureux d'elle et elle tombait amoureuse de leur lit douillet aux draps propres. Généralement, elle se les tapait. Ça faisait partie du deal. Elle ne fit l'amour qu'à un seul.

Max avait ses yeux. Des yeux bleus pleins de douceur qui lui donnaient envie d'être quelqu'un de meilleur. Lui, il disait qu'elle devait croire en elle, avoir la foi, parce que c'était dans sa nature – que sa maman devait l'avoir vu quand elle lui avait donné ce nom : Faith, la foi. Elle aurait voulu le croire. Elle aurait pu l'aimer, peut-être. Mais elle le quitta quand elle découvrit sa grossesse. Il n'était pas du genre à entretenir une toxicomane dans son vice. Elle lui avait promis de rester clean, et puis elle s'était retrouvée à genoux, et bien pire encore, pour financer elle-même son addiction. Le savoir l'aurait blessé. Découvrir que le bébé n'était finalement pas le sien l'aurait détruit, et elle savait qu'il l'aurait su. Il n'y avait pas beaucoup d'alternatives pour déterminer l'identité du géniteur de ce bébé. Elle lui avait été fidèle, sauf pour trouver l'argent nécessaire à payer ce qu'il refusait de lui donner.

Quand Max dormait, elle se l'imaginait dans la chambre que son papa lui aurait créée. Une petite chambre avec vue sur l'océan. Il aimait le son du ressac. Chaque fois qu'elle se projetait dans cette scène, cette vision l'enflammait, un peu comme les premiers verres d'alcool il y a quelques années.

Peut-être était-elle devenue accro à lui aussi, mais en réalité elle savait qu'il représentait un havre de sécurité pour elle. Elle voulait croire qu'elle pouvait l'aimer, mais l'amour ne faisait pas partie des cartes qu'on lui avait distribuées.

Si elle aimait quelqu'un, c'était Grace. Elle aurait dû aimer Max, mais chaque fois qu'elle cherchait une trace de ce sentiment, il était absent. Peut-être que l'amour n'était pas gratuit non plus et elle n'était pas prête à en payer le prix. Elle regardait le plafond en y pensant tandis que Max pleurait dans la chambre à coucher. Faith ne prit pas la peine de se redresser quand la porte d'entrée claqua.

– Merde, Faith ! Tu ne l'entends pas ?

Grace n'attendit pas sa réponse. Quelques minutes plus tard, les pleurs cessèrent et elle réapparut en tenant Max au-dessus de la tête de sa sœur.

– Il a juste envie qu'on le prenne dans les bras.

Faith pensait plutôt qu'il voulait qu'on *l'aime*, mais elle n'en parla pas. C'était pour cette raison qu'il se calmait avec Grace, mais jamais avec elle. Elle ressentit comme un éclair de douleur qui resta sur sa peau. Elle commençait à haïr Grace. Ça, elle le ressentait. Ce sentiment, elle l'éprouvait à son encontre depuis des années. Elle détestait sa sœur parce qu'elle était tout ce qu'elle ne pouvait pas être et elle se haïssait pour tout ce qu'elle était.

La présence de Max ne faisait que renforcer cette réalité. Elle mima l'indifférence en haussant les épaules :

– Il pleure tout le temps.

Grace s'installa au bout du canapé et poussa un grand soupir.

– Écoute, commença-t-elle. Je sais qu'il faut prendre nos marques. Moi aussi. Mais peut-être devrais-tu prendre rendez-vous avec ton docteur…

– Ne recommence pas, l'interrompit Faith.

Elle ne savait que trop bien qu'un cachet n'allait pas tout guérir. Elle les avait tous essayés.

– Tu n'as pas besoin de prendre quoi que ce soit si ça te fait trop peur.

Grace s'imaginait encore que Faith voulait s'en sortir. Elle croyait que sa sœur avait fui cette vie, quand en réalité elle avait cherché à échapper à la vérité. C'était clair et net maintenant.

– Ça ne marchera pas.

Pour elle, il n'y avait rien d'autre à dire.

– Alors au moins, sortons de cette maison, la pressa Grace dont la voix trahissait un début de lassitude.

– Je croyais qu'on était censées rester à la maison pendant quelques mois.

Ce n'était probablement pas vrai, mais c'était crédible. Toutes les règles qui s'appliquaient à la maternité lui paraissaient aussi logiques que celle-ci.

– Oh mon Dieu, maintenant ce n'est plus une suggestion, c'est une obligation. Tu n'es pas invalide, tu es une maman !

Elle se leva tant bien que mal, tenant précieusement Max contre elle. Il venait enfin de s'endormir et maintenant elle voulait sortir. Mais lorsqu'elle se leva, il ouvrit un œil fatigué, sourit comme un ivrogne, comme si Grace était enivrante, et il reprit son rêve là où il l'avait laissé.

Voilà à quoi elle devait ressembler, très exactement. C'était le problème de rester auprès de sa sœur, elle incarnait en permanence toutes les aspirations secrètes de Faith. Grace était son reflet, version conte de fées, lui montrant tout ce qu'il fallait faire.

– D'accord, accepta-t-elle à contrecœur.

Elle allait essayer. Elle n'avait rien d'autre à leur donner que ses efforts.

Ils allèrent au Pacific Science Center, en se servant du pass de Grace réservé aux employés, et elles portèrent Max chacune leur tour.

– Je crois qu'il est assez grand pour aller dans une poussette, annonça Grace. Il faut juste que j'économise un peu plus pendant les prochaines semaines.

Elle le berçait doucement dans ses bras alors qu'elles se promenaient dans le jardin aux papillons.

– Je vais trouver un boulot.

Elle allait y arriver. Rien que de le dire lui fit du bien. Toutes ces conneries de rester à la maison devaient s'arrêter.

Grace désigna Max d'un mouvement de tête en lui disant :

– Tu as un job.

Mais je n'en veux pas. Elle se contentait de hocher la tête quand un grand papillon monarque se posa sur l'épaule de sa sœur puis vint effleurer le front de Max.

– Voilà qui va lui porter chance ! s'exclama Grace avec un grand sourire. Tu vas être béni, petit gars.

La gorge de Faith se serra autour de la boule qui ne la quittait jamais. Max l'était peut-être déjà.

Elles laissèrent Max plonger ses petites mains dans le bassin du musée et rirent aux éclats quand il les aspergea d'eau de mer en remuant dans tous les sens. Quelques enfants assemblés autour du rebord lui rendirent ses éclaboussures, ce qui le fit gazouiller de plaisir jusqu'à ce qu'un gardien leur demande d'arrêter. Puis elles l'emmenèrent au planétarium où elles lui montrèrent les étoiles. Ce soir-là, il s'endormit sans un bruit. Il avait enfin vu un petit bout du monde en dehors de la maison.

Si seulement il avait su à quel point ce monde était immense et à quel point il pouvait se révéler terrifiant. Faith resta parfaitement éveillée, à fixer le crépi du plafond, à regretter de ne pas pouvoir contempler les étoiles.

Au matin, elle disparut. Se fondit dans l'immensité de ce monde effrayant sans l'ombre d'une arrière-pensée.

CHAPITRE 20

Jude et moi avons besoin de passer un petit moment entre adultes.

Pas le genre de moment comme celui contre la porte du garage l'autre soir, mais un moment en tête à tête pour parler sérieusement, sans qu'on nous interrompe. C'est pourquoi je lui demande de sortir un soir avec moi.

Que je me sente toute retournée quand il accepte est complètement con. Et, puisque j'ai fait le premier pas ce coup-ci, c'est à moi de choisir le restaurant. Je décide de rester dans sa zone de confort. *Thai Gardens* est un restaurant situé dans un petit coin du centre-ville. L'endroit est légèrement plus romantique que mon salon, avec ses petites touches de couleur prune et ses statues exotiques, tout en restant décontracté.

– Un restaurant thaï ? demande-t-il quand on nous installe à une table.

– Je me suis dit qu'on pouvait élargir un peu ta culture gastronomique, je réponds en dépliant la serviette sur mes genoux.

– Bon, il va falloir que je te fasse confiance.

Me faire confiance. Plus pour très longtemps, j'imagine.

Il jette un coup d'œil à ma main et je m'immobilise. Je ne m'étais même pas rendu compte que j'avais attrapé ma fourchette et que je la tapotais contre la nappe. Jude me retire des mains l'objet incriminé et enlace ses doigts aux miens.

En temps normal, ce geste me calmerait, mais je sais pourquoi nous sommes vraiment là ce soir.

Oui, nous avons besoin d'avoir une conversation entre grandes personnes. Nous avons besoin de nous éloigner de Max et d'Amie. Nous avons besoin de ne pas nous approcher du canapé et, pour pouvoir vraiment apprendre à nous connaître, ce doit être en marge d'une réunion des Narcotiques Anonymes. Et s'il a toujours été très ouvert sur son passé, je ne peux pas en dire autant.

Quand Jude est dans les parages, je pars en vrille. C'est une sensation grisante et électrisante de savoir qu'il sera là pour me rattraper si je tombe, mais je ne peux pas lui demander de m'en offrir plus encore, tant qu'il ne connaîtra pas la vérité.

La serveuse s'approche de notre table et Jude lui demande quelques conseils. J'ai le bide en vrac, je le laisse choisir pour moi. Elle secoue légèrement la tête en s'éloignant, probablement à cause de l'énorme quantité de nourriture que nous venons de commander.

J'en profite pour décider que la vérité accompagne mieux les plats que les entrées.

– Au fait, je voulais te dire, commence Jude en laissant tomber sa paille dans son thé glacé, tu es très belle ce soir, Sunshine.

Impossible d'effacer le sourire sur mon visage malgré les sombres raisons qui m'ont poussée à extirper cette robe de mon placard.

– Amie a fait genre qu'elle allait tomber dans les pommes quand elle m'a vue. Je crois qu'elle a été surprise de découvrir qu'il n'y avait pas que des jeans dans ma garde-robe.

– Je dois admettre que j'aime l'effet des jeans sur ton cul, mais tu es magnifique ce soir.

Je lisse ma robe de crêpe noir, soudain gênée. J'ai bouclé mes cheveux, les ai empilés sur ma tête comme un chignon et j'ai fait l'effort suprême de mettre de l'eye-liner – le dur à mettre, pas le crayon – et j'ai même appliqué du rouge à lèvres.

– Toi aussi, tu es très élégant.

J'essaie de détourner son attention. Il passe son doigt autour du col de sa chemise noire et hausse les épaules en commentant :

– Je ne joue pas dans la même catégorie que toi.

Je me demande s'il pensera toujours la même chose quand j'aurai tout déballé. C'est de pire en pire dans mon bide, je bois une grande gorgée d'eau pour essayer de me calmer. Bien entendu, quand j'essaie de reposer mon verre en l'alignant bien sur ma fourchette, je le fais tomber sur la table.

– Oh mon Dieu ! Je suis tellement désolée !

Je me dépêche d'éponger avant que tout n'atterrisse sur son pantalon. Impossible de faire correctement le moindre truc. Jude attrape ma main et je me rends compte que je suis en train de me maudire à mi-voix.

– Ce n'est pas grave, dit-il doucement.

La serveuse s'affaire avec quelques serviettes et récupère les glaçons dorénavant inutiles. Je regrette qu'il ne soit pas aussi facile d'essuyer toutes mes autres erreurs.

Il faut que je me ressaisisse. Si je me mets à lui raconter mon histoire maintenant, je n'arriverai pas à avoir un discours logique et bien construit.

Quand arrive le plat, je me retrouve face à la deadline que je me suis imposée. Heureusement, les effluves d'ail et d'épices qui s'échappent des différentes assiettes détournent l'attention de Jude.

– Voyons voir si c'est bon, lance-t-il en piquant de sa fourchette une crevette avant de la manger.

– Évite d'avoir un orgasme à table, je le taquine en le voyant exprimer son plaisir.

– C'est lequel ce plat-ci ? demande-t-il, une fois sa bouchée avalée.

– Euh, je crois que ce sont les Crevettes Belle-Mère.

– Alors, je ne comprends pas de quoi se plaignent les gens, parce que merde, une belle-mère comme ça, je la veux à la maison.

Je me force à rire alors que mon estomac se retourne.

– Eh bien, c'est la seule que tu pourras ramener chez toi.

Ma blague tombe à plat, alors je joue avec ma nourriture, incapable d'avaler quoi que ce soit.

– Faith, dit-il après quelques minutes de silence. Tu n'es pas la seule à avoir grandi sans famille.

Je sais que c'est quelque chose de difficile à dire pour lui, parce que moi, j'ai un fils et une grand-mère que je peux toujours voir, même si elle ne va pas bien. Lui, il n'a personne. Mais bon, j'apprécie qu'il comprenne ce que je ressens, même s'il n'a qu'une toute petite idée de l'ampleur de ce que j'ai perdu.

J'abandonne tout espoir d'avaler quoi que ce soit. Posant mes mains sur la table, je me blinde avant de me lancer :

– Il faut qu'on parle. J'ai des choses à te dire.

Il lève la main pour m'interrompre et rétorque :

– Ne nous racontons pas nos passés désespérants. On ne peut pas réécrire l'histoire, Sunshine. Tout ce qu'on peut faire, c'est décider de nos prochains actes.

– Alors, nous sommes les auteurs de nos propres histoires ? je demande, levant un sourcil ironiquement.

– Exactement, me renvoie-t-il en souriant.

Mon bide commence à se détendre. Il a peut-être raison. Il n'est pas nécessaire de l'accabler des erreurs de mon passé. Croire qu'il pourrait m'accorder une seconde chance est trop difficile, mais il me donne envie de rêver.

– Attends, ce n'est pas ce qu'il y avait d'écrit dans mon biscuit lors de notre premier rendez-vous ?

Il fouille dans sa poche arrière, en sort son portefeuille et récupère un petit bout de papier froissé. Quand il me le passe, les larmes me montent aux yeux.

– Tu l'as gardé.

– Je garde les bons, avoue-t-il d'un ton sourd.

Je lève les yeux et rencontre les siens.

– On parle de prédictions d'avenir ou de…

– C'est une politique globale.

Je lui rends le petit mot et y ajoute mon cœur. J'ai envie qu'il les garde tous les deux en sécurité.

– Tu en as tout un tas en réserve, alors ?

– Tu aimerais bien le savoir, hein ? me répond-il avec un clin d'œil.

Notre conversation prend un tour plus léger. Jude me nourrit de différents currys et de nouilles épicées qu'il a commandés et nous en concluons qu'il aime la nourriture thaïe autant que la chinoise. Voilà comment est censée être notre relation : simple, facile. Nous avons peut-être assez souffert, nous méritons d'être heureux maintenant.

Je lui suggère :

– On devrait revenir ici. On pourrait peut-être alterner entre cet endroit et le *Lucky Dragon* le dimanche.

– Ça pourrait être sympa de faire des trucs différents, dit-il en me tenant la porte. Tu crois que le petit gars apprécierait ?

Je pince les lèvres pour réfléchir avant de lui répondre :

– Ça risque d'être un peu épicé pour lui, mais on peut essayer.

Parler de Max et faire des projets avec lui nous vient naturellement, pas besoin de faire un effort, ni l'un ni l'autre. Jude a peut-être raison. Peut-être devrais-je me concentrer sur une seule chose : trouver un moyen pour que tous les trois nous soyons heureux.

— Tu veux faire une promenade ?

Il me détaille des pieds à la tête et s'éclaircit la gorge alors que son regard s'attarde sur mes courbes.

— Tu ne risques pas d'avoir froid dans cette robe ?

— J'aime le vent, tu te souviens ? Surtout le vent marin.

Ma voix est légèrement rauque et son regard s'évade au rappel de notre première matinée ensemble.

Malheureusement, il ne nous sera pas possible de rejouer la scène sur la plage publique qui borde le centre-ville de Port Townsend. Alors, je me contente de retirer mes ballerines et nous parcourons le relief du bord de mer, main dans la main.

Les journées sont de plus en plus longues et l'éclat rose du coucher de soleil darde encore l'horizon. Régulièrement, un petit caillou vient s'enfoncer dans la plante de mon pied, mais peu m'importe. Je respire l'air salé des embruns, Jude et la magie du crépuscule à venir. Mais à mesure que la lumière du jour décline, l'air se fait de plus en plus frais.

— Tu trembles, remarque Jude.

Il s'arrête, me prend dans ses bras et frotte vigoureusement ma peau nue pour la réchauffer.

— On devrait rentrer.

– Et si je n'en avais pas envie ? je lui demande en levant la tête pour le regarder.

Jude lèche sa lèvre inférieure, je sais qu'il a compris les sous-entendus derrière mes mots. Je le relance :

– Chez toi ou chez moi ?

– Parfois j'aimerais qu'on n'ait pas à se poser cette question.

Il me plaque contre lui, laissant cette petite déclaration planer entre nous. Je sens que ce n'est pas ce qui le préoccupe le plus pour le moment. Ma respiration s'accélère. Je ne suis pas prête. Il me faut plus de temps avant qu'il me demande de faire un autre grand pas.

Je recule, il caresse ma bouche de son pouce, son regard bleu incandescent me brûle et il finit par me répondre :

– Il n'y a personne chez moi.

Ce n'est pas tant la réponse que je crains, mais plutôt la question qui va avec. Contre son corps solide, je me détends alors qu'il poursuit :

– Amie insiste pour que tu ne reviennes pas chez toi avant demain matin.

– Ah oui, tiens. Serais-tu de mèche avec ma meilleure copine ?

– Si je te dis oui, ça me fait gagner ou perdre des points ?

Il y a comme une trace de sourire dans sa voix.

Je respire profondément et prends une décision. Si je dois écrire ma propre histoire, alors comment voudrais-je clore le chapitre de ce soir ? Je murmure ma réponse :

– Chez toi.

– Si je te jette sur mon épaule et que je cours jusqu'à la voiture, est-ce que j'aurai l'air impatient ?

Il est si proche que je sens la chaleur de son souffle. Pour l'inciter à mettre son plan à exécution, je le rassure :

– Pas du tout.

Nous sourions comme des débiles en arrivant dans la rue, mais quand il démarre sa Jeep, mon téléphone se met à sonner.

– Désolée !

Mais il chasse mes excuses d'un geste de la main. Je le sors de mon sac précipitamment et quand je vois qui m'appelle, je décroche immédiatement :

– Quel est le problème ?

– Oh, mon chou, c'est votre grand-mère.

La voix pleine de compassion de Maggie est lourde d'inquiétude.

– Je suis désolée de vous déranger, mais elle a une crise et rien ne la calme. Elle dit des choses… euh, assez dingues. Je crois que ça lui ferait du bien de vous voir.

Je ferme les yeux et m'appuie contre le dossier. Ce n'est vraiment pas le moment, mais Maggie ne m'a jamais appelée comme ça avant.

– Je peux essayer de venir.

– Elle jette des trucs dans sa chambre depuis le début de la soirée et elle parle de vous et de votre sœur.

Je m'agrippe à mon téléphone de toutes mes forces, comme s'il pouvait m'échapper. Mamie ne parle jamais de nous deux.

— J'arrive dès que possible.

Je raccroche le téléphone et souris à Jude d'un air de m'excuser. Il a certainement entendu le gros de notre conversation.

— Elle va bien ?

— Je ne sais pas. Vraiment. Maggie ne m'a jamais demandé de venir jusqu'à présent, et…

— Vas-y, va voir ta grand-mère, m'interrompt Jude. Je peux supporter un contretemps.

— Tu es sûr ?

Les lèvres pincées, je me demande si Amie pourrait renouveler sa proposition de me laisser sortir avec Jude toute la nuit.

Il met son clignotant, passe la marche arrière et prend la direction de ma maison plutôt que la sienne.

— Bien sûr. Nous n'avons peut-être pas beaucoup de famille toi et moi, Sunshine, alors restons proches de celle qui nous reste.

Il s'engage dans l'allée devant mon garage et coupe le moteur pour me demander :

— Tu veux que je t'accompagne ?

Je lui réponds silencieusement non en secouant la tête. Si Mamie parle de nous deux, alors je veux vivre ça toute seule. Après tout ce qu'elle a dit lors de leur première rencontre, je crains vraiment tout ce qu'elle pourrait lui révéler de mon passé.

Il hoche la tête pour me montrer qu'il comprend.

– J'irai voir comment va le petit gars. Tu m'appelles quand tu reviens ?

– Oui, je lui promets, en rêvant à la possibilité d'être de retour avant qu'il ne soit trop tard.

Jude m'attrape par les hanches et me plaque contre lui.

– Demain soir ?

– J'y compte bien, je réponds dans un souffle.

Il m'embrasse à m'en faire perdre la raison. C'est un rappel : quoi que l'avenir me réserve ce soir, il sera là demain matin.

Les maigres biens auxquels Mamie s'est accrochée au fil des ans sont dispersés par terre. Un album photo. Un morceau de terre cuite peint par l'une d'entre nous pour son anniversaire. Des vêtements jonchés sur le lit. Dans un coin, le cadre photo de mon grand-père est complètement brisé. Maggie n'exagérait pas quand elle m'a appelée.

– Je suis désolée, mon chou, dit Maggie dans l'embrasure de la porte tandis que nous observons toutes deux ces dommages. Les docteurs voulaient lui donner quelque chose pour la calmer, mais je me suis dit qu'on devait d'abord essayer de vous faire venir pour la raisonner.

Au moins, elle a arrêté de jeter des objets partout. Maintenant, elle est assise dans son fauteuil à bascule et regarde par la fenêtre en pleurant douce-ment toute seule.

Je m'approche, en prenant soin de ne marcher sur aucune de ses affaires. Je m'agenouille devant elle et lui prends la main pour l'appeler doucement :

– Mamie.

– Oh, elle est morte. Elle est morte, murmure-t-elle en sanglotant.

Je déglutis difficilement la boule dans ma gorge et me force à la relancer :

– Qui est morte ?

– Elle est morte, elle est morte. Je n'ai pas pu l'aider.

Elle tourne son visage baigné de larmes vers moi. Tendant la main, elle caresse ma joue de ses doigts tremblants.

– Je suis tellement désolée pour ta sœur.

Je prends une grande inspiration et glisse sa main dans la mienne. Je la presse contre ma joue, ferme les yeux et lui réponds :

– Je suis là, et elle, elle est à Los Angeles.

C'est un mensonge. Je ne sais absolument pas où est ma sœur. Aucune idée. La dernière fois que je l'ai vue, elle a parlé de Californie alors, c'est probable. La drogue ne manque pas pour une jolie fille comme elle là-bas.

– Non, elle est morte.

Sa détermination, ses mots si fermes me paralysent. M'asseyant sur mes talons, je fouille son visage et cherche les signes. Elle n'est pas enfermée dans le passé. Elle est là, avec moi.

– Mamie, de quoi tu parles ?

Elle se tourne et me désigne sa commode. Je dois rassembler toutes mes forces pour me lever et ouvrir le tiroir. La majeure partie de son contenu en a été extirpée ou jetée par terre, mais j'y trouve un bout de papier plié qui m'y attend tout au fond. Je le déplie en tremblant et je commence à lire. Tout mon univers se met à tourner et je dois me rattraper au meuble.

Pas besoin de regarder plus loin que la première ligne.

Me précipitant vers ma grand-mère, je le lui tends, les mains tremblantes et lui demande :

– Quand as-tu reçu ça ? Depuis quand l'as-tu ?

– Je suis désolée. Qu'est-ce que c'est ?

Le calme de l'absence a repris possession de son visage.

Ce soir, elle ne me donnera plus de réponses, mais le papier que j'ai entre les mains suffit. Je le replie en trois, puis encore en deux, et le glisse au fond de mon sac à main où personne ne le trouvera.

Si Maggie n'avait pas appelé ce soir…

Mais impossible de laisser le cours de mes pensées prendre cette direction. Je me mets à ranger sa chambre sans réfléchir. Quand je termine, elle me demande qui je suis. Personne d'autre qu'un visage inconnu pour elle.

Maggie m'arrête à l'entrée de la résidence et me serre chaleureusement dans ses bras, mais je ne sens rien. Je suis comme anesthésiée.

– Merci d'être venue. Je suis désolée d'avoir mis à mal tous vos projets pour le week-end, s'excuse-t-elle.

– Ce n'est pas grave.

Je me force à sourire, mais je n'arrive pas à la regarder en face. Se méprenant sur mes sentiments et me croyant triste, elle cherche à me réconforter :

– C'est dur quand elle se met dans cet état. Son médecin veut la voir demain matin.

– J'essaierai de passer alors. Dimanche au plus tard.

Cette fois-ci, je respecterai ma promesse. Je viendrai tous les jours, jusqu'à ce que je puisse lui parler pendant l'un de ses moments de clarté. Elle n'aura peut-être pas de réponse à m'apporter, mais le morceau de papier au fond de mon sac me dit le contraire.

Je suis presque sortie du bâtiment quand Maggie m'interpelle :

– Au fait, c'était vraiment sympa de rencontrer votre homme !

La sensation de joyeux vertige qui accompagne normalement toute conversation à propos de Jude a disparu. Cette soirée me l'a volée.

– Merci, lui dis-je simplement en me remettant en route.

– Je me demandais s'il vous retrouverait.

Je referme la porte et me tourne vers elle. Redoutant déjà la réponse, je lui demande :

– Qu'est-ce que vous voulez dire ?

– Eh bien, il était venu ici, il vous cherchait. Il disait que vous étiez de vieux copains. Vous vous êtes rencontrés en Californie, c'est ça ?

Elle me dévisage, incapable de cacher sa curiosité devant ma réaction.

La gorge serrée, je hoche la tête. Maintenant, je comprends pourquoi Jude ne voulait pas s'étendre sur nos passés pendant le dîner. Lui aussi me cache quelque chose.

Je finis par répondre à Maggie :

– Il ne m'a pas dit qu'il était venu ici.

– Si, il est venu rendre visite à votre grand-mère, continue l'aide-soignante sans se rendre compte de quoi que ce soit. Je n'arrive pas à croire que j'ai oublié de vous en parler. Un homme comme ça qui vient chercher une certaine Faith Kane, et j'oublie de vous en parler.

– Il l'a trouvée, dis-je à voix basse.

– Oui, il vous a trouvée, n'est-ce pas ? Le destin réserve vraiment des surprises.

– Vous ne lui avez pas dit que j'habitais Port Townsend ?

La question me brûle la gorge.

– Je ne ferais jamais une chose pareille, même s'il est terriblement beau garçon. C'est contre le règlement, vous le savez, hein ? J'espérais juste qu'il arrive à retrouver votre trace de lui-même.

– Bien sûr, lui dis-je, la bouche soudain sèche. Je crois que j'ai de la chance qu'il m'ait retrouvée.

CHAPITRE 21

Je rentre à la maison en conduisant à une vitesse plus qu'imprudente. Les arbres forment des masses sombres et troubles dans le paysage, un peu comme ma vie. J'ai un million de questions à poser et toutes exigent une réponse, mais ça me forcera à ouvrir un pan de mon passé que j'ai fermé à double tour.

Jude n'a pas débarqué par hasard dans ma vie, il s'y est incrusté. Découvrir pourquoi pourrait bien me détruire et irrémédiablement réduire à néant tout espoir d'avenir pour nous deux.

Quand j'aperçois le panneau d'entrée de Port Townsend, je sais que je dois faire un choix : rentrer chez moi ou aller chez lui. J'emprunte la route que je connais le mieux, mais dès que j'arrive dans ma rue, je repère sa Jeep : un éclat jaune dans les ténèbres. La décision a été prise pour moi. Une fois encore, il a fait le choix à ma place.

Quand j'arrive devant la porte, je marque un temps d'arrêt. Je n'arrive même pas à rentrer chez moi. Il a aussi infecté ma maison. Tout comme il m'a contaminée.

Il est chez moi. Il est en moi. Je veux qu'il sorte des deux.

– Qu'est-ce que tu fous là ?

Je l'interpelle depuis la porte d'une voix tremblante de colère.

Jude jette quelques jouets épars dans une panière avant de me rejoindre. Je bats en retraite dans l'entrée pour ne pas réveiller Amie.

– Je voulais voir comment tu allais. Amie m'a dit que tu n'étais pas encore rentrée, alors je suis resté dans les parages après avoir mis le petit gars au lit.

– Tu devrais partir.

Je ne le regarde pas, pour essayer d'imaginer un avenir sans lui.

– Que se passe-t-il, Sunshine ?

Devant mon silence, il tend la main et lève mon menton pour planter son regard dans le mien.

– *Tu sais.*

Deux petits mots tout simples qui veulent tout dire. Leur simplicité n'en allège pas le poids. En fait, cette accusation, je la ressens encore plus maintenant. Trahison. Peur. Passée la torpeur paralysante de ces émotions, je sais que le chagrin m'attend.

Jude ne me force pas à continuer. Il ne me harcèle pas de questions. Parce qu'il a toujours su que ce moment viendrait un jour ou l'autre.

– Je ne savais pas à quoi m'attendre, j'admets en m'écartant. Pendant que je conduisais pour revenir, je m'imaginais ce que tu allais dire – comment tu allais expliquer tout ça.

– Je me pose la même question depuis des mois.

Il ne se cherche pas d'excuses, il ne m'insulte pas en feignant l'ignorance. Mais il n'essaie plus de me toucher. Ses épaules se crispent et j'aperçois un muscle tressauter sur sa joue. Il est sur la défensive. Je ne peux pas lui en vouloir, moi aussi, je me sens sur des charbons ardents.

– Quand allais-tu me le dire ?

– *Quand allais-tu me le dire ?*

Il répète mes mots, mais je l'ignore et passe à la question suivante, scrutant son visage à la recherche d'un indice de mon erreur, mais ses yeux ne sont que vérité.

– Tu sais tout depuis le début. Pourquoi ne m'as-tu pas dit qu'elle était morte ?

Jude ferme les yeux et prend une grande inspiration. Il ouvre la bouche, puis la referme. Je me rends compte alors qu'il l'ignorait et demande doucement :

– Tu n'étais pas au courant ?

– Non, murmure-t-il. Je ne le savais pas. Je suis désolé de l'apprendre.

– Mais ça n'excuse pas ce que tu as fait. Tu es venu ici la chercher. Pourquoi ?

Je ne lui laisse pas plus de temps qu'on ne m'en a accordé pour accepter sa mort. J'ai envie qu'il la ressente. Je ne veux pas être la seule à vif devant cette horrible vérité.

– Je suis venu ici pour la retrouver, confesse-t-il lentement.

Il fait une pause pour rassembler ses idées et j'ai envie de lui crier dessus pour qu'il continue de parler.

Il me faut des réponses, j'en ai besoin. Et tout de suite.

– Mais c'est toi que j'ai trouvée, finit-il par lâcher.

– Et tu savais ?

Ma voix se brise, les larmes transpercent le fin vernis de self-control auquel je m'agrippais depuis mon retour.

– Depuis le début, tu savais. Tu es venu dans ma maison. Tu as couché avec moi. Tu m'as appelée par son nom.

Maintenant que j'affronte ça, mon estomac se retourne, il se crispe si violemment sous l'effet de cette idée que j'en suis malade.

– C'est toi qui te fais appeler par son nom.

Aucune remontrance dans sa voix. Aucune condamnation. Rien que de la tristesse. Il n'a pas accepté mes mensonges. Il les a percés à jour.

Je sors de mon sac à main le bout de papier plié et je jette le sac par terre. Lui plaquant le document sur le torse, je me mets à sangloter.

– Elles sont là, les réponses que tu cherches.

Quand il le déplie, son regard ne quitte pas le mien. La lumière est faible et il doit plisser les yeux pour en lire le contenu. Il le parcourt et je sais ce qu'il voit.

Mon nom.

Non, *son* nom.

Heure et causes du décès.

Date.

— Un an, dit-il quand il en prend conscience.

— Faith Kane est morte depuis un an et la preuve était cachée dans le tiroir à chaussettes de ma grand-mère.

— Je ne le savais pas.

Jude replie le document et me le rend. Sa langue passe rapidement sur ses lèvres.

Je le hais, parce que ces lèvres ne retoucheront plus jamais les miennes. Je le hais, parce qu'il ne sera plus jamais mon homme. Je le hais, parce que j'ai cru enfin trouver la vérité en lui. Mais il n'est qu'une illusion. J'ai toujours eu l'intuition que c'était trop beau pour être vrai. Impossible de m'imaginer ce qu'il pense réellement de moi.

— Je ne savais pas trop quoi penser quand je t'ai rencontrée.

Ses mots dérobent mes pensées.

Je me rappelle qu'à notre rencontre, son regard m'a transpercée. Le gentil Jude. Jude le sauveur. Pourtant, il a mis du temps à m'accepter. Puis il a été curieux. J'ai mal interprété chacun de nos moments. Il ne m'a jamais désirée. Il m'étudiait et Dieu sait quoi d'autre.

– J'ai cru que tu avais peur. J'ai cru que peut-être tu t'étais rendu compte que c'était une mauvaise idée d'avoir une histoire avec quelqu'un rencontré à une réunion des Narcotiques Anonymes. Toute notre relation est basée sur un mensonge.

– Non, m'arrête-t-il avec fermeté.

Jude m'attrape par l'épaule et je vois bien qu'il a envie de me secouer, mais il se contente d'agripper mon bras d'un geste protecteur, comme s'il voulait me protéger de moi-même.

– Notre relation s'est lancée sur un mensonge, mais elle n'en est pas un. Je t'aime. Tout le reste est sans importance.

– Comment peux-tu dire une chose pareille ?

J'explose. Je me torture depuis un petit bout de temps à me demander s'il allait un jour dire ces mots. Maintenant il est trop tard. Sans réfléchir, je le repousse brusquement.

– Qu'est-ce que tu fous là ? *Pourquoi es-tu là ?*

Je n'arrête pas de pousser sa poitrine de mes mains. Il encaisse, reculant pas à pas, sans essayer de m'arrêter. Quand il se retrouve adossé à la porte, il attrape mes poignets et plaque mes mains contre son buste.

– Elle m'a envoyé une carte postale. Il n'y avait rien d'écrit dessus à part Port Townsend.

– Comment savais-tu que c'était d'elle ?

– Elle l'a signée. Je ne savais pas ce que ça voulait dire.

– Mais tu es quand même venu. Tu as acheté une maison ici.

Ce qui implique que c'était important. Il ne peut pas le nier.

– Je ne l'ai pas fait pour elle, explique-t-il. J'ai compris qu'elle devait avoir des problèmes, alors oui, je suis parti à sa recherche. Mais c'est toi que j'ai trouvée, et pas elle.

Mais je n'arrive pas à voir au-delà de ce qui nous a rapprochés.

– Elle a dû avoir une grande importance dans ta vie.

– Je le croyais, admet-il. Mais maintenant, je crois qu'elle n'a fait que me guider vers toi.

Je me tortille pour lui échapper, parce que j'ai du mal à réfléchir correctement quand il me touche et j'ai besoin de garder les idées claires. Je finis par laisser tomber, car il résiste en me tenant fermement, alors je l'assassine du regard.

– Tu es venu pour elle. Et tu te contentes de moi. J'ai été l'ombre de ma sœur la majeure partie de ma vie, je ne lui servirai plus de remplaçante.

– J'ai essayé de rester loin de toi. Je ne comprenais pas pourquoi Faith m'avait fait venir ici, mais il m'était impossible de ne pas répondre à son appel. Je lui devais bien ça.

Jude me relâche, je me frotte les poignets. Il fait mine de vouloir le faire pour moi, mais je m'écarte.

– Pourquoi ?

Ce n'est pas à lui que je pose cette question, c'est à moi. Pourquoi lui suis-je si redevable ? Quelle influence mystérieuse Faith a-t-elle eue sur moi – sur lui, sur nous tous – pendant toutes ces années ? Pourquoi sommes-nous incapables de nous libérer d'elle ?

– J'ai rencontré Faith dans une soirée.

Je m'immobilise en l'entendant se lancer dans le récit de leur histoire.

– En fait, je ne l'ai pas vraiment rencontrée, je l'ai trouvée dans ma chambre d'amis au milieu d'une mare de son propre vomi.

– La plupart des gens auraient appelé la police, dis-je froidement.

– Je ne suis pas la plupart des gens.

Ça, je le sais, et c'est pour cette raison que c'est si dur pour moi. J'ai vu Jude essayer de sauver tout le monde et, bêtement, j'ai cru qu'il allait me sauver moi aussi.

– Comme souvent à Los Angeles, continue-t-il, il y avait un médecin parmi les invités et il l'a examinée. Quand il m'a assuré qu'elle ne courait aucun danger, j'ai demandé à mon employée de maison de nettoyer et je l'ai mise au lit. Elle a dormi plusieurs jours d'affilée et quand elle s'est réveillée, elle avait l'air d'un animal blessé. Elle était aussi fragile qu'un oisillon sauvage. Je ne pouvais pas laisser le monde extérieur la briser plus encore.

– Alors, tu lui as permis de rester chez toi ? je demande.

– Tu ne l'aurais pas fait ? contre-t-il. Elle m'a parlé de sa famille. Comment vous gardiez toujours la porte ouverte pour elle. Elle m'a dit que vous n'aviez jamais renoncé à espérer qu'elle aille mieux. Elle était tellement triste et je voulais juste l'aider à guérir.

– C'est impossible.

Je lui ai répondu en murmurant. Personne n'a jamais guéri Faith et, maintenant, personne ne le fera plus.

– Maintenant, je le sais. Il m'a fallu beaucoup de temps pour l'accepter. Elle est restée avec moi pendant quelques semaines. Petit à petit, elle a repris des forces et nous nous sommes découverts.

J'ai envie de lui demander s'il a toujours recueilli les animaux errants, mais je connais la réponse. Jude : saint patron des causes perdues. L'homme qui sort les inconnues des bars. L'homme qui vient chez une mère célibataire pour réparer la vitre de sa voiture. L'homme qui traite un enfant comme la personne la plus importante du monde. Jude ramasse les gens et essaie de les remettre sur le droit chemin. Il ne croit pas seulement aux causes perdues – il en est une lui-même.

Même si je ne veux pas connaître la réponse, je lui pose la question qui me taraude :

– Tu l'aimais ?

– Elle comptait beaucoup pour moi. Quelque chose m'attirait en elle. Elle me dévoilait un pan de sa personnalité, puis elle finissait par le cacher.

J'ai fait comme si on pouvait être heureux ensemble. C'était peut-être un jeu depuis le début pour elle. Elle m'a dit qu'elle était venue à la soirée avec un ami et je n'ai jamais insisté pour qu'elle m'en dise plus. Je lui laissais simplement de l'espace pour se reconstruire. La première fois que je l'ai trouvée complètement défoncée, je lui ai trouvé des excuses. J'ai été con.

Il parle d'une voix absente, comme aspirée dans ses souvenirs, piégée dans un passé pas si lointain. Il continue :

— Je pensais que si j'avais été présent, j'aurais pu l'en empêcher. En fait, à l'époque, je ne savais pas trop à quoi je m'attaquais.

— Tu es venu la chercher aux Narcotiques Anonymes. Tu n'as jamais été toxico.

Je prends conscience de cette vérité dans un moment d'atroce clarté. Il se tourne vers moi pour me répondre :

— Ne sommes-nous pas tous accros à quelque chose ? Moi si. Je suis tout le temps soumis à la pulsion de vouloir sauver tout le monde. C'est une addiction. Je suis sûr qu'un psy s'éclaterait avec mon cas. Imagine un peu : un adulte avec un complexe d'Œdipe non résolu. Mais je n'ai pas besoin de payer quelqu'un pour savoir que je déconne, Sunshine. Mon papa me battait. Il battait maman. J'étais trop jeune pour la protéger et quand j'y suis enfin parvenu, il était trop tard. Je lui ai mis un pain et elle s'est rangée de son côté quand il m'a viré de la maison. Il l'avait brisée et je l'ai laissé faire pendant toutes ces années.

— Ce n'est pas à toi de sauver les gens. Tu n'avais pas à sauver ta mère, ce n'était pas ta responsabilité. Tout comme Faith.

— Tu crois ? Pourquoi assistes-tu à ces réunions ? Je n'ai jamais vu quelqu'un se maîtriser autant que toi. C'est quoi ta drogue ?

Je ne lui réponds pas. Nous savons tous les deux pourquoi j'assiste à ces réunions. Jude plante son regard dans le mien et reprend :

— Tu n'es pas elle.

— Désolée.

Je le lui ai craché, ce « désolée ». Je n'ai pas besoin qu'il me dise que je vis dans le mensonge ou que rien de tout ça n'est à moi. J'ai bâti cette vie pour elle et non pour moi. Faith a eu cette seconde chance que je n'ai jamais pu m'accorder.

— Quand je t'ai rencontrée, j'ai cru que c'était elle qui mentait. Elle était si douée pour ça. Honnêtement, j'ai douté jusqu'à aujourd'hui.

— Connais-tu seulement mon nom ? je murmure.

J'ai partagé le lit de cet homme.

Je suis tombée amoureuse de lui et, maintenant, je ne suis plus qu'un fantôme.

— Grace. Bien sûr que je connais ton nom.

L'entendre me fait l'effet d'un coup de poignard dans le cœur.

— Pourquoi disais-tu aux gens qu'elle était morte ? me demande-t-il.

Cette fois-ci, je ne lui réponds pas. Il a vu clair en moi et, maintenant, il sait tout. Je suis nue devant lui, plus rien ne me cache de la vérité que j'ai enterrée il y a si longtemps. Grace est morte à mes yeux depuis bien plus longtemps que Faith.

– Je veux que tu t'en ailles.

Nous restons plantés là, en silence, les yeux braqués l'un sur l'autre, mais sans pour autant nous regarder. Jude ne me pose plus de question, ne me met pas la pression pour connaître la vérité, il se contente de disparaître dans la nuit en me laissant avec elle.

Il n'y a pas de réponse au fond de cette bouteille, mais ça ne m'empêche pas de la chercher. Amie ne se doute pas que je sais où est sa réserve secrète. Je n'en ai jamais parlé parce que ça n'a jamais été un problème pour moi. Ce n'était pas un problème de savoir qu'elle était dans la maison, parce que je suis une aussi grosse menteuse que Jude. Ces trésors planqués ne m'ont jamais tentée. Ce n'est pas rassurant. Demain, je ferai le deuil de mon passé et de mon avenir. Là, j'ai envie d'oublier.

Je finis l'une des bouteilles de whisky et vais chercher la suivante, peu importe ce que c'est. Assise à la table de la cuisine, je bois jusqu'à y voir trouble. Un fragment de mon visage se reflète dans le goulot en verre de la bouteille. Il est déformé et pourtant très familier, comme un sourire à un inconnu.

Je ne veux pas voir sa tête à elle, je ne veux pas qu'elle me dévisage. Son nom, sa vie, ses erreurs. J'ai tout supporté et, maintenant, je dois en plus me taper sa tête.

La bouteille vole à travers la pièce et s'éclate contre un mur avant même que je me rende compte que je l'ai jetée. Une minute plus tard, la lumière du couloir s'allume et Amie surgit, une batte de base-ball à la main. Elle est encore à moitié endormie et sa chevelure flamboyante forme comme une explosion de couleur au-dessus de sa tête. Quand elle me reconnaît, elle laisse tomber la batte et avance vers la cuisine.

– Faith ?

– Nan…

Je me mets à rire, mais j'ai la tête qui tourne.

– Pas de Faith ici.

– C'est quoi ce bordel ?

Sa voix reste comme en suspens quand elle aperçoit les débris de la bouteille de whisky fracassée. Elle la fixe du regard, comme pour la transformer en quelque chose d'autre par pure volonté, puis me dévisage. En deux grandes enjambées, elle attrape mon verre et le renifle.

– Bon Dieu, qu'est-ce qui se passe ?

– J'avais besoin de boire un verre, dis-je en m'appuyant à la chaise. J'ai passé une horrible journée.

Elle met mon verre dans le lave-vaisselle, puis se tourne vers moi et demande :

– C'est à cause de Jude ?

– Oui, dis-je en hochant la tête avant de la secouer pour dire le contraire. Et non. Enfin, Jude est horrible, mais moi aussi. En fait, on est faits l'un pour l'autre.

– Ça ne tient pas debout ce que tu dis, chérie.

Elle parle sur ce ton chantant qu'elle réserve d'ordinaire aux enfants. J'agite mes mains en l'air pour lui répondre :

– Rien de tout ça ne tient debout. Enfin, regarde un peu tous ces gens de merde qui ont du fric. Ou le nombre de gens bien qui ont un cancer. La vie, c'est de la merde, chérie. Ceux qui ont de la chance se tirent plus vite que les autres.

Faith est partie rapidement. Ce n'est pas elle qui est là, à décevoir sa meilleure amie. Elle n'est pas en train de faire croire qu'elle n'a pas le cœur brisé. Elle n'a pas à affronter cette réalité que le soleil se lèvera demain matin, même si ça ne devrait pas.

– Allez, m'incite Amie en essayant d'attraper mon bras pour me lever. On va te mettre au lit. Tu as besoin de dormir. On parlera demain.

– Vas-y, fais-moi la morale maintenant. Attends, je vais la faire pour toi. J'ai toujours été douée pour ça.

Je lève mon index et le remue d'un air désapprobateur en me lançant :

– Tu as tellement de raisons de vivre et tu as fait tant d'efforts. Tout le monde commet une petite erreur de temps en temps. Ce sont nos défauts qui font de nous des êtres humains. Ce qui compte maintenant, ce sont les choix que tu vas faire. Tu peux choisir de rester sobre.

Amie lève ses deux sourcils et pince ses lèvres, mais garde le silence. Je tourne un doigt vindicatif vers moi et continue :

— Tu as entendu ? Je peux choisir de rester sobre, mais ce soir, j'ai choisi de me bourrer la gueule.

— Tu vas commencer à m'expliquer, et tout de suite ! s'exclame Amie en claquant des doigts comme si elle pouvait me sortir de cette transe.

— Ou quoi ? Tu vas appeler ma maman ? Elle est morte. Mon papa ? Il est mort. Ma sœur ? Visiblement, *morte aussi*. Ma grand-mère ? C'est tout comme.

Lui réciter cette liste est un peu déprimant.

— Comment ça, ta sœur est morte ? demande doucement Amie.

— J'ai trouvé son certificat de décès dans le tiroir à chaussettes de ma grand-mère. Surprise !

Je lève les mains pour mimer l'excitation et reprends :

— Pendant toutes ces années, j'ai attendu qu'elle revienne pour qu'on reforme une famille, et ça fait un an que ma grand-mère est au courant qu'elle est morte. Enfin, elle ne le sait pas. Elle est incapable de s'en souvenir, après tout.

Amie tire une chaise et s'installe à table à côté de moi. Elle me prend la main et la couvre de la sienne.

— Je suis tellement désolée.

Elle excuse mon écart de conduite en le mettant sur la nouvelle du décès de ma sœur. Si seulement c'était aussi simple, mais je ne pense pas être capable de tout lui expliquer maintenant. Alors, j'en reste aux faits.

— Overdose. Rien de surprenant. Je ne sais même pas comment ils ont fait pour trouver ma grand-mère. Elle n'est jamais venue lui rendre visite.

— Je n'arrive pas à croire qu'ils ne t'aient pas prévenue.

Je ne lui dis pas que c'est parce qu'ils ne le pouvaient pas, parce que j'ai passé des années à me cacher. Ni que je ne sais pas comment Faith a fait pour découvrir où je m'étais planquée. Elle a envoyé une carte postale à Jude. Son certificat de décès a trouvé son chemin jusqu'à ma grand-mère. Elle savait que j'étais ici, à Port Townsend, et que je m'occupais de son fils.

Et elle n'est jamais venue.

— Je veux continuer de boire, dis-je en murmurant.

— Je ne pense pas que ce soit une bonne idée.

Amie me tapote le bras et, soudain, je suis plus en colère que je ne l'ai été depuis des années.

Tapant des poings sur la table, je répète :

— Je veux boire. Tu m'en donnes, sinon j'irai chercher ce qu'il faut toute seule. À toi de voir.

Amie s'adosse à sa chaise et croise les bras pour me répondre :

— Il en faut un peu plus pour m'impressionner, chérie.

– Parfait.

Je me lève tant bien que mal et trébuche jusqu'au garage. Je ne prends même pas la peine de regarder ce que j'attrape.

– Alors, je me débrouille toute seule.

Elle baisse la tête en soupirant.

– Depuis quand sais-tu que ces bouteilles sont rangées ici ?

– Depuis que j'ai emménagé avec toi.

J'en débouche une et bois directement au goulot.

– Et tu n'as jamais… ?

Elle est perplexe. Je ne peux pas vraiment lui en vouloir.

– Bu ? Je ne suis pas vraiment alcoolique. Tu vois, c'est ma sœur qui avait ce problème d'addiction.

– Tu ne t'es jamais droguée ? demande Amie en s'étranglant.

Elle me dévisage comme on regarde un inconnu.

C'est ce que je ressens quand je me regarde dans le miroir.

Je la rassure :

– Oh si. Un peu de coke par-ci, par-là. De l'herbe, bien sûr – mais ça ne compte pas vraiment. Celle qui n'a jamais pu dire « non », ça a toujours été elle.

– Et toi ?

– Je n'ai jamais pu lui dire non, à elle.

J'ai avoué. Faith était mon addiction, et je cherche ma dose depuis toujours.

CHAPITRE 22

Avant

Faith revint à la maison. Comme toujours.

S'asseoir en face d'elle, c'était comme contempler un souvenir dans un miroir déformant. C'était le même visage, mais il était altéré par le vécu. Où qu'elle soit allée – quoi qu'elle ait fait – son corps en portait les stigmates, celui d'un vieillissement prématuré qu'elle essayait de cacher. Son rouge à lèvres framboise ne faisait que souligner son teint cireux et ses yeux cernés. Elle mordillait ses lèvres d'un geste nerveux et tripotait sans cesse ses cheveux. Au moins, ce geste-là était familier. Grace avait toujours vu sa sœur faire ça pour autant qu'elle s'en souvenait. Mais maintenant, ses cheveux étaient coupés court, elle n'avait plus grand-chose à se mettre sous la main. Alors, elle se contenta de tapoter la table du bout des doigts.

– Comment m'as-tu retrouvée ?

Grace avait été forcée de vendre la maison de Mamie. C'était le dernier endroit où elle avait vu Faith avant sa disparition.

– C'est mon mec qui a retrouvé ta trace. Je n'ai pas demandé comment il a fait.

Évidemment. Faith ne posait jamais les questions gênantes.

– Que fais-tu là ?

Grace, en revanche, n'avait aucun problème de ce côté-là, elle était directe. Sa sœur était revenue pour une raison X ou Y. Probablement pour Max.

Faith poussa un gros soupir et leva les yeux vers sa sœur.

– J'ai fait une erreur.

Grace pensa que l'acceptation était la première étape, c'est ce qu'on disait. Elle l'avait appris en fréquentant toutes les semaines un groupe de soutien. Ces réunions avaient remplacé les rencontres quotidiennes auxquelles elle assistait tous les soirs au début. Celles où elle cherchait des réponses pour savoir à partir de quand tout s'était mis à terriblement déconner. Quand Max était tout bébé, Grace allait aux réunions avec lui, mais plus il grandissait, plus elle découvrait des choses sur les cycles de la dépendance dont Faith était victime, et elle s'était rendu compte qu'elle était devenue accro à sa quête – autant qu'elle l'avait été à sa sœur avant. Ressasser le passé tous les jours n'allait pas changer quoi que ce soit.

Alors, Grace continuait de fréquenter ce groupe, seulement une fois par semaine. C'était triste de se sentir rassurée par la proximité de personnes brisées, mais elle s'y était doucement construit un petit monde dans lequel elle ne se sentait pas trop seule.

– Tu crois ?

Elle formula sa réponse plus durement qu'elle n'en avait l'intention. Peut-être parce qu'aujourd'hui elle ne se sentait pas d'humeur à accepter, à pardonner, et à toutes ces choses qu'elle avait apprises avec difficulté lors de ces réunions.

– Ça fait juste un an que je me demande si la police ne va pas venir frapper à ma porte.

– Je sais. Je suis désolée.

Faith n'osait plus regarder sa sœur en face et elle demanda :

– J'ai envie de le voir.

– Tu veux le voir ?

Grace ressentit comme un poids sur sa poitrine. Tout allait ressortir. La colère. La tristesse. La terreur et la frustration de la savoir capable de tout niquer et de détruire la vie d'un innocent.

– J'ai passé toute l'année à le nourrir, à l'emmener chez le docteur, à rester debout la nuit avec lui. Où étais-tu quand il s'est mis à ramper ou quand il s'est levé pour la première fois ? Où étais-tu quand il avait de la fièvre parce qu'il faisait ses dents ?

– J'ai envie de le voir maintenant, précisa Faith, comme si ce maintenant avait la moindre importance.

– Et avant ?

Les mots lui manquèrent.

– Pourquoi pas avant ?

– C'est compliqué, répondit Faith en se léchant les lèvres.

– Alors, éclaire ma lanterne, on a tout le temps qu'il faut.

Elle n'ajouta pas qu'il était absolument impensable qu'elle emmène Faith voir Max. Pas maintenant. Peut-être même jamais.

Calme-toi. Elle essaie enfin de faire ce qu'il faut. Enfin, mais c'était trop tard.

– Jason et moi, ça devient sérieux, entonna-t-elle.

– Qui est Jason ? l'interrompit Grace.

– Mon petit ami. Enfin, plutôt mon fiancé.

Un sourire vint lentement s'épanouir sur ses lèvres roses tandis qu'un frisson traversait Grace.

– Bref, il aime beaucoup les gamins. Il en a eu deux avec son ex-femme. Elle ne le laisse pas vraiment les voir. Il a tellement hâte de rencontrer Max.

Grace respira fort, mais il lui était impossible d'accepter le sens des paroles de sa sœur.

– Depuis quand le connais-tu ?

Sa langue repassa sur ses lèvres.

– Des années. Ce n'est pas un mec de passage, sœurette.

Comme si c'était censé la rassurer. En fait, ce fut plutôt le contraire. Grace lui posa doucement une autre question :

– Et depuis quand a-t-il divorcé ?

– Quelques mois.

N'importe qui d'autre aurait rougi en révélant ce fait, au regard de sa réponse précédente, mais Faith écarta la question avec désinvolture.

Grace ne chercha pas à en savoir plus. Elle aurait dû être choquée de savoir sa sœur dans une relation avec un homme marié, mais non. Là était le problème. Et si elle le connaissait réellement depuis plusieurs années, alors il l'avait vue sombrer dans la drogue. Il pourrait même être celui qui la lui procurait. Il ne lui resta plus qu'une question à poser.

– Est-il le père de Max ?

– J'ai cru que c'était peut-être lui, admit Faith. Mais à sa naissance, j'ai su que ce n'était pas le cas.

– Comment ça ?

Cette fois-ci, elle rougit.

– Jason est noir. Je ne pouvais pas vraiment savoir avant la naissance de Max.

– Sais-tu seulement qui est son père ? En as-tu la moindre idée ?

C'était sorti tout seul, plus comme une accusation qu'une question.

– Il n'y avait qu'un autre gars à l'époque, un seul.

Mais elle n'en dit pas plus. Le son de sa voix grimpa d'une octave quand elle relança sa sœur :

– Je veux le voir, Grace. C'est mon fils. Tu lui as parlé de moi ? Qu'est-ce que tu lui as dit ?

Grace eut un vertige. Elle secoua la tête, mais la sensation ne se dissipa pas. Elle ferma les yeux et essaya de garder son calme. Faith était venue pour récupérer son fils avec un mec quelconque et sans vraiment d'explications à fournir.

– Il est trop petit pour comprendre, mais non, je ne lui ai pas dit que sa maman s'était barrée quand il avait une semaine. J'ai pensé qu'il valait mieux lui éviter ça aussi.

– Ça aussi ? Putain, mais qu'est-ce que tu veux dire ? Que s'est-il passé ?

Faith plaqua ses mains sur la table et, pour la première fois depuis qu'elles s'étaient assises face à face, elle cessa de se dandiner.

– Il est sourd, Faith.

Elle voulut la défier de lui demander pourquoi.

Mais Faith s'adossa simplement à sa chaise et fronça les sourcils.

– Ce n'est pas grave. Jason a du fric. Il y a des opérations et des trucs pour réparer ce genre de chose, hein ?

– Des opérations très lourdes.

Alors, Jason était un mec qui trompait sa femme, avait beaucoup d'argent et connaissait Faith depuis des années. Cette fois-ci, il lui fut impossible d'ignorer le trou qui se creusait dans son ventre.

– Mais tu n'en as rien à foutre qu'il soit sourd ?

Elle eut l'air momentanément perturbée.

– Non… Enfin… Il a eu un accident ?

– Non, c'était attendu.

Et là, tout se mit à sortir tout seul. Tout ce qu'elle avait voulu lui crier dessus lorsque les médecins lui avaient parlé des traitements pour Max. Le fait que la police avait débarqué chez elle pour y chercher de la drogue.

– C'est un problème de naissance. Une conséquence directe de la consommation de drogue de la mère pendant sa grossesse.

– Mais je n'ai presque rien pris.

La défense de Faith fut faiblarde et vite abandonnée. À son retour à Seattle, elle était enceinte, mais pas depuis très longtemps.

– Tu t'es camée pendant que tu étais avec moi ? Après avoir découvert que tu étais enceinte ?

Elle n'avait pas besoin d'en savoir plus.

– Grace, répondit-elle en regardant partout autour comme pour s'assurer qu'on ne les espionnait pas, puis en se léchant les lèvres, encore quelques fois. Tu ne comprends pas à quel point c'est dur d'arrêter comme ça, brutalement. Il fallait que je tienne le coup.

Même maintenant, elle était droguée. Grace s'en doutait, mais en une demi-heure, Faith le lui avait prouvé. À gigoter. À se lécher les lèvres. Elle était en plein trip.

D'une voix aussi froide que les frissons qui s'étaient emparés de son corps, Grace lui dit :

– Tu ne peux pas le voir.

– Je suis sa mère, cracha Faith. Tu ne peux pas m'empêcher de le voir.

– Le juge m'a accordé sa garde quand tu t'es barrée.

C'était un mensonge.

Grace avait simplement pris l'identité de sa sœur. Avec le même visage et le même ADN, la démarche n'avait pas été trop compliquée. Bien sûr, il lui avait aussi fallu supporter le fardeau des erreurs de Faith. Grace avait supporté le jugement silencieux des médecins. Elle avait rompu tout lien avec l'ancienne vie de Faith – comme avec la sienne – et pris en charge Max comme si c'était son fils. Quelque part, il l'était devenu. Elle ne se considérait plus comme un substitut dans la vie de Max.

– Alors, je vais déposer une requête. Jason a du fric, tu te rappelles. Je ne veux pas tout compliquer avec des avocats, je veux juste récupérer mon fils.

Et voilà. Elle n'était pas venue lui rendre visite. Elle était venue pour le reprendre et lui infliger une vie instable et douloureuse.

– D'accord. Tu peux le voir, mais tu ne peux pas partir avec lui, Faith. Promets-le-moi.

– Promis.

C'était un mensonge. Elles le savaient toutes les deux. Faith ne pouvait prétendre disposer que d'un seul talent : celui de disparaître. La dernière fois, elle s'était volatilisée aussi rapidement qu'elle était apparue dans la vie de Grace. Faith était une magicienne et elle tirait son pouvoir secret de la cocaïne.

La bouche sèche, Grace lui demanda :

– Quand ?

– Ce soir ? suggéra Faith avec enthousiasme. Jason a tellement hâte…

– Avant qu'il ne s'occupe de Max, j'aimerais rencontrer Jason.

Faith se crispa et redressa les épaules.

– Pourquoi ne me fais-tu pas confiance ?

La réponse à cette question était trop longue et trop douloureuse pour Grace. Alors, elle se contenta de prendre la main tremblante de Faith et de lui dire :

– J'en ai juste besoin. C'est un inconnu pour moi et je dois m'assurer du bien-être de Max jusqu'à ce qu'on trouve une solution.

– D'accord, accepta Faith en poussant un gros soupir. Mais je ne veux pas attendre avant de voir Max. Je peux venir ce soir ?

Grace accepta d'un hochement de tête, et le trou dans son ventre se creusa un peu plus. Tant qu'elle accepterait de suivre les règles de Grace, Faith pouvait voir Max. Grace pourrait tout garder sous contrôle.

Du moins, elle l'espérait.

Elle berça Max dans ses bras pour l'endormir et finit par le mettre dans son lit aux alentours de neuf heures et demie. Sur la table, son dîner était froid. Elle n'avait pas eu envie de manger avant et, maintenant, elle n'était plus d'humeur. Faith n'était pas venue, ce qui lui brisa le cœur autant qu'elle en fut soulagée. Elle jeta les pâtes dont elle ne voulait plus à la poubelle, puis s'attaqua à la vaisselle. Demain, elle irait parler à un avocat, juste au cas où, même si au fond d'elle, elle savait qu'elle n'avait aucun droit sur ce petit garçon. Elle pourrait peut-être prétendre qu'il s'agissait d'un cas de bébé abandonné. Après tout, plein de filles s'enfuyaient en laissant leur bébé à leur mère.

En quoi la situation était-elle différente ?

Abandonnant la vaisselle, elle sortit son antique ordinateur portable – celui que Mamie lui avait offert pour son bac – en espérant pouvoir squatter le wi-fi d'un voisin. Après quelques essais, elle en trouva un libre d'accès, mais avant qu'elle n'ait fini sa recherche d'adresses d'avocat, quelqu'un frappa à la porte. Non, tambourina plutôt. La personne continua de frapper le plus fort possible, comme une armée d'envahisseurs.

D'instinct, Grace voulut courir ouvrir pour arrêter le vacarme, elle avait développé ce trait avant de découvrir que Max ne pouvait pas être réveillé par le bruit. Elle jeta un coup d'œil par le judas, puis ouvrit la porte. Faith entra d'un pas chaloupé en observant la pièce et, un instant plus tard, un grand échalas la suivit.

En les dévisageant, Grace se vit dans le regard vitreux de Faith. Elle se mordit la lèvre avant de se mettre à crier. Si elle avait pu en douter auparavant, elle était maintenant certaine que sa sœur était défoncée.

– Où est-il ? demanda Faith d'un ton effrayé. Je t'ai dit que je voulais le voir ce soir.

Grace s'interposa devant elle, l'empêchant d'aller plus loin que la petite entrée de l'appartement.

– Il est au lit. On t'a attendue, mais tu n'es pas venue.

– Quoi ? Mais il n'est genre que huit heures. Jason et moi, on est allés dîner.

– Il est quasiment dix heures.

Il lui fut impossible de contrôler le tremblement de sa voix lorsqu'elle continua :

– Il se couche à sept heures, mais ça, tu le saurais si tu avais été là pour lui l'année dernière.

– Je croyais qu'on en avait déjà parlé, sœurette. Je suis là maintenant.

– Et tu es défoncée, l'accusa-t-elle.

– Non, non, non.

Faith fit de grands gestes pour appuyer ses propos.

– Et je t'avais dit que je voulais d'abord rencontrer Jason.

Grace le regarda d'un air suspicieux. Ses cheveux coupés à ras et son teint d'ébène accentuaient ses pommettes hautes. Il était bien habillé, sans exhiber cette espèce de style dont les précédents dealers de Faith faisaient preuve. Mais il projetait une sorte de calme – une certaine autorité – qui la mettait mal à l'aise.

– Tu lui donnes de l'argent ou des produits ?

Il arqua lentement un sourcil moqueur. Jusqu'à présent, cet homme n'était que précision.

– Chérie, je ne lui donne rien. Je prends soin d'elle.

– Mais tu ne lui retires rien non plus, hein ?

Il ne se droguait pas. Il se maîtrisait trop bien, mais Grace avait rencontré plus d'un homme qui prenaient leur pied en s'attaquant aux toxicomanes.

À ces femmes qui feraient n'importe quoi pour avoir leur prochaine dose. À ces femmes qui ne sont que trop volontaires pour assouvir leurs fantasmes les plus dépravés. Des esclaves consentantes à qui on n'accorde la liberté que lorsqu'elles sont trop endommagées. Elles en sont alors réduites à ramper vers un autre pervers encore plus atteint qui leur infligera des sévices bien pires encore. Grace ne put s'empêcher de se demander à quel point sa sœur était tombée au fond du tunnel.

— Pourquoi ta femme t'a-t-elle quitté ?

Elle voulait avoir des réponses et rapidement. Jason était-il de mèche ? Espérait-il lui aussi repartir avec Max ?

Il secoua la tête et, l'espace d'un instant, son côté imperturbable lui échappa.

— Cette pétasse, dit-il en se frottant les mains. Elle voulait tout me prendre. Absolument tout. Je ne pouvais rien avoir pour moi, et ensuite, elle s'est mise à raconter des conneries.

Grace imagina que ces mensonges devaient concerner sa sœur, mais elle ne le demanda pas. Elle voulait seulement en savoir plus sur cet homme et sur ses intentions. Il lui en avait déjà assez révélé. Jason se déplaça furtivement vers elle et demanda :

— Pourquoi ? Qu'est-ce que tu sais ?

— Que tu aimes les enfants et que tu avais envie de rencontrer Max.

Il la fit reculer jusqu'à ce qu'elle se retrouve dos au mur et fit signe à Faith d'avancer.

– C'est ça. J'avais hâte de le rencontrer. Ma connasse d'ex-femme qui ment tout le temps ne me laisse pas voir les miens. Elle dit que je ne suis pas un bon père. Tu y crois, toi ?

À l'évidence, cette femme avait la tête sur les épaules. Plus que Faith qui lui avait permis de l'acculer dans un coin. Jason se contrôlait peut-être encore il y a quelques minutes, mais là il semblait perturbé, comme si parler de sa famille lui avait fait péter les plombs. Quand sa sœur sortit de son champ de vision, Jason se pencha vers Grace pour étudier son visage.

– Absolument identique. Bon, je mentirais si je disais que ce n'était pas le fantasme de la plupart des hommes. Qu'est-ce que tu en penses ? Je pourrais m'occuper de toi aussi. On aurait Max avec nous, comme une grande famille heureuse.

Heureuse. Son estomac se retourna et elle fut bien contente de ne pas avoir dîné tout à l'heure. Elle n'était pas certaine de la réaction de cet homme si elle lui vomissait dessus. Si elle se tortillait pour lui échapper, essaierait-il de l'arrêter ? Faith était déjà dans la chambre. La laisserait-il aller surveiller Max ? Impossible de prendre une décision, alors elle resta le dos collé au plâtre glacial du mur. Un cri strident décida pour elle. Elle se cogna contre Jason en se précipitant vers la chambre, mais avant d'y arriver, Faith réapparut en tenant Max dans ses bras. Il s'était calmé, mais ses yeux étaient rouges et ensommeillés.

– Tu vois ? Il sait qui est sa maman, s'extasia Faith en caressant ses cheveux noirs et soyeux.

Dès qu'elle s'adressa à Grace, Max tourna la tête et la regarda intensément. Il se mit immédiatement à gémir et à tendre les bras vers elle.

Il savait qui était sa maman. Le cœur de Grace en fit des bonds et continua à battre à toute vitesse. Elle tendit les bras pour le reprendre, mais Faith se détourna.

– Tout va bien. Ta maman est là.

Max se mit à pleurer et à se tortiller en tournant la tête pour voir Grace.

– Laisse-moi juste le calmer. Il est perturbé.

Sa voix était paniquée malgré tous ses efforts pour conserver un semblant de calme.

– Pourquoi serait-il perturbé ? rétorqua Faith d'un ton tranchant. Il est avec moi.

Parce qu'il ne te connaît pas. Parce que tu me ressembles, mais que tu es une inconnue.

Peut-être Max pouvait-il sentir que la femme qui le tenait était une version déformée de celle qui s'occupait de lui. À son âge, il ne lui était pas possible de comprendre ce phénomène, ce qui devait le rendre encore plus terrifiant. La respiration de Grace s'accéléra, mais elle résista à l'envie dévorante d'hyperventiler.

Faith ignora tout son environnement. Quel que fût le désir qui l'avait conduite ici, il ne semblait pas né de son instinct maternel. Elle traversa la pièce et présenta Max à Jason comme un trophée.

Grace en eut un haut-le-cœur, mais ravala sa bile. Max était l'un des fantasmes de Jason. S'il ne pouvait pas voir sa famille, alors il en prendrait une autre.

– Il n'est pas parfait ? demanda Faith qui, à cet instant, parla comme si elle était sa mère.

– Pas parfait, non, répondit Jason en riant. Il ne peut rien entendre, hein ? Je croyais que tu mentais quand tu me disais qu'il n'était pas de moi, mais cette peau ne ment pas.

– C'est un problème, bébé ?

Son côté maternel se mua immédiatement en attitude de minauderie.

– Nan, on s'en fout.

Il prit Max et le tint à bout de bras en l'air. Le bébé hurla et Jason le secoua légèrement.

– Tu lis déjà sur les lèvres, petit gars ? Calmos.

Jason se mit à rire et jeta un coup d'œil à Grace comme si elle pouvait trouver ça drôle.

– Tu as un sac pour lui ? demanda Faith en retournant dans la chambre.

– Tu as un siège bébé dans la voiture, du lait maternel et des couches ?

Grace débita cette liste de produits essentiels et pria pour qu'un des éléments leur fasse comprendre à quel point ils n'étaient pas prêts à l'emmener. Il lui fallait juste un peu plus de temps.

– Contente-toi de me donner ses affaires.

Faith gloussa comme si c'était une solution évidente. Le regard de Grace tomba sur la batte de base-ball qu'elle gardait près de la porte au cas où d'anciens *amis* de sa sœur décideraient de lui rendre visite.

— Tu n'en auras plus besoin. Réfléchis un peu sœurette, tu vas redevenir une femme libre.

Elle pourrait s'occuper de Faith, mais Jason était plus grand et il tenait Max.

— Attends, l'interrompit Jason. On le prend tout de suite ? Bébé, j'ai quelques affaires à régler en ville avant de rentrer à la maison. On pourrait le récupérer plus tard. En plus, je ne vais pas laisser mon petit gars porter des merdes pareilles. Ou tu as trouvé ces saloperies, au marché aux puces ?

Elle éprouva immédiatement un réel soulagement. Grace aurait pu rougir si n'importe qui d'autre avait remarqué à quel point le pyjama de Max était usé, mais là, tout ne tenait qu'à un fil. Voilà ce dont elle avait besoin : du temps pour trouver de l'aide.

— Tu as certainement raison, accepta Faith en haussant les épaules, les lèvres pincées. Tu peux emballer les autres trucs, mais visiblement, on n'aura pas besoin des fringues. Je viendrai t'aider demain. Jason doit bosser.

Grace accepta d'un hochement de tête, de peur qu'un simple mot puisse les faire changer d'avis.

— Remets-le au lit, lui ordonna Jason en lui rendant le bébé comme si elle était la nounou. Et pense à ce que je t'ai proposé.

Elle se força à hocher la tête encore une fois. Il fallait qu'ils restent contents d'eux. S'ils pensaient avoir gagné, alors ils pourraient partir pour ne revenir que le lendemain. Grace tint Max tout contre elle, ses cris se transformèrent en gémissements.

– Je te vois demain.

Faith déposa un baiser sur le front de Max, laissant derrière elle deux marques de rouge à lèvres rose. Elle ne prit pas la peine de les essuyer.

Grace les suivit jusqu'à la porte. Elle attendit que le bruit de leurs pas s'estompe dans le couloir avant de verrouiller la porte à double tour. Ils étaient partis. Pour le moment.

La main de Max lui toucha la joue, attirant son attention sur son visage. Même s'il s'était calmé, ses yeux étaient rouges et quelques grosses larmes s'y étaient accumulées dans l'attente de rouler sur ses joues.

– Tout va bien, lui dit-elle pour le calmer.

Il ne pouvait rien entendre ni lire sur ses lèvres, mais d'une manière ou d'une autre, il comprit, il sentait les vibrations lorsqu'elle parlait. Max posa sa tête contre son épaule, se nicha juste au-dessus de son cœur et s'endormit.

Il se sentait en sécurité, mais elle savait que ce n'était pas le cas.

Le lendemain, Faith reviendrait. Pour la première fois depuis bien longtemps, elle était sûre de ce qu'allait faire sa sœur. Mais Grace pouvait deviner un avenir que Faith ne pouvait pas comprendre. Faith retournerait dans la rue quand Jason se lasserait d'elle et alors, qu'arriverait-il à Max ? Serait-il jeté comme sa mère ? Ou Jason – un homme avec qui il ne partageait aucun lien, un homme dont les propres enfants lui avaient été retirés – ce Jason le garderait-il ?

Comme à tant d'autres moments de sa vie, Grace se retrouva face à un mur, sans aucun choix possible. Elle allongea Max dans son lit qui se mit à sourire dans son sommeil. Elle était sa mère, peut-être pas par la naissance, mais de cœur, et ils étaient du même sang. Attrapant un sac, elle y fourra des couches et du lait. Lentement, elle rassembla toutes les affaires dont elle savait que Faith aurait besoin – son certificat de naissance, le petit album photo que Mamie avait fait juste avant que la maladie d'Alzheimer ne l'emporte, la petite girafe qu'il aimait mâchouiller. La dernière fois qu'elle avait disparu, elle avait tout laissé derrière elle. Grace trouva le carton d'objets qu'elle avait mis de côté pour sa sœur. Toute la vie de Faith pouvait maintenant tenir dans ce carton. Elle emballa tout rapidement, même si elle eut l'impression que le monde ralentissait à chaque minute, la rapprochant de ce moment auquel elle était incapable de faire face.

Puis elle se dirigea vers son placard et y trouva sa valise. Il ne leur fallait pas grand-chose. Seulement ce qui pouvait entrer dans les bagages. Elle n'avait pas de voiture pour le moment, mais le bus fonctionnait encore, tout comme le ferry.

Jetant quelques accessoires de toilette sur ses vêtements propres, c'est-à-dire pas grand-chose, elle s'arrêta un instant et attrapa la photo d'elle et de Faith prise lors de leur quinzième anniversaire. Le dernier avant que tout ne dégénère. Elle retira la photo du cadre, la déchira en deux et jeta la moitié de Faith sur ses affaires. Puis elle transforma l'autre moitié en confettis et ferma sa valise.

Même si elle doutait énormément de ce qu'elle faisait, elle ne culpabilisa pas une seule seconde. Max avait deux mères. Le lendemain matin, il ne lui serait plus nécessaire de le savoir.

CHAPITRE 23

Aimer une personne toxicomane, c'est être déchirée entre l'espoir et le chagrin, être prisonnière du cycle des cinq étapes du deuil, répétées à l'infini. Cette soirée m'a arraché tout espoir pour ne me laisser que le chagrin.

Il y a quatre ans, je me suis enfuie avec Max pour le protéger. J'ai passé toutes ces années à essayer de comprendre ce qui était arrivé à ma sœur. Maintenant qu'elle n'est plus, j'ai encore plus de questions qu'avant.

Mais la plus perturbante de toutes n'a rien à voir avec elle.

Que m'est-il arrivé ?

Dehors, la pluie s'est mise à battre contre la fenêtre à un rythme irrégulier et avec un bruit qui gagne peu à peu en intensité. Ces rugissements sont anormalement violents pour la région. Je repense alors à ce que me disait mon grand-père quand j'étais petite. Pour lui, quand il pleuvait, c'était que

Dieu pleurait. Quelque part, cette idée apaise le vide et la tristesse sourde qui s'est emparée de mon cœur.

Amie m'a pris la bouteille et les clés de ma voiture avant de disparaître dans sa chambre. Elle m'a laissée là, toute seule dans le noir, et je ne peux pas lui en vouloir. Honnêtement, je devrais me sentir à l'aise toute seule, enfermée dans mes propres souvenirs. J'y suis coincée depuis si longtemps. La vérité ne m'a pas libérée. Non, elle m'a conduite au jour de mon propre jugement.

Je tapote le plateau de la table du bout des doigts, essayant de reproduire les sons de la pluie contre la fenêtre. Voilà de quoi m'occuper, maintenant que j'ai arrêté de pleurer. Je vais laisser Dieu s'épancher sur mon sort. Peut-être fait-il le deuil de Faith.

C'est marrant de grandir avec des prénoms aussi lourds de sens. Grace. Faith. La grâce et la foi. Ma mère croyait dur comme fer à ces deux concepts et elle a emporté toutes ses croyances avec elle dans la tombe. Il ne nous en est rien resté.

En baissant les yeux, je m'aperçois que je porte encore la jolie robe que j'avais enfilée pour Jude ce soir.

Jude, le traître.

Jude, le collectionneur d'âmes perdues.

Jude, mon Jude.

Et le Jude qui ne m'appartient pas du tout.

J'ai envie de le faire disparaître de ma mémoire. Quand nous nous sommes rencontrés, j'ai tout de suite su que cet homme était une tornade, et maintenant la tempête se déchaîne. Je me lève et je tire sur le dos de ma robe pour essayer d'attraper la fermeture Éclair. Je veux la déchirer, rien à faire. Il a posé ses mains sur ce tissu et je veux éloigner le plus possible le souvenir de ses caresses. Tirant dessus un grand coup, j'arrive à m'en débarrasser et elle tombe à mes pieds. Mais maintenant qu'elle n'est plus là, je me rends compte que je ne peux pas retirer ma propre peau. Je sens encore les endroits où ses mains ont mis ma peau nue en feu. Peut-être qu'avec le temps, la sensation pourra s'estomper, tout comme l'immense chagrin qui s'accumule en moi. Mais pour le moment, ma peau se souvient de lui.

Je vire mes chaussures et ouvre la porte à l'arrière de la maison. Le vent hurle sur sa route vers l'océan. Dès que les premières gouttes d'eau me tombent dessus, je libère un cri étranglé. Pas vraiment un cri. Plus un gargouillement échappé d'un endroit que j'avais fermé à clé. Il lui faut du temps pour planter ses griffes dans mon âme et trouver le chemin de la sortie. J'ai passé les cinq dernières années dans la peur, à me demander si je pouvais protéger cet enfant si précieux que j'ai choisi de faire mien. Cette soirée m'a volé le voile réconfortant de la peur. Mes larmes reviennent, encouragées par la pluie, me baptisant dans les ténèbres. Je pleure pour les choix que j'ai faits et pour la sœur que j'ai laissée derrière moi. Je pleure pour la réalité et ce qui ne sera jamais plus. Je pleure pour moi.

Je pleure jusqu'à ne plus pouvoir faire la différence entre les larmes et la pluie.

Je suis lavée, comme neuve et à vif. J'ai incarné ma sœur pendant si longtemps que je ne sais plus comment être quelqu'un d'autre. Je ne sais pas si j'en ai envie. Cette réalité m'effraie, j'en tombe à genoux. En essayant de comprendre Faith, j'ai suivi le chemin qu'elle aurait dû emprunter.

Il n'y en a qu'un seul sur lequel je m'attarde : accorder ma confiance à un être supérieur. J'ai toujours eu du mal à accepter le concept de religion. Je pense croire en un dieu, mais je ne prétends pas le comprendre. Nous n'entretenons certainement pas une grande relation, mais là, en pleine renaissance dans la nuit humide et glaciale, c'est son nom que j'ai sur les lèvres.

– Pourquoi ?

Le vent saisit ma question et l'emporte vers les cieux.

– Pourquoi me tentes-Tu pour ensuite tout me prendre ? Pourquoi nous brises-Tu en nous faisant tout perdre ?

Je ne cherche pas vraiment de réponse. Maintenant, ce que je veux, c'est une solution. Je veux comprendre comment faire pour me sentir complète, tout comme je veux savoir comment faire pour affronter demain quand le soleil se lèvera enfin.

Je lève mes bras vers le ciel comme si je pouvais appeler les réponses à moi. Mais en fait, ce sont des bras forts et musclés qui s'enroulent autour de ma taille et me soulèvent. Mon corps me trahit, trouvant du réconfort dans cette étreinte, là où je voudrais ressentir de la haine.

– Lâche-moi !

Je crie, je lui donne des coups de pied, je me tortille pour me libérer.

Mais Jude n'écoute pas et me porte dans la maison. Je repère Amie qui nous attend devant la porte. Elle ne dit pas un mot quand il me porte jusqu'à ma chambre.

– Lâche-moi.

Je lutte contre sa force, le tapant partout où je peux. Il finit par me poser par terre et recule.

– Qu'est-ce que tu fais là ?

J'exige une réponse, faisant de mon mieux pour ignorer le fait que je suis trempée et à moitié nue.

– Amie m'a appelé, dit-il d'un ton sourd.

Traîtresse. Je croise les bras sur ma poitrine pour cacher mes premiers frissons. Jude secoue la tête en me regardant de près.

– Tu es trempée.

– Sans déconner.

Mais il s'en va, sans rétorquer quoi que ce soit. Il revient un instant plus tard avec une serviette. Je la lui prends des mains avant qu'il n'ait l'audace d'essayer de me sécher lui-même.

– Tu peux partir.

Je le congédie.

– Amie s'inquiète pour toi, et moi aussi. J'ai vu la bouteille.

– Flash info, lui dis-je d'un ton méprisant. Ce n'est pas moi l'alcoolo de la famille. Si j'ai envie de boire un verre, ce n'est pas un problème.

Mais il ne me croit pas et relance :

– Si c'était vrai, alors pourquoi tu ne bois pas ? Le vrai problème, ce n'est pas la quantité d'alcool que tu bois, mais à quel point ça affecte ta vie.

– Amie t'a peut-être invité pour me faire la morale, pas moi.

– Désolé.

Il se pince l'arête du nez et je sais qu'il cherche les mêmes réponses que moi. Dans une autre vie, j'aurais pu être assez stupide pour espérer pouvoir les trouver ensemble.

– C'est juste que je ne veux pas te voir tomber…

– Je ne suis pas elle, je l'interromps. N'essaie même pas d'insinuer que je suis ma sœur.

C'est complètement déconnant de dire un truc pareil à cet instant, mais en vérité, je n'ai jamais été elle. J'ai porté son fardeau à sa place quand elle en était incapable, mais j'ai choisi le chemin de la difficulté. Celui qui mène directement vers le haut, et je l'ai grimpé. J'ai choisi Max. J'ai choisi le plus dur et pas le plus facile. Et je referais le même choix si c'était à refaire.

– Je le sais, dit Jude avec beaucoup de douceur. J'ai peut-être un million de questions à te poser, mais je ne doute pas un seul instant de ta personnalité. Je sais ce qu'il y a dans ton cœur, même si j'ai cru que tu portais un autre nom.

– Tu veux que je sois elle ?

Cette question, je la lui crache. Il a vite dû se rendre compte que nous n'étions pas la même personne, alors pourquoi est-il resté dans les parages ?

– Pourquoi es-tu resté ici quand tu as compris ?

– Je suis parti, admet-il. Mais je n'arrivais pas à rester loin de toi. Je n'arrêtais pas de te croiser.

– Tu as continué à venir aux réunions.

– J'étais attiré par toi, je savais que tu y serais. Au début, je me suis dit que je voulais juste savoir ce qui lui était arrivé. Sans cesse, je me demandais si je ne devais pas te dire que je l'avais connue.

– Alors, pourquoi ne l'as-tu pas fait ?

Je resserre la serviette autour de moi, comme une protection rassurante.

– Parce que tu as chanté les paroles de mes chansons, que tu aimes la nourriture chinoise et que tu es une merveilleuse mère. Crois-moi, je sais que tu n'es pas ta sœur. Je n'en ai aucune envie. C'est toi que je veux, Sunshine.

– C'est impossible, dis-je en secouant la tête. Tu crois que tu me connais, mais Max n'est même pas mon fils.

Tout ce qu'il croit voir en moi et qui l'attire est un mensonge. Cet homme parfait qui a dérobé tant de morceaux de mon cœur est, lui aussi, un mensonge.

Parfois, on ne revient jamais de certaines expériences. Notre relation est bâtie sur des sables mouvants et tout ce qui nous entoure est en train de s'effondrer.

Je sais qu'il le voit dans mon regard.

– Ne fais pas ça. On n'a pas besoin de renoncer à notre histoire.

Vraiment ? C'est peut-être ce que j'ai envie d'entendre. Demain n'est pas encore là. Je n'ai pas encore à affronter cette journée ou à savoir à quoi ressemble la vérité nue dans la dure lumière du soleil, alors pour cette nuit, je laisse tout tomber. À commencer par ma serviette. Je me passe les mains dans le dos pour détacher mon soutien-gorge. Je le laisse tomber, comme tout ce que j'ai appris ce soir.

Demain, je ramasserai les morceaux.

Ce soir, je me mets à nu devant Jude. Quand je presse mon corps contre le sien, il résiste, mais je m'agrippe à ses cheveux et attire ses lèvres contre les miennes.

– Montre-moi.

La proposition s'est échappée de ma bouche.

Je ne sais pas à quoi il s'attend pour demain matin, mais il accepte mon invitation pour la nuit. Ses mains si fortes se plaquent sur mon cul et il me soulève.

– Emmène-moi au lit, dis-je dans un souffle. Et fais-moi l'amour ce soir.

Quand nous tombons sur le lit, il se positionne au-dessus de moi, ses lèvres se fraient un chemin de mon cou à mon oreille, puis il me dit :

– Je t'aimerai encore demain matin.

J'aimerais tellement que ce soit vrai.

CHAPITRE 24

Quand j'ouvre les yeux, la lumière m'assaille et me donne un terrible mal de tête. J'ai bu plus que je ne l'aurais cru. Je tends le bras pour tâter l'autre moitié du lit, vide. La seule preuve de la présence de Jude : les draps entortillés et froissés portant encore les marques de son corps. Mon lit est aussi démuni que mon cœur.

Je n'ai pas le luxe de perdre mon temps à pleurer, non. J'ai cédé à mon égoïsme hier soir. Ce matin, je dois commencer à rectifier la situation. En m'habillant, je pense à ce que je vais dire à Amie. Je dois prendre du temps avec elle pour lui raconter toute l'histoire et espérer qu'elle comprenne pourquoi j'ai fait ça. Max, c'est autre chose. Il ne comprendra pas. Pas encore. Un jour, je lui raconterai tout et je lui demanderai de me pardonner. Maintenant que je sais que Faith est morte, je devrais pouvoir obtenir sa garde en tant que plus proche parente. Puisque le père n'est pas mentionné sur son certificat de naissance, je doute qu'un tribunal ait envie de passer au crible toutes ses erreurs pour essayer de le retrouver. Et même s'ils le faisaient, quel homme voudrait qu'une telle responsabilité lui tombe dessus ?

Pour commencer, je dois parler à Amie, ensuite trouver un avocat. Ça fait du bien d'avoir un plan. Quand je prends mon courage à deux mains pour sortir de ma chambre, j'entends les cartoons à la télévision et je sens l'odeur du bacon qui frit. Ma colocataire ouvre sa porte avant que j'aie le temps de m'engager dans le couloir et nos regards se croisent. Apparemment, Jude ne s'est pas éclipsé aux premières lueurs du jour.

Je prends une grande inspiration et lui demande :
– Je peux lui parler une minute ?

Elle accepte d'un hochement de tête, choisissant pour une fois de garder le silence, puis elle retourne dans sa chambre.

Je m'éclaircis doucement la gorge en approchant de la cuisine et Jude me jette un regard par-dessus son épaule. Il éteint le gaz quand il me voit et commence à dresser les assiettes du petit déjeuner. Posant mon épaule contre le chambranle de la porte, je l'observe et j'essaie de trouver par où commencer. Il apporte son assiette à Max et, en revenant, me dit :
– Je sais qu'il n'est pas censé manger là-bas. Mais je me suis dit que ce serait mieux si…

Il se souvient de l'exception à la règle du repas à table acceptée pour les plats chinois du dimanche.

Il ne finit pas sa phrase. Mon fils n'est peut-être pas capable d'entendre les mots à briser le cœur qui vont suivre, nous le savons tous les deux, mais s'il était là, il les sentirait.

Jude me propose une assiette, je la refuse d'un mouvement de tête.

– Je n'ai pas faim.

– Mais tu devrais manger quand même.

Sans insister. Je finis par me lancer :

– Merci d'être venu hier soir.

Je ne veux pas que cette conversation tarde trop ni exiger qu'il me dise ce qu'il pensait tirer de la situation. Amie ne savait pas du tout ce qui était en jeu quand elle l'a appelé à la rescousse.

– Je ne refuserai jamais de venir.

C'est sûr, je l'ai déjà vu faire.

Mais bon, même si je sais qu'il a le cœur sur la main, ça ne veut pas dire que je peux ignorer ce qui nous a rapprochés.

– Je pense que tu devrais partir.

– Et si je n'en avais pas envie ?

Jude se frotte la joue.

Et si je n'avais pas envie que tu t'en ailles ? Je secoue la tête pour chasser cette idée.

– Qu'est-ce que tu veux ? Prétendre que rien de tout ça n'est arrivé ? Te remettre à m'appeler par son nom ? Tu as raison, nous ne pouvons pas changer notre passé, mais il existe et je ne vois pas comment faire pour y échapper. Tu savais qui j'étais

– tu connaissais mon histoire et la sienne – et tu as débarqué dans ma vie en me le cachant.

– Je passerai le restant de mes jours à te montrer que je le regrette.

Je l'arrête tout de suite :

– Ce n'est pas nécessaire. Je sais que tu es désolé. Tout comme je le suis de t'avoir menti. Je te pardonne et j'espère que tu me pardonnes aussi, mais ça ne veut pas dire qu'on peut tout arranger.

– Sunshine.

Il s'avance vers moi, mais je l'arrête d'un geste de la main.

– Il faut que tu t'en ailles.

Pause. Il regarde le plafond, comme s'il cherchait de l'aide auprès d'une puissance supérieure à qui on nous avait appris à nous adresser. Il finit par me demander :

– Réponds juste à une question et je m'en irai.

Je lui dois bien ça.

– Est-ce que tu m'aimes ?

C'est la seule question que je ne veux pas me poser et celle à laquelle je n'échapperai jamais. Je hoche la tête. C'est suffisant. Jude tient parole. Il ne dit pas un mot en passant devant moi. Il va dans le séjour et s'agenouille à côté du canapé. Je tourne la tête quand il se met à signer pour Max. Je ne peux pas supporter de le voir faire ses adieux. Mais quand je le regarde, Max se jette sur lui et le serre dans ses bras jusqu'à ce que Jude le détache. Je m'approche de Max. Je ne pourrais pas lui expliquer ce qui se passe, mais je peux lui faire un câlin.

Jude garde le silence et se lève pour partir. Il marque un temps d'arrêt et dépose un baiser sur mon front. Je regarde mon cœur franchir le seuil de la porte sans prononcer un mot de plus. Les bras frêles du petit garçon s'agrippent à ma cuisse et je baisse les yeux pour observer les siens, écarquillés et apeurés. Le chagrin s'est emparé du bleu océan de ses iris. Comment peuvent-ils rester si clairs et si brillants et pourtant refléter une telle tristesse ?

J'ai comme l'impression d'être poignardée en pleine poitrine et je tombe à genoux pour plonger mon regard dans celui de mon petit garçon. Je ne l'ai jamais vu souffrir autant, mais pourtant, j'ai déjà vu cette souffrance-là dans ces yeux. J'ai observé ce regard sur un autre visage.

Je sais que j'étais aveugle. Parce que peu importe ce que je me raconte, Max est son fils à elle, mais ces yeux-là, ce sont ceux de Jude.

Toute ma vie, j'ai pensé que la respiration nous venait naturellement, sans effort. Je le sais parce qu'en tambourinant à la porte d'Amie de toutes mes forces, je n'arrive pas à faire entrer de l'air dans mes poumons. Elle l'ouvre brusquement.

Elle n'est qu'à moitié habillée, mais je m'en fous.

— Qu'est-ce qui se passe ? demande-t-elle quand j'entre dans sa chambre.

Je ne sais pas trop par où commencer. Ce qui ne m'empêche pas de me laisser tomber sur son lit pour lui déballer toute l'histoire. Amie garde le silence tout au long de ma confession. Elle se contente d'attraper un oreiller et de m'écouter. Quand je termine, son visage ne me révèle rien. Impossible de savoir ce qu'elle pense.

— Bon, laisse-moi tout résumer, commence-t-elle en essayant d'accepter tout ce que je viens de lui révéler. Tu as kidnappé l'enfant de ta sœur.

J'ouvre la bouche pour protester, mais elle m'arrête d'un signe de tête.

— Je ne te juge pas, c'est juste que je n'arrive pas à trouver de terme plus approprié, ajoute-t-elle rapidement. Tu l'as pris pour le protéger parce qu'elle était droguée.

— Oui.

Le poids qui m'appuie sur la poitrine me semble un peu plus léger. Venant de sa part, ça n'a pas l'air si horrible que ça.

— Et elle n'est jamais venue le chercher ?

— Non. Elle a envoyé une carte postale à Jude, donc elle devait savoir que nous étions ici.

Ça, c'est le grand mystère de l'histoire, que je ne comprends pas. Cette carte postale est la preuve que Faith savait où j'avais emmené Max, mais elle n'est jamais venue le chercher. D'une façon ou d'une autre, la police a bien su dire à ma grand-mère qu'elle était morte. Ça fait quatre ans que j'attends qu'elle pointe le bout de son nez, pour me demander une autre chance et que je redoute. Pour moi, c'était inévitable.

– On dirait bien qu'elle était aussi égoïste que je le croyais, commente Amie.

– Mais peut-être pas, je riposte en me rappelant une histoire de mon enfance. C'est peut-être comme dans la Bible, quand les deux femmes comparaissent devant Salomon avec le bébé.

Amie pousse un soupir à travers ses lèvres pincées.

– Je ne pense pas la connaître, celle-là.

– Salomon leur dit que puisqu'il ne sait pas laquelle de ces femmes ment en disant qu'elle est la mère de l'enfant, il va faire preuve d'équité et demander à ce qu'on coupe le bébé en deux. Comme ça, elles pourront en avoir chacune la moitié.

– Ah non, m'arrête Amie. Ne fais pas d'elle une martyre maintenant.

Je l'ignore et continue :

– La vraie mère de l'enfant renonce. C'est comme ça qu'il devine la vérité.

– Ça ne veut pas dire qu'elle était sa mère biologique, chérie. La vraie mère aimait plus l'enfant qu'elle ne s'aimait elle-même. Elle allait tout sacrifier pour assurer sa sécurité, corrige-t-elle.

– Alors, tu ne crois pas que je suis folle ?

– Oh, je sais que tu es folle, se moque Amie en m'entendant murmurer la question.

Mais nous savons toutes les deux qu'il faudra bien plus qu'une blague pour alléger l'atmosphère pesante qui nous entoure.

– Je suis peut-être dingue de croire que tu n'es pas folle, continue-t-elle. Tu sais quoi, il faut qu'on arrête de se servir du mot « folle ». Tu as fait ce que tu devais faire. N'importe qui peut s'en rendre compte, y compris Jude.

J'attrape un oreiller et y enfouis mon visage une minute pour chasser l'attaque de panique provoquée par le rappel de son nom.

Quand je refais enfin surface, je lui rappelle :

– Il m'a menti.

– Et tu lui as menti aussi. Je ne dis pas que vous n'avez pas besoin de faire le point sur votre relation sérieusement en vous faisant aider par un psy, mais tout le monde peut voir aussi que cet homme t'aime et aime Max aussi.

– Comment je le lui dis ?

Amie peut entretenir l'espoir que nous soyons capables de trouver une solution, mais je ne suis pas si bête. Nos erreurs nous lient l'un à l'autre. Elles ne nous libèrent pas. Quoi qu'il arrive à la suite de notre histoire, nos destins sont troublés.

– Contente-toi de lui parler.

– Il a un droit légal sur cet enfant que je n'ai pas. Et s'il me le prenait ?

J'ai encore d'autres doutes. Je les garde pour moi. Genre : et s'il était amoureux d'elle et que je n'étais qu'un substitut ? Et si je n'étais qu'une solution de remplacement au rabais pour la femme qu'il a perdue ?

Amie lève les yeux au ciel et me jette en pleine figure le coussin auquel elle s'était agrippée.

— Il ne fera pas une chose pareille. Tu le connais, tu le sais très bien.

— Vraiment ? Parce qu'en fin de compte, je ne sais pas grand-chose de lui.

— Tu sais l'essentiel. N'essaie pas de te convaincre du contraire.

CHAPITRE 25

Jude garde ses distances, ce qui me donne tout le champ nécessaire pour me concentrer sur mon chagrin et ma culpabilité aussi. Sous l'impulsion d'Amie, qui s'est faite très insistante, j'accepte de me lancer dans une thérapie où j'apprends à dire ces mots qui me font si peur.

Codépendance.

Viol.

Grace.

J'ai perdu plusieurs années de ma vie à essayer d'accepter le passé de Faith.

Maintenant, je dois accepter le mien et reprendre possession de ma vie.

C'est un peu plus compliqué de l'expliquer au reste du monde. Amie s'est mise à m'appeler Grace et tout le monde au bistro a suivi son exemple sans poser de question. Entendre mon nom dans la bouche d'autres personnes est étrange. Ce qui me réconforte, c'est que pour Max, je suis toujours « Maman ». Ce nom me permet de garder la tête sur les épaules, même au beau milieu du chaos provoqué par mon deuil.

Le docteur Allen dit que mon nom n'est pas important, parce qu'il est le reflet d'une identité qu'on m'a attribuée. Ce qui compte le plus, c'est qui j'ai choisi d'être. Mais elle me pousse encore à sortir la boîte à chaussures que j'ai gardée cachée au fond de mon armoire et à venir en séance avec pour en extraire mon passé. Elle m'encourage en douceur.

Me passant mon ancien permis de conduire, elle me demande :

— Qu'est-ce que vous ressentez ?

Je caresse le nom de Grace Kane du bout du doigt. Mon permis est encore valide[5].

— Je ne sais pas trop. J'ai l'impression que je devrais ressentir plus de choses que ce que je ressens en ce moment.

— Vous êtes encore un peu apathique. Ça évoluera avec le temps et nous travaillerons dessus quand ce sera le moment.

Elle m'encourage à être plus ouverte sur mon passé et je me retrouve dans un autre groupe de soutien. Cette fois-ci, les réunions sont organisées pour les victimes de viol.

C'est marrant, j'ai passé toutes ces années à assister à des séances de groupe pour apprendre à

_____

5. Le permis de conduire aux États-Unis doit être renouvelé régulièrement, la période de validité changeant d'un État à l'autre.

accepter mes défauts. J'y ai renoncé en cédant le contrôle à une Puissance Supérieure et j'ai pris les choses comme elles venaient, une par une, à une époque où ce dont j'avais vraiment besoin, c'était d'entendre que ce n'était pas ma faute. J'ai choisi de m'agripper à la honte et à la culpabilité. Je me suis laissée définir par ces deux émotions et même complètement déborder par elles. Il faut plus d'une séance pour que le message prenne. Quand j'ai enfin admis cette vérité, je me suis mise à pleurer. Je dois apprendre à accepter que l'événement qui a façonné une si grande partie de mon passé implique aussi d'accepter cette réalité déformée créée de toutes pièces pour mon propre compte.

Chaque jour qui passe, je franchis une nouvelle étape. J'ai mis mon permis de conduire dans mon portefeuille et j'ai retiré le sien. J'ai contacté un avocat. J'ai fait changer mon nom sur les factures. Tous ces petits actes se sont accumulés et, les uns après les autres, ils permettent d'affirmer que Grace Kane n'est pas une personne disparue. Elle est vivante. Elle aime et nourrit des espoirs. Elle devient moi.

Les petites étapes deviennent grandes. Après plusieurs semaines de recherches et de rendez-vous, je me retrouve dans la salle d'attente de l'hôpital des enfants de Seattle.

— Assieds-toi, m'ordonne Amie.

Je me laisse tomber sur la chaise à côté de la sienne. Je ne m'étais même pas rendu compte que j'arpentais la pièce de long en large.

– Il va bien, me dit-elle.

– Je sais.

Enfin, c'est ce que je dis, mais je ne le pense pas vraiment. D'un point de vue rationnel, je sais qu'elle a raison. Malheureusement, mon point de vue maternel complètement parano ne peut pas entendre raison aussi facilement.

– Je n'arrive pas à croire qu'on y est, dit Amie en feuilletant un magazine avant de le jeter sur la table.

Inutile de prétendre que nous pouvons nous concentrer sur autre chose que ce qui se passe derrière les portes du bloc opératoire.

– Je n'arrive pas à croire que tu aies accepté.

– Ce n'est pas moi qui ai dit oui, j'admets.

– Je sais, c'est l'assurance, répond-elle sur un ton pince-sans-rire.

Ce n'est qu'une partie de la vérité. Oui, l'assurance a changé d'avis et a enfin accepté de rembourser les implants cochléaires de Max, mais au final ce n'est pas ce qui m'a convaincue.

– C'est Max qui a choisi, dis-je. Au dernier rendez-vous, le docteur lui a demandé s'il voulait qu'on lui mette les implants pour qu'il puisse entendre. Il n'a même pas hésité avant de signer « oui ».

– C'est donc ce qui t'a enfin fait changer d'avis.

Amie s'adosse à sa chaise et étire ses jambes devant elle.

Je ne lui dis pas que Jude est aussi intimement lié à ma décision, surtout parce que son nom n'a plus droit de cité entre nous. Encore l'une de mes règles et je ne peux pas la briser en premier. Au fond de moi, il m'est impossible d'ignorer le fait que c'est lui qui m'a encouragée à creuser le problème.

Amie m'interrompt dans mes réflexions :

– Pourquoi ne l'appelles-tu pas ?

– Pardon. Quoi ?

– Jude. Oui, c'est ça, j'ai dit son nom.

Je suis troublée, mais elle m'assassine du regard, me défiant de la réprimander. Elle continue :

– Il existe. Il est toujours en ville. Tu ne peux rien y faire.

– Crois-moi, je le sais. Le docteur Allen dit qu'il est temps que je lui parle.

Amie hoche la tête et mâchouille sa lèvre inférieure. Ça fait des semaines qu'elle veut que je dise la vérité sur Max à Jude, mais elle a été admirable. Elle a gardé son opinion pour elle-même tout ce temps.

– Tu vas le faire ?

– Je suppose, puisque c'est un ordre du médecin.

Nous ne rions ni l'une ni l'autre de ma mauvaise blague.

– Et s'il refusait de me parler ou qu'il faisait une requête pour obtenir sa garde, ou que…

– Tu vas te rendre dingue à te poser toutes ces questions qui commencent par « Et si ». Parfois, il faut arrêter de fantasmer la situation et l'affronter.

– Tu as probablement raison, dis-je à contrecœur.

– Dis-le à mon agent, contre-t-elle en nous permettant à toutes les deux de passer à autre chose.

Durant le reste de l'opération de Max, nous parlons de son examen pour *Jouer avec le feu*, une nouvelle émission culinaire à la télévision.

Je ne suis pas du tout surprise qu'elle soit dans les finalistes du casting.

— Je ne sais pas comment je vais faire pour vivre si tu pars pour six semaines.

— Vous devriez venir avec moi.

— Ouais.

Je mens. Los Angeles est bien le dernier endroit sur terre où j'ai envie d'aller, mais j'apprends progressivement qu'épargner la sensibilité de quelqu'un en restant évasif n'est pas grave. Encore un petit truc que j'ai acquis en thérapie.

Les portes du bloc s'ouvrent et le chirurgien sort en retirant son masque.

— Madame Kane ?

J'essuie mes mains moites sur mon jean en me levant. Amie m'attrape le bras alors que nous attendons pendant une éternité qu'il arrive jusqu'à nous.

— L'opération s'est très bien passée. Max est en salle de réveil. Il n'est pas encore réveillé, mais voulez-vous venir vous asseoir à ses côtés ?

Ravalant mes larmes, la gorge serrée, je lui réponds d'un hochement de tête.

Amie me presse la main et me laisse y aller.

— Je t'attends ici.

— Vous pourrez le voir dès que nous le ramène- rons dans sa chambre, l'informe le chirurgien.

En salle de réveil, les machines font des petits bips et la lumière est tamisée. Max a l'air si petit dans ce lit d'hôpital géant, les yeux toujours fermés. Ils lui ont rasé la tête à l'endroit où les implants ont été installés et c'est si étrange de voir les tubes et les émetteurs juste au-dessus de ses oreilles.

— Il pourra rentrer à la maison dès demain, m'informe le médecin. Et dans quelques semaines, quand il aura cicatrisé, on pourra les mettre en marche.

— Merci, dis-je en m'étouffant.

— Je vous laisse tranquille tous les deux.

Je prends place à ses côtés, lui caressant le bras et l'appelant pour qu'il reprenne conscience. Ses paupières s'agitent à mesure qu'il sort de l'anesthésie. Dans quelques semaines, son univers entier aura changé. Au moins, il aura une mère qui comprend cette sensation. Ses yeux fatigués s'illuminent progressivement quand il me voit.

Je signe alors immédiatement :

— Tout va bien, petit gars. Je suis tellement fière de toi.

Il me demande si Jude est encore là. Je lui réponds non d'un signe de tête et il se lance ensuite dans une histoire, me disant qu'il l'a vu au bloc opératoire. Il me faut quelques minutes pour comprendre qu'il me raconte son rêve sous anesthésie.

— Il n'a pas pu rester, lui dis-je doucement, sachant que je ne parle pas de son rêve.

Le visage de Max s'assombrit, sa lèvre inférieure se met à trembler, il affronte bravement la nouvelle.

Il est temps.

Continuer à séparer Jude et Max ne les protège ni l'un ni l'autre. Je me suis demandé plus d'une fois ce que Jude penserait si on faisait irruption devant chez lui. Je sais que Max serait accueilli à bras ouverts. Quant à moi, je n'en sais rien.

CHAPITRE 26

Depuis que j'ai découvert le certificat de décès de Faith, j'ai pris la décision de rendre visite à Mamie le plus souvent possible. Chaque semaine, j'espère qu'elle sera là à m'attendre. J'ai envie qu'elle réponde à mes questions même si je doute qu'elle en soit jamais capable.

Aujourd'hui, j'y vais avec Max. C'est la première fois qu'il revient depuis son opération et, malgré la gêne de la cicatrisation, il a hâte de montrer ses implants aux résidents du foyer.

– Dieu du ciel ! s'exclame Maggie en les examinant. C'est vraiment trop cool !

Max lui fait un grand sourire en se mettant à signer.

– Il veut que je vous dise que quand le docteur les mettra en marche, il pourra vous entendre.

À la maison, nous avons enclenché un compte à rebours et Max en informe absolument tout le monde. Maggie et moi l'observons d'un air perplexe annoncer la nouvelle à tous les résidents.

– J'aimerais avoir ne serait-ce que la moitié de son énergie, dit Maggie en poussant un gros soupir.

– Et il vient juste d'être opéré.

Sa résilience m'épate. Mais bon, Max m'a toujours épatée.

Lorsque nous arrivons devant la chambre de ma grand-mère, je fais une petite pause pour rassembler mes forces, mais Maggie me pousse à avancer.

– Elle est dans l'une de ses bonnes journées, annonce-t-elle. Ne perdez pas de temps et ne gambergez pas pour rien.

Maggie part ensuite dans le couloir s'affairer à diverses tâches, non sans inciter Max à entrer dans la pièce. Il franchit le seuil d'un bond et nous la trouvons dans son fauteuil préféré. En revanche elle ne regarde pas par la fenêtre, son regard est clair et brillant et elle tend les bras vers nous.

– Bonjour Grace, m'accueille Mamie.

Je la dévisage, complètement stupéfaite, alors qu'elle tapote ses genoux pour inciter Max à venir s'y asseoir. Ça fait des années qu'elle ne m'a pas reconnue. La dernière fois, elle a semblé le faire, mais la situation était différente. Mamie donne un livre à Max qui est immédiatement absorbé par sa lecture.

– Je n'ai pas toujours su vous différencier toutes les deux, admet-elle en passant les mains dans ses cheveux. C'est ton fils ?

Je ne m'attendais pas à devoir passer un tel test.

– Non, c'est le fils de Faith.

– Et où est Faith ?

Elle ne se souvient pas de tout. Le certificat de décès est chez moi maintenant et je suis contente qu'elle ne se souvienne pas de l'avoir reçu. Les très simples et succinctes causes de son décès, imprimées noir sur blanc, me hanteront jusqu'à la fin de mes jours.

– Faith n'est plus là.

C'est toujours très difficile à admettre. Toujours aussi difficile d'accepter que non seulement elle a disparu de ma vie mais qu'en plus elle ne reviendra jamais.

– Elle est morte ? demande Mamie, fidèle à sa façon d'éviter toute torture émotionnelle superflue.

– Oui, répondis-je doucement.

– Alors maintenant, c'est ton fils.

Ce n'est pas une question. Je ne sais pas comment lui dire que Max a toujours été mon fils – et le sera toujours. Je ne sais pas comment lui dire à quel point j'ai déconné ces dernières années et comment je continue à faire n'importe quoi, même si j'essaie de changer. Mais plus que tout, je ne sais pas pour combien de temps elle va pouvoir rester avec moi. Il y a quelque chose d'aigre-doux à la retrouver enfin. J'ai passé tellement de temps à vouloir qu'elle me voie pour qui j'étais et, maintenant, je m'agrippe désespérément à l'idée qu'elle se souvienne de moi. En fait, je n'ai pas de temps à perdre, je n'ai pas besoin de m'attarder sur mes erreurs passées ni de la supplier de me pardonner. Quand le temps des représailles sera venu, ce ne sera pas elle qui présidera mon procès.

– Tu me manques, lui dis-je.

– Je suis désolée, je n'ai pas été très présente, ma petite-fille. J'aimerais pouvoir te dire que je vais rester.

Elle tend sa main vers la mienne.

– Moi aussi, j'aimerais.

Plus que tout.

– Mais je sais que tu contrôles la situation, Grace, dit-elle d'un air très déterminé, presque féroce. Comme toujours.

– Tu crois vraiment ?

– Je le sais. Je sais que tu as toujours porté le fardeau des erreurs de ta sœur. Il m'est arrivé de craindre qu'il n'y ait pas que ça. Si j'ai été dure avec vous quand vous étiez petites, j'en suis désolée. Je ne voulais pas vous perdre, vous non plus.

Je veux lui dire qu'elle ne nous a jamais perdues, ni l'une ni l'autre, parce que, d'un certain côté, j'ai envie de croire en ce joli mensonge. Mais demain ou peut-être dans une heure, voire dans quelques minutes, elle aura à nouveau tout oublié. Je dois arrêter de mentir aux gens et surtout de me mentir à moi-même. Mamie ne me pose plus de question sur Faith. Elle ne me demande pas comment je suis devenue responsable de Max. Elle ne me demande pas de lui faire l'inventaire de toutes mes erreurs. Non, elle me pose des questions sur mon travail et veut savoir comment Max s'en sort à l'école. Je lui raconte qu'il est encore en maternelle, puis je lui apprends qu'il est sourd.

– Je le sais, ça, dit-elle en souriant d'un air chagrin. Je me souviens de certaines choses.

Savoir qu'elle arrive à percevoir quelques informations m'apaise. C'est un fait auquel je m'agripperai quand je reviendrai et qu'elle me regardera sans me reconnaître. Je saurai qu'elle est capable de se souvenir des choses importantes, je saurai qu'elle sait qui est Max dans une certaine mesure et qu'elle l'aime autant que moi. En quelques minutes, nous rattrapons plusieurs années de vie. Je n'arrive pas à raconter toutes ces histoires assez rapidement. Je ne peux pas lui en dire assez sur ce que j'ai vécu et, pour la première fois depuis très longtemps, je prends conscience que, durant ces quatre dernières années, il m'est arrivé tant de belles choses. Max m'a donné tant de beaux souvenirs. J'ai une incroyable meilleure amie et ma vie est géniale.

– Ce n'est pas parfait, lui dis-je. Mais c'est ma vie. Je me suis créé un foyer dont je suis fière.

Nos regards se croisent et ne se quittent plus, puis je me vois en elle. Je me vois moi, Grace.

– Et cet homme avec qui tu es venue la dernière fois ?

– Eh bien, je vois que tu retiens vraiment certaines choses !

– On n'oublie pas un homme comme ça. Il y a des choses qui ne changent pas avec l'âge.

– Non, on n'oublie pas un homme comme Jude. Parfois, j'aimerais bien, j'admets.

Elle pousse un gros soupir et me demande :

– Il a tout fait rater ou c'était toi ?

– Un peu les deux.

– Il t'a trompée ?

– Non.

– Il s'est servi de toi ?

– Pas vraiment.

Et c'est vrai. Jude était aussi perplexe que moi. Nous n'avons jamais eu l'intention de nous mentir. C'est juste arrivé. La vérité est restée un concept trop nébuleux pendant trop longtemps. Grace était perdue, trop perdue. Mais bon, nous avons menti tous les deux et ainsi masqué un passé qui a sapé toute chance d'avenir en commun.

– Alors pourquoi ça ne peut pas marcher entre vous ?

– C'est compliqué.

– C'est toujours compliqué entre un homme et une femme. Ton papi, que Dieu ait son âme, était un homme bon, mais franchement, il avait un sacré talent pour merder parfois.

Je baisse la tête quand nous éclatons de rire toutes les deux.

– Il connaissait Faith, je réponds.

– Et ?

– Et ça ne veut pas dire quelque chose ? Il vient de son cercle de relations.

– Il lui donnait de la drogue ?

Je vérifie que Max est encore plongé dans son livre avant de répondre d'un signe de tête négatif en disant :

— Non, il a essayé de l'aider, mais il n'y est pas parvenu.

— Alors, de quoi as-tu peur ?

Je marque une petite pause et prends une grande inspiration pour me préparer, parce que je sais très bien de quoi j'ai peur. Je sais très bien pourquoi j'ai viré Jude Mercer de ma vie.

— J'ai peur de ne pas pouvoir être ma sœur.

Mamie m'attrape la main et la presse très fort.

— Non, tu ne peux pas être elle, Grace. Quoi que tu fasses. Ton rôle n'a jamais été de la remplacer. Pas pour moi, pas pour son fils, et pas pour ce... comment s'appelle-t-il au fait ?

— Jude.

Dire son nom me fait mal.

— Jude, répète-t-elle. Pour personne. Aucun d'entre nous ne veut que tu la remplaces. C'est toi que nous voulons, toi et toi seule. Alors, peu importe si Jude la connaissait avant. Est-il là pour toi maintenant ?

— Oui. Non. Je ne sais pas. C'est moi qui l'ai repoussé.

— Alors, c'est à toi de dire que tu es désolée. Ce n'est pas le boulot des hommes de tout réparer, ma petite fille.

— Et s'il ne pouvait pas me pardonner ?

– Il l'a déjà fait. Je ne me souviens pas de grand-chose, Grace, mais je me souviens de sa façon de te regarder. Ce genre d'amour laisse des traces. Crois-moi, tu es l'univers de cet homme. S'il ne t'a pas encore pardonné, alors ça viendra. Mais j'ai comme l'intuition que tu n'auras même pas à lui demander.

J'ai envie de lui en dire plus, j'ai envie de lui révéler tous les détails les plus dégueulasses, mais je me rappelle que le temps nous est compté et qu'il est précieux. Alors, Max lui montre comment signer et je traduis pour lui quand il lit sur ses lèvres. Elle applaudit et lui fait d'adorables câlins. Je n'ai jamais été aussi proche d'avoir une famille, en dehors de ma relation avec Amie et Jude. Revoir Mamie, même pendant les quelques brefs instants de l'heure passée, me rappelle que c'est ce que je veux pour lui. Je n'ai pas besoin d'une grande famille, je n'en ai jamais eu, mais je veux être près de la famille que je me suis choisie.

Composée des êtres qui me sont chers, et je ne peux pas nier que Jude Mercer a toute sa place dans mon cœur.

Sur le chemin du retour, j'allume la radio et m'émerveille que dans quelques semaines, Max pourra l'entendre. Entre les médicaments qu'il prend encore et toute l'énergie qu'il a dépensée à la maison de retraite cet après-midi, il a déjà succombé au sommeil. Je n'arrête pas de vérifier qu'il est toujours là dans le rétroviseur, comme s'il pouvait disparaître. Il glisse sa main sous son menton et je me demande à quoi il peut bien rêver.

Une mélodie qui me dit quelque chose passe à la radio, je monte un peu le volume en essayant de retrouver où j'ai entendu cette chanson.

Gray skies have left me nothing but blue;
Been stuck here thinking thoughts of you.
You were my sunshine.
Now there's only rain.
You never were mine.
Now there's only pain.
And I know now what I should say;
I'll always be here;
I'll always love you.
Please, God, don't take my girl away.
Last night I dreamed you were here beside me.
I woke to find my bed was cold and lonely.
You were my sunshine.
I should have told you You'll always be mine.
Wish I could hold you.
And I know now what I should say;
I'll always be here;
I'll always love you.
Pleuse, God, don't take my girl away[6].

---

6. Le ciel gris ne m'a rien laissé que le blues ; / Je suis coincé ici à penser à toi. / Tu étais mon rayon de soleil. / Maintenant il n'y a que de la pluie. / Tu n'as jamais été mienne. / Maintenant

Dans ma tête, c'est la voix de Jude que j'entends, elle efface complètement les tonalités bien calibrées de soprano de la pop star qui interprète le titre. La musique laisse ensuite place à la voix de l'animateur :

« C'était le nouveau single de Piper Rose : "Don't Take Her Away[7]". Vous, je ne sais pas, mais moi, cette chanson, elle me fout en l'air. La rumeur dit qu'elle l'a écrite en pensant à son ex... »

Je me gare sur le bas-côté de la route. Agrippée au volant, j'essaie de me concentrer, mais je n'arrive pas à reprendre mon souffle. Je sais très bien de qui parle cette chanson.

Je me parle alors à moi-même à voix haute :

– Ça ne veut rien dire.

Mais je sais que je suis du genre à me mentir à moi-même.

---

il ne reste que l'agonie. / Et maintenant je sais ce que je devrais dire ; / Je serai toujours là pour toi ; / Et celle que j'aime ce sera toujours toi. / Par pitié, ne me prenez pas la fille que j'aime. / Hier soir j'ai rêvé que tu étais là, avec moi. / Ce matin, je me suis réveillé si seul dans un lit froid. / Tu étais mon rayon de soleil. / J'aurais dû te le dire. / Tu seras toujours mienne. / Comme j'aimerais contre moi te tenir. / Et maintenant je sais ce que je devrais dire ; / Je serai toujours là pour toi ; / Et celle que j'aime ce sera toujours toi. / Par pitié, ne me prenez pas la fille que j'aime.

7. Ne me la prenez pas.

CHAPITRE 27

Jude accepte de me retrouver au restaurant thaï. Le lieu me semble approprié, puisque c'est là que je lui avais donné rendez-vous il y a quelques semaines pour lui dire toute la vérité. Ce restaurant est un marqueur physique dans ma vie, il y a eu un avant et un après. Ce soir-là, il m'avait convaincue de laisser mon passé derrière moi, mais le truc avec la vérité, c'est qu'elle a tendance à surgir quand bon lui semble.

Je choisis de partager cette vérité quand je le décide.

J'arrive en avance et m'installe à une table dans un coin, puis je ne commande rien d'autre qu'un verre d'eau. L'attente, c'est toujours ce qu'il y a de plus dur. Bon, je suppose que débarquer une demi-heure plus tôt que prévu est un peu maso, mais comme cette situation n'est pas sous contrôle pour moi, si je dois venir un peu avant pour prendre mes marques, alors allons-y.

Amie a joué les pom-pom girls tout l'après-midi, elle était à fond, ce qui explique en partie mon geste. Même si j'ai très envie de tout contrôler, je ne sais pas comment Jude va réagir. Cette idée me terrifie. Après cette terrible nuit, nous ne nous sommes jamais retrouvés pour discuter à nouveau. Je me suis repassé les dernières heures en sa présence et, quelque part entre la douleur et la trahison, il y a aussi eu de l'amour.

La serveuse fait irruption devant moi et jette un regard lourd de sens à mon verre avant de me demander :

— Vous voulez commander quelque chose ?

— J'attends quelqu'un.

Ce n'est pas comme si cet endroit débordait d'activité le dimanche soir.

Dimanche.

Mon esprit revient sur la signification des dimanches. Je n'ai pas vraiment choisi de donner rendez-vous à Jude ce jour-là, mais quelque part au fond de moi, cela sort de mes habitudes.

— À ce que je vois, tu as toujours l'intention de développer mon palais.

Jude apparaît derrière la serveuse et je digère son apparition. Il a l'air différent, mais en mieux bizarrement. Pas de T-shirt, pas de jean, pas même une chemise ouverte. Ce soir, il porte un costume, un de ces trois-pièces coupé pour mettre en valeur sa musculature sèche.

À l'évidence, il a été fait pour lui.

Bon, moi aussi à une époque, je me pensais faite pour lui.

— Tu... euh... Tu...

Je cherche mes mots et il les trouve à ma place :

— Je suis trop habillé.

— Oui, mais ça te va bien. Enfin, le costume te va bien.

Oh, tais-toi, je m'ordonne à moi-même.

Jude se met à sourire, mais pas autant que quand il se livre à ses émotions et que tout son visage en est transformé. Là, son sourire est entaché d'hésitation, un peu comme tout dans notre relation. Il se glisse sur le banc pour me répondre :

— J'avais une réunion à Seattle.

— Oh, je ne savais pas que tu étais parti.

Cette remarque est stupide, puisque je ne sais plus rien de sa vie en ce moment.

— Quelques pontes du label sont en ville. Ils pensent que l'album de Piper Rose va finir disque de platine, ce qui visiblement me vaut un déjeuner du dimanche gratuit.

— Je ne savais pas qu'il existait des repas gratuits, dis-je en me rappelant la chanson à la radio.

— Il ne l'était pas. Finalement, ils veulent que je retourne à Los Angeles. Leur plan, c'est de me faire signer un contrat d'exclusivité avec *Estate Records*, ce qui veut dire devenir esclave de leur studio.

— C'est génial.

Je force les mots à sortir de ma bouche. Je suis contente pour lui, mais cette idée me laisse plutôt un goût amer.

Le silence s'installe et j'essaie d'attraper mon verre. Une fois encore, je m'agrippe à une boisson, comme si elle pouvait me sauver la vie. Retour à la case départ, comme le jour où nous nous sommes rencontrés, mais cette fois-ci, pas de groupe de soutien pour faire tampon.

Comme il ne dit rien, je me décide à le relancer :

– Tu vas y aller ?

Je ne sais pas trop quelle réponse j'ai envie d'entendre.

– Je n'ai pas encore décidé, admet-il en desserrant le nœud de sa cravate avant de s'en débarrasser. Pour le moment, il n'y a rien qui me retienne ici.

Je caresse mon verre du bout des doigts, dessinant une ligne sur la condensation.

– Effectivement.

Tout pourrait changer après notre discussion, avec ce que je vais lui révéler, ou pire, il pourrait décider de prendre Max avec lui à Los Angeles. S'il choisit la voie juridique, il pourrait bien arracher toutes les racines que j'ai plantées ici pour nous ancrer.

– Bon Dieu, dis-moi que j'ai une bonne raison de rester, Faith.

Dès qu'il prononce son nom, il ferme la bouche.

– Ce n'est pas grave, dis-je instinctivement. Parfois, moi aussi je dis que je m'appelle Faith quand on me demande mon nom, mais je progresse.

Il doit savoir que je fais des efforts. Je veux qu'il sache que je ne suis pas une grosse tarée qui s'est approprié la garde de son enfant.

– J'ai commencé une thérapie et on travaille là-dessus. Maintenant, j'utilise mon propre permis de conduire. Je suis même allée voir où elle était enterrée.

Jude commence à faire glisser sa main sur la table vers moi, mais il s'interrompt. Je ne sais pas ce qui est le plus bizarre : l'idée qu'il me réconforte ou qu'il soit trop prudent pour essayer.

– Un jour, je t'ai dit que tu n'avais pas à me raconter ta triste histoire, dit-il. Et ce que je suis sur le point de te demander, c'est le contraire, mais je dois savoir : pourquoi ?

Voilà mon opportunité de tout lui révéler – de lui déballer toutes les pièces du puzzle afin qu'il voie l'ensemble de l'image. Avec un peu de chance, il arrivera peut-être à tout comprendre sans que j'aie besoin de dire tous les mots.

– Il y a quelques années, Faith est revenue me voir. Elle essayait de se désintoxiquer et elle était enceinte. Au début, j'ai cru qu'on allait s'en sortir. Mamie était déjà en maison de retraite et j'avais trois boulots pour assurer financièrement. J'ai pris le retour de ma sœur comme une bénédiction.

– Mais…

– Mais à la naissance du bébé, elle n'a pas supporté la pression. À l'époque, on ne savait pas que Max était sourd et que c'était peut-être à cause de sa situation qu'il était si difficile. Avec son passé de toxico, ça n'aurait pas dû être une surprise. Un jour, je me suis réveillée et elle n'était plus là.

– Et elle l'a juste laissé avec toi ?

La voix de Jude est teintée de dégoût. Il se laisse tomber contre le dossier de la banquette et secoue la tête.

— Elle n'allait pas bien, Jude, elle n'était pas en bonne santé.

Il ouvre la bouche pour protester, mais je l'arrête :

— Ça n'est pas une excuse. C'est juste la réalité.

— Qu'est-ce qui t'a fait venir ici ?

— Elle est revenue chercher Max avec un gars avec qui elle couchait. Il était plus que louche. Elle m'a dit qu'elle devait lui prouver que Max n'était pas son fils.

— C'est bizarre comme problème.

Il fait un effort pour parler et je me demande s'il se doute déjà de la fin de l'histoire. Mon adorable et consterné Jude, lui qui veut tellement récupérer les âmes endommagées pour les aider à redevenir elles-mêmes. Bien sûr qu'il rêve d'un happy end.

— Sa femme l'avait quitté, probablement parce qu'il couchait avec Faith. Après, ce ne sont que des conjectures. Ce n'était pas son dealer, mais il lui donnait les moyens de se droguer.

— Tu penses sincèrement que c'est pour cette raison que sa femme l'avait quitté ?

— Pour quoi d'autre, sinon ? À notre époque, la plupart des femmes ne quittent pas un homme qui souhaite élever ses enfants sans une bonne raison.

— Je ne sais pas. Certaines personnes n'arrivent pas à pardonner quand on leur a fait du tort.

Du coup, je me demande ce que Jude Mercer considère comme un tort impardonnable.

– Faith s'est pointée chez moi, a arraché Max de son lit. Je voyais bien qu'elle était sous coke. J'en voyais tous les signes. Quant à ce gars, Jason, il a jeté un coup d'œil à Max et a déclaré : « Eh bah, impossible que ce soit mon gamin. »

– Comment pouvait-il en être sûr ?

– Disons que c'était évident, dis-je en remuant la paille dans mon verre.

– Est-ce que Faith t'a jamais dit qui était le père de Max ?

Je secoue la tête, ravalant l'énorme boule dans ma gorge. C'est la vérité. Faith ne m'a jamais dit son nom. Je l'ai découvert toute seule.

– Je les ai convaincus que j'avais besoin de temps pour rassembler ses affaires et ils sont retournés à leur hôtel.

– Et ? m'encourage Jude d'un murmure.

– Et j'ai rassemblé tout ce dont Max avait besoin, son certificat de naissance, ses vêtements, tout. J'avais aussi encore la majeure partie des affaires de Faith. Elle n'avait pas pris la peine de s'en occuper lorsqu'elle s'était enfuie. Est-ce qu'une junkie pense avoir besoin d'un certificat de naissance ?

J'ai la bouche sèche, je lutte pour prononcer chacun de ces mots et je me demande si, à la fin de mon histoire, il m'accordera l'absolution.

– J'ai tout emballé et je suis partie. J'ai pris un ferry, puis un bus et j'ai continué ma route jusqu'à tomber sur l'océan. J'ai vu un panneau m'indiquant *Le Bout du Monde* et j'ai cru que Dieu essayait de m'envoyer un message. La maison de retraite de Mamie n'était pas trop loin, et qui aurait essayé de venir me chercher ici ?

– Est-ce que Faith est revenue ?

– Non.

Les mains de Jude glissent pour s'agripper au rebord de la table et le serrer jusqu'à ce que la jointure de ses doigts blanchisse.

– Quand tu m'as parlé de cette carte postale, c'était la première fois que j'entendais un argument me laissant penser qu'elle savait où j'étais.

– Elle a dû se rendre compte que Max était mieux avec toi qu'avec elle.

Une larme brûlante se forme au coin de mon œil. Je cligne des paupières, la chassant de ma joue.

– Tu le crois vraiment ?

– J'en suis sûr, Sunshine, dit-il en relâchant ses poings. Mais pourquoi m'a-t-elle envoyé cette carte postale ?

– Quand je l'ai vue la dernière fois et qu'elle a regardé Max, elle semblait savoir qui était son père, lui dis-je d'une voix devenue lointaine.

Je me repasse la scène, quand dans l'appartement, elle observait son fils, son visage indiquant clairement qu'elle le reconnaissait.

– Pourquoi m'a-t-elle envoyé cette carte postale ? répète-t-il en cherchant une réponse qu'il connaît déjà.

Je l'entends au son de sa voix.

– Je pense qu'elle te l'a envoyée parce que tu es son père.

Je ne suis même pas certaine que mes mots soient plus perceptibles qu'un souffle, mais Jude ferme les yeux.

– Tu as une preuve ?

– Non.

Dire qu'ils ont les mêmes yeux me semble idiot.

Lui aussi déglutit quelque chose dans sa gorge. Il fait ce qu'il peut pour garder le contrôle de ses émotions, mais nous sommes submergés tous les deux.

– C'est quand l'anniversaire de Max ?

– Le deux juin. Il va avoir cinq ans cette année.

Soit dans moins d'un mois. Mon ventre se contracte nerveusement, je sais que c'est le dernier anniversaire que je passerai avec lui.

Jude garde le silence, mais je vois qu'il réfléchit et calcule. Il compte les jours, les mois, les années.

– La dernière fois que je l'ai vue, c'était en octobre.

Tout concorde.

– Tu peux passer un test de paternité, mais je suis certaine qu'il est de toi.

Elle n'aurait pas eu d'autre raison de lui envoyer cette carte postale. À sa manière, complètement déconnante, Faith essayait de donner à Max ce dont elle était incapable.

– Je ne sais pas trop ce que je suis censé te dire. Tu veux que je fasse quelque chose ? Pourquoi tu m'en parles maintenant ?

Le petit élastique fragile qui maintenait mon cœur en un morceau pète d'un coup.

– Je ne veux rien. Juste que tu saches la vérité.

– Depuis quand le sais-tu ?

Il parle d'une voix suraiguë, essayant de garder son calme.

– J'ai tout compris la dernière fois que je t'ai vu. Je pourrais te dire qu'il y avait des indices ou que nous devons être tous les deux assez cons pour ne pas l'avoir vu, mais en fait, il m'a suffi de regarder dans ses yeux et je t'y ai vu.

Le silence s'installe entre nous. Je n'arrive même pas à m'entendre respirer. Comme un calme surnaturel qui renverse l'état naturel du monde, avant qu'un éclair ne déchire le ciel sans qu'il y ait d'endroit pour s'abriter. Aucune sécurité tangible. Je dois affronter cette tempête.

Jude se frotte la nuque d'un geste inconscient.

– Tu sais que je l'aime.

Je m'immobilise. Je sais vers où ces mots nous mènent.

– Je veux faire partie de sa vie, continue-t-il.

Je n'ai pas le courage de lui demander quelle est ma place.

– Il faut que tu dises quelque chose, finit-il par lâcher.

– Il est de toi. Peu importe ce que je dis. Tu peux me le prendre. Tu peux l'emporter jusqu'à Los Angeles.

La vérité a un goût amer sur ma langue.

– Je ne lui ferais pas une chose pareille.

J'explose :

– Pourquoi ? Je ne suis pas sa mère. Je me confronte à cette réalité depuis cette nuit-là. J'ai passé ces dernières semaines à apprendre à me faire appeler par mon propre nom, et tout ce que j'ai retenu, c'est que ce monde n'est fait que de mensonges.

– Tu n'es pas un mensonge pour lui, m'interrompt Jude d'une voix douce. Je ne te le prendrai pas, mais tu vas devoir trouver un moyen de me pardonner, parce que je vais faire partie de sa vie et…

Il ne termine pas sa phrase, laissant le reste en suspens, ou alors je prends mes désirs pour des réalités. Veut-il aussi faire partie de ma vie à moi ?

J'attrape le menu et me cache derrière ses pages alors que les larmes se mettent à couler librement. La serveuse prend ça comme un signal et approche enfin de notre table. Il ne doit rien y avoir de plus bizarre que de zoner en arrière-plan quand deux personnes se disputent, sauf de ne pas se rendre compte que l'un des deux est en train de pleurer.

– Vous êtes prêts à passer commande ? demande-t-elle en tapotant son crayon contre son carnet.

Jude me regarde avec les yeux remplis d'espoir, mais je ne suis pas prête. Je ne suis pas certaine de jamais l'être. Alors, je laisse tomber le menu, marmonne des excuses et pars en courant. Au final, je n'ai rien appris, prendre la fuite est peut-être la seule chose que je sache faire.

CHAPITRE 28

– Winnie n'est pas venue, m'interpelle Amie dans le bureau en couvrant le vacarme des cuisines. Tu peux la remplacer en salle ?

– Tu crois que c'est une bonne idée ?

La dernière fois que je me suis occupée du service, un homme a reçu un thé glacé sur les genoux.

Son visage rond fait irruption dans la pièce, encadré d'un foulard bleu canard pour lui maintenir les cheveux.

– Je suis aux abois. Et je compte aussi la virer, alors ce sera probablement la dernière fois.

Je marmonne tout un chapelet de jurons en attrapant un carnet.

Heureusement, il n'y a que la foule des touristes ordinaires, occupés à prendre des selfies devant l'immense carte affichée au mur, donc personne ne s'aperçoit que je bosse à la vitesse d'un escargot. Si je fais bien attention, je dois pouvoir m'en sortir. Attrapant une commande, je sors de la cuisine à reculons et évite de justesse de rentrer directement dans une cliente.

– Je suis tellement désolée !

Je dépose les assiettes sur un plateau juste à côté, comme si je devais dompter des serpents. Je savais que je finirais par me faire bouffer ce soir.

– Il n'y a pas de quoi.

C'est Sondra, et maintenant que mes mains sont libres, elle se jette à mon cou. J'accepte son étreinte, légèrement hésitante. Elle recule et m'attrape par les épaules.

– Où étais-tu ? On se faisait un sang d'encre pour toi.

– C'est une très longue histoire. Même si je pouvais t'en parler, je ne suis pas sûre de savoir par où commencer.

– Est-ce que ça a quelque chose à voir avec Jude ? Vous avez arrêté de venir tous les deux au même moment.

Même son fard à paupières turquoise ne peut pas masquer l'éclat rusé de ses yeux plissés.

– On participait tous les deux aux réunions sous un prétexte, même si nous avions de bonnes raisons de venir.

– C'est facile de se dire qu'on va mieux, me rappelle-t-elle. Surtout quand on démarre une nouvelle relation. Crois-moi sur parole. Tu dois toujours prendre le temps de travailler sur ta sobriété.

Je lèche mes lèvres gercées. Ce n'est ni l'endroit ni le moment de parler de ça.

– Je ne pense pas avoir ma place dans ce groupe.

– Ta place est partout où tu veux aller. Je reviendrai dans huit jours si je ne revois pas ta belle gueule à la prochaine réunion, me prévient-elle avant de me dire au revoir.

Je regarde les assiettes que j'ai laissées refroidir en regrettant qu'il n'y ait personne pour venir me libérer.

Je m'en ouvre à Amie. J'en parle au docteur Allen. Je dialogue avec moi-même sur le sujet. Et nous tombons tous d'accord : je dois mettre un terme à ce chapitre de ma vie.

– Ce n'est pas l'étape où je dois réparer les torts que j'ai faits aux gens ?

– C'est une façon de voir les choses, Grace.

Elle pousse ses lunettes sur le bout de son nez et me regarde par-dessus la monture pour me demander :

– Pendant combien de temps avez-vous fréquenté ce groupe ?

– Environ quatre ans.

– Au cours de ces quatre années, tout le monde s'est-il montré exemplaire ?

Pas au sens strict du terme. Certaines personnes sont venues sporadiquement, mais pour la plupart, ils formaient tous un groupe très attaché à leur assiduité, même quand certains venaient de replonger.

– Pas du tout.

– Donc vous me dites qu'il leur est arrivé de fauter. Que faisaient-ils alors ?

– Ils ont menti, volé, trompé. Certains sont retournés en prison. D'autres ont perdu leur famille.

– Pourquoi pensez-vous qu'ils aient continué à fréquenter ce groupe ? Ils n'étaient pas obligés de venir. Ils choisissaient de le faire. Pourquoi ?

– Parce qu'ils savaient qu'ils seraient compris et écoutés.

– Sans être jugés, ajoute le docteur Allen.

Je ne suis pas tout à fait certaine que ce que j'ai fait tombe sous le coup d'un jugement, mais j'accepte d'y aller. Ils m'ont toujours fait confiance pour garder leurs secrets, je dois leur faire confiance en leur racontant ma vérité.

Un matin, Amie me demande :

– Et s'il est là, qu'est-ce que tu vas faire ?

– Il ne le sera pas. Sondra m'a dit qu'il ne venait plus.

Je ne lui dis pas que Jude m'a appelée tous les jours de cette semaine et que j'ai trop peur pour écouter ses messages. Elle garde sagement le silence, mais nous savons toutes deux que je ne vais pas pouvoir l'éviter encore bien longtemps. Affronter tout ça, vider mon sac auprès de gens qui me font confiance est un échauffement. Je me pensais prête à faire face à Jude et, au final, j'ai fui le restaurant en prenant mes jambes à mon cou. Ce groupe m'a donné la force et la volonté d'affronter mes démons. Peut-être pourraient-ils m'aider une dernière fois.

Tout le monde me serre dans ses bras, même Anne. La réunion commence par la récitation d'un nouveau mantra que Stéphanie a trouvé dans un de ses bouquins. Je ne le connais pas, alors je reste assise sur ma chaise et garde le silence, mon cœur comptant les secondes avant d'être sous le feu des projecteurs.

Une fois la récitation terminée, Stéphanie ne demande pas qui veut se lancer et personne ne parle. Quelques participants me jettent un coup d'œil. On me cède silencieusement la parole. J'apprécie cette approche dénuée de pression.

– Je crois que j'aimerais partager mon histoire, dis-je en me forçant à sourire.

Mais avant que je continue, la porte s'ouvre. Jude se faufile dans la pièce et je suis la seule à le remarquer. Il ne s'assied pas. Non, il attend dans l'ombre, les bras croisés sur son fin T-shirt gris. Son regard expressif est caché derrière des lunettes de soleil.

Sondra tend la main pour me tapoter le dos, comme pour m'encourager à continuer. Je suis venue pour une bonne raison et, quitte à être jugée, autant tout faire d'un coup.

Sachant par où commencer pour attirer l'attention de tout le monde, je commence mon récit :

– Je m'appelle Grace.

Quelques personnes se mettent à chuchoter, mais Stéphanie les fait taire.

– C'est probablement une surprise pour vous, parce que vous m'avez toujours connue sous le nom de Faith… Faith était ma sœur. Elle était toxicomane et, il y a quelques années, elle a donné naissance à un adorable petit garçon. Il a eu de la chance. Les problèmes d'addiction de sa mère ne lui ont pris que son sens de l'ouïe. Il risquait bien pire. Elle l'a abandonné en me le laissant et, quand il a eu neuf mois, elle est revenue pour me le prendre.

Je raconte mon histoire, passant rapidement sur les choix que j'ai faits ou les erreurs que j'ai commises. Personne ne dit un mot. Personne ne m'interrompt pour me donner des conseils bien intentionnés, si fréquemment partagés dans ce groupe – mais personne ne me dit de partir non plus.

– Je suis venue ici pour chercher des réponses, leur dis-je. Je voulais comprendre comment elle avait pu choisir la drogue plutôt que son fils. Ce que j'ai appris, c'est que moi aussi, j'ai développé une addiction, à elle. Je suis victime de l'idée que je pouvais l'aider à s'en sortir. Alors, j'ai continué à venir, à chercher une formule magique et, comme je n'ai pas pu en trouver, j'ai laissé la culpabilité prendre le dessus. Si elle ne pouvait pas se désintoxiquer, alors je prendrais sa place. Je purgerais la peine à sa place. J'élèverais son fils pour elle… Il m'a fallu beaucoup de temps pour comprendre pourquoi j'avais fait ça. Ça va peut-être vous paraître stupide, mais j'ai perdu mon identité. Elle m'a bouffée tout entière, sans même avoir essayé. Il y a quelques semaines, j'ai découvert qu'elle était morte.

Sondra déplace sa chaise pour la rapprocher de la mienne et passe son bras autour de mon épaule. Quelques personnes marmonnent des excuses.

– J'ai passé toutes ces années à prétendre être elle, parce que je me souciais plus d'elle que de moi. J'étais obsédée par la personne qu'elle aurait pu devenir si elle avait arrêté de se droguer. L'amour fait de nous les personnes que nous voudrions être. Je pensais que si je l'aimais assez, elle reviendrait. Elle deviendrait alors cette femme que j'ai toujours cru qu'elle pourrait devenir. Je ne m'étais pas rendu compte que je donnais tout cet amour sans rien garder pour moi. Ma psy m'a poussée à venir vous parler, dis-je en haussant les épaules, sachant que plus d'un participant comprend très bien ce mécanisme. Elle m'a dit que j'avais besoin de réparer les torts que j'avais faits aux gens. Ça vous dit quelque chose ?

De l'autre côté de la pièce, Bob hoche la tête.

– Mais en fait, je voulais revenir pour vous remercier. Nous sommes tous accros à quelque chose. La plupart des gens choisissent de l'ignorer. Pas vous. Vous, vous affrontez cette réalité. Il m'a fallu trop de temps pour comprendre que c'est vous qui me montriez comment faire pour être forte. Vous me donniez le courage dont j'avais besoin pour accepter mon passé. Je suis désolée de vous avoir menti. Je suis désolée d'avoir rompu ce lien de confiance que nous partageons tous dès que nous franchissons cette porte, mais je vous suis tellement reconnaissante de m'avoir aidée à me trouver entre ces murs.

Personne ne dit un mot, mais quelques-uns des participants essuient une larme. Jude repart doucement sans être remarqué. Il a déjà entendu cette histoire et je lui ai fait mes excuses.

Il n'y a plus personne d'autre que moi-même pour me pardonner. Je me lève alors en annonçant :

— Je crois que je devrais y aller.

— Tu peux rester, propose calmement Stéphanie.

Un ensemble de voix réitèrent sa proposition, mais je secoue la tête d'un geste négatif. Je ne leur parle pas de mon nouveau groupe de soutien pour les victimes de viol. Ils portent mon fardeau depuis déjà bien trop longtemps pour que je rajoute un poids sur leurs épaules, mais ils ne sont pas prêts à me laisser franchir ces portes aussi facilement.

Sondra m'attire dans ses bras pour me serrer fort contre elle.

— On ne t'en veut pas, murmure-t-elle. Alors, arrête de t'en vouloir à toi-même.

Anne ne m'étreint pas une seconde fois, mais elle me fait un petit sourire et me dit :

— Puisque je ne crois pas que tu reviendras, j'ai un dernier conseil pour toi. Affronte ton passé et libère-t'en.

— J'essaie.

C'est une promesse. Personne ne me pose de question, parce que c'est tout ce que nous pouvons faire : espérer être toujours capable de changer et croire qu'il y a encore des pages vierges pour écrire notre histoire.

CHAPITRE 29

C'est l'odeur de la vanille qui me sort de mes rêves, enfin, surtout mon ventre qui se met franchement à gargouiller. J'enfouis ma tête sous un oreiller, mais rien à faire. Maintenant, j'ai trop faim pour continuer à dormir.

Encore à moitié dans les vapes, je me sers un café et demande à Amie :

– Pourquoi dois-tu me torturer ?

– Avant, tu ne faisais jamais la grasse matinée, dit-elle en me désignant d'une spatule accusatrice. Tu te ramollis.

Je tiens mon mug de mes deux mains en attendant qu'il refroidisse. Max est déjà à table, coupant sa pile de pancakes comme il peut. J'abandonne ma tasse pour aller à sa rescousse.

– Tu veux de l'aide ?

La semaine prochaine, je n'aurai peut-être plus à signer pour lui parler, c'est incroyable. Il répond d'un signe de tête négatif, un grand sourire aux lèvres. Derrière moi, Amie se met à chantonner. Mon cœur se met à battre plus fort quand je reconnais la mélodie. Je n'ai toujours pas vérifié si c'était bel et bien Jude qui a écrit cette chanson, mais dans mes tripes, je le sais. Elle passe sur toutes les radios depuis deux semaines. Chaque fois que je l'entends, je m'assieds, l'écoute attentivement et en dissèque les paroles.

— Vous êtes abominablement de bonne humeur tous les deux ce matin, dis-je en récupérant mon café.

— C'est une belle journée, dit gaiement Amie. La météo a annoncé qu'il allait faire soleil toute la journée et que la température allait monter jusqu'à quinze degrés. L'été va arriver avant même qu'on s'en rende compte.

Elle se tourne et croise le regard de Max pour lui demander :

— Ce ne serait pas bientôt l'anniversaire de quelqu'un ?

Il répond d'un hochement de tête, la bouche à moitié ouverte à cause de la tonne de pancakes qu'il a fourrée dedans. Je tire son assiette vers moi et coupe de plus petits morceaux en lui demandant :

— Que voudrais-tu pour ton anniversaire ?

Il regarde brièvement Amie, mais avant que je puisse le passer à la question pour découvrir ce qu'ils mijotent tous les deux, un bruit de métal résonne derrière la porte du garage.

Je me lève d'un bond.

— C'était quoi, ça ?

Amie écarte ma question d'un geste dédaigneux.

– Rien, mais tu devrais probablement aller dire à Jude que le petit déjeuner est servi.

Je la regarde, bouche bée. À mes côtés, Max se met à glousser et je lance à mon amie d'un ton sifflant :

– Oh toi, tu vas avoir des problèmes, de gros problèmes.

Mais je m'arrête devant la porte du garage pour remettre mes cheveux derrière les oreilles. Je ne peux rien faire contre mon T-shirt et le short dont je me suis servie comme pyjama, courir dans ma chambre pour me changer lui ferait bien trop plaisir.

J'entrouvre la porte et crie un « À table » avant de vite la refermer derrière moi, mais Amie m'empêche de sortir de la cuisine.

– Pose tes fesses sur une chaise et mange tes pancakes, m'ordonne-t-elle en me mettant d'office une assiette entre les mains.

Une autre assiette est posée sur la table. Jude entre dans la cuisine et lève son T-shirt, l'air de rien, pour essuyer la sueur sur son front, révélant ses abdos parfaitement dessinés.

Depuis la gazinière, Amie mime avec ses lèvres silencieusement :

« De rien, je t'en prie. »

Je me demande si elle dira la même chose quand je l'assassinerai tout à l'heure.

Le regard de Jude croise le mien et je fais le seul truc dont je pense être capable : je souris. Ce n'est pas un sourire accueillant et chaleureux, mais il n'est pas forcé non plus. Il est plutôt timide et hésitant, le genre de sourire qu'on accorde à un inconnu à qui on veut se présenter.

– Ta voiture fait un bruit bizarre, comme un raclement. Je l'ai entendu l'autre jour.

Non seulement il est au milieu de ma cuisine, chamboulant complètement mon corps, mais en plus il me donne une mauvaise nouvelle.

– Tu peux la réparer ? intervient Amie.

– Il manquait une vis sur le carter. Ça ne devrait pas poser de problème.

Je ne sais comment le remercier. Les mots restent coincés dans ma gorge.

Il va jusqu'à l'évier pour se laver les mains, frottant le savon jusque sur ses avant-bras. Impossible de ne pas apprécier les mouvements de l'eau sur sa peau et sur ses muscles.

Je suis vraiment dans la merde.

– Oh zut, t'as vu l'heure ! s'exclame Amie en retirant son tablier. J'ai promis d'être au restaurant avant l'arrivée de la foule pour le brunch.

Je l'assassine du regard. Quand j'assisterai à mon procès pour meurtre, je me servirai de cette phrase comme preuve des circonstances atténuantes m'ayant guidée jusqu'au crime.

Max continue de s'empiffrer de pancakes, mais la seule chose que je peux faire, c'est regarder fixement mon assiette. Jude n'a pas le même problème. Il goûte son plat et grogne de plaisir. Ce grognement me transperce et arrive directement entre mes cuisses. Je connais ce son, très intimement.

Quand il voit que je n'ai pas commencé à manger, Jude me montre sa fourchette et m'encourage :

– Il faut que tu goûtes ça.

Au secours ! Mais après tout ce temps, je suis incapable de lui refuser quoi que ce soit, alors je prends une bouchée et redécouvre la faim qui m'a sortie du lit.

Jude continue de manger un peu, puis s'interrompt pour signer à Max :

– Tu as l'air différent, petit gars.

Max sautille sur sa chaise et désigne les implants sur son crâne.

– Qu'est-ce que c'est ? signe Jude avec beaucoup d'enthousiasme.

Max lui répond que c'est pour l'aider à entendre et complète :

– Comme ça, je pourrai entendre ta musique.

Je manque m'étouffer. J'attrape mon verre d'eau et avale rapidement quelques gorgées pour chasser les boules dans ma gorge.

– J'écrirai une chanson pour toi, lui promet Jude.

Puis ses yeux bleus viennent se poser sur moi et il ajoute :

– J'en ai écrit une pour ta maman.

– Je veux l'écouter, signe Max.

– Elle ne m'a pas encore dit si elle l'aimait.

Jude a la tête tournée vers mon fils, mais je sais que c'est à moi qu'il s'adresse.

Nous nous dévisageons quelques instants, jusqu'à ce que Max surgisse entre nous. Je secoue la tête, essayant de chasser les vertiges qu'il provoque en moi et demande au petit garçon :

– Tu veux quelque chose ?

– Je sais ce que je veux.

Il attrape ma main et la tire vers le milieu de la table. Il fait la même chose avec celle de Jude et les lie l'une à l'autre. Quand ma peau entre en contact avec la sienne, il n'y a pas de décharge électrique, comme on peut le lire dans les livres. Non, mais sa main est si chaude sur la mienne. La seule chose que je ressens est une paix réconfortante, suivie d'une sensation de désir.

– On dirait qu'il sait très bien ce qu'il veut pour son anniversaire, commente Jude.

Il se souvient que la date approche. Évidemment.

Assise en face de lui, je me rends compte que cet homme n'est pas si mystérieux que ça. Oui, il y a des zones d'ombre dans son passé. Pourtant, il a choisi de vivre dans la lumière. Peu importe ce qu'il adviendra de nous, ce qui est rassurant, c'est que maintenant, il y a quelqu'un qui aime Max autant que moi.

Max tire sur la manche de Jude qui se détache de mon regard. Sans ses yeux sur moi, j'ai froid. Max demande à Jude s'il sera là quand ils allumeront ses implants.

Jude lève les yeux vers moi pour me demander la permission et j'accepte d'un hochement de tête. Alors il promet à mon fils :

– Je ne voudrais pas rater ça.

Je sors de table pour m'occuper de la vaisselle et m'essuie furieusement les yeux dès que je leur tourne le dos. Jude vient se placer derrière moi et passe son bras autour de ma taille pour mettre son assiette dans l'évier. C'est à peine s'il m'effleure et je résiste à la tentation de m'appuyer sur lui.

— J'ai presque terminé avec ta voiture, dit-il. Tu as prévu quelque chose aujourd'hui ?

Je secoue la tête pour répondre par la négative, car je ne me fais pas confiance pour parler. Il s'écarte et, instantanément, la chaleur de son corps me manque.

— Tu veux aller faire une balade ? propose-t-il à Max qui répond en bondissant sur place.

— Je vais nous préparer, dis-je timidement.

Une douche froide plus tard, je suis encore à me repasser la scène de la main de Jude sur la mienne et celle de son bras effleurant ma taille.

Je sors à peine de la salle de bains quand Jude apparaît devant moi.

— Max est devant un dessin animé, m'apprend-il. Je lui ai mis ses chaussures.

Je resserre ma serviette autour de ma poitrine :

— Deux minutes pour m'habiller et je serai prête.

Je ne sais pas pourquoi je me sens gênée. Il m'a vue avec beaucoup moins de tissu que ça sur le corps.

— Je crois que je vais me débarbouiller un peu si ça ne t'embête pas. On ne peut pas faire grand-chose pour les fringues, commente-t-il en désignant la sueur et les taches d'huile sur ses vêtements. Mais je peux laver le reste.

– Je peux mettre ton T-shirt au sèche-linge. Ça ne fera pas grand-chose, mais au moins il sera sec.

Glissant son pouce dans l'encolure, il le passe par-dessus sa tête et me le tend. Je connais ce corps qu'il exhibe, mais l'avoir déjà vu ne diminue pas mon désir.

Je déguerpis sur un mot d'excuses en fermant la porte derrière moi. Je jette son T-shirt dans le sèche-linge et m'effondre contre le mur.

Allez-y doucement.

C'est le conseil du docteur Allen. Elle dit que j'ai besoin de temps pour me remettre et pour accepter que mes relations aux autres aient évolué. Je sais que c'est vrai. C'est la raison pour laquelle j'ai gardé mes distances avec Jude, mais le voir me rappelle que certains sentiments ne changent pas.

J'attends dix minutes en regardant le sèche-linge avant de sortir le vêtement pour le lui rapporter. Il est en train de laver ses cheveux dans le lavabo. De ses mains, il masse le savon dans la soie de ses mèches noires, faisant saillir les muscles généreux de ses épaules.

– Donne-moi un coup de main, m'interpelle-t-il sous le filet d'eau.

J'accroche son T-shirt au porte-serviettes et avance d'un pas hésitant vers lui, puis mets mes mains en coupe sous le robinet. Je l'aide à rincer le savon sur son crâne et dans sa nuque. Dans cette position, je vois trois mots cachés au milieu des symboles tribaux de son tatouage. J'en sais déjà beaucoup sur cet homme, mais il y a encore tant de choses à découvrir, si j'en ai envie.

Quaere veritatem tuam.

J'effleure les lettres et lui demande :

– Qu'est-ce que ça veut dire ?

Jude attrape une serviette et je recule quand il l'enroule autour de sa tête.

– « Cherche la vérité ».

– Quelle vérité ?

– Avant, je pensais que c'était le beau, l'amour et le succès.

– Et maintenant ?

Quand il entend ma question murmurée, il jette la serviette par terre et fait un pas vers moi, puis il me répond sur le même ton que le mien :

– Toi. C'est toi la vérité que j'ai cherchée toute ma vie.

Il prend mon visage entre ses mains, mais quand ses lèvres viennent se poser sur les miennes, un petit corps s'insinue entre nous.

Nous nous écartons en éclatant de rire.

– Je crois que quelqu'un est prêt à y aller.

Jude attrape son T-shirt et l'enfile avant de signer :

– Après toi.

Max file vers la porte et je me dépêche de le suivre.

Quand je le rattrape enfin, je lui demande :

– Et notre voiture ?

Il secoue la tête et désigne la Jeep jaune garée devant chez nous.

– Je crois que c'est à son papa de voir, dis-je à Jude par-dessus la tête de Max.

– Demande à ta maman, ordonne Jude à Max qui se tourne vers moi, le regard suppliant.

– D'accord.

Jude attrape le rehausseur dans ma voiture et nous nous entassons dans la Jeep. Il commence déjà à faire bon, alors il défait la fermeture Éclair de la capote de la voiture. Avec Max à bord, Jude conduit prudemment, ce qui me permet enfin de profiter de la balade qu'il m'avait promise il y a plusieurs mois. Je passe ma main à l'extérieur, par la fenêtre, laissant la brise couler entre mes doigts. Mes cheveux me fouettent le visage. Je ne demande pas où nous allons, peu importe.

Je me contorsionne pour regarder Max derrière. Il sourit de toutes ses dents.

– Je crois qu'il aime bien ça, commente Jude par-dessus le vacarme.

Il se gare sur le parking du parc Chetzemoka. Sautant de son siège, il insiste pour porter Max, histoire qu'il descende de la voiture, puis le repose sur la terre ferme.

– Je suis un débutant pour les trucs de papa, me murmure-t-il. Comment je m'en sors ?

– À la perfection.

Max nous attrape tous les deux par la main et nous tire vers les balançoires. Quand nous arrivons à leur hauteur, Jude s'accroupit devant lui et lui dit :

– Je veux parler à ta maman, ça ne te pose pas de problème ?

Max accepte d'un hochement de tête avant de filer vers les agrès.

– Allez viens, dit Jude en prenant ma main.

Un petit pont au-dessus d'un ruisseau à portée de vue nous accueille.

– C'est très joli, dis-je en observant les alentours. Je ne suis jamais venue ici.

C'est ça, ce que Jude veut me montrer, tous ces charmants sites que j'ai ignorés ? M'aidera-t-il enfin à trouver la beauté du monde qui m'échappait ?

Les planches en bois craquent sous nos pieds et nous nous arrêtons au sommet de l'arche du pont, accoudés à la rambarde pour observer Max qui a commencé à se balancer.

– Je ne sais pas faire ça, dis-je doucement.

Ma présence ici, aux côtés de Jude, est une mauvaise idée pour des centaines de raisons, mais je ne peux pas nier que l'une de ces raisons n'est pas mauvaise. Il a une place dans mon cœur et je ne veux pas l'en libérer. Jamais.

– J'ai repensé à tout ça et je crois que j'ai trouvé une solution, me dit-il.

J'attends qu'il me dise le fond de sa pensée, mais il sort son portefeuille de la poche arrière de son jean. Un instant plus tard, il me tend le petit bout de papier sorti d'un biscuit chinois.

Je lis ce qui est écrit dessus :

– « Vous aurez droit à une seconde chance. » Je croyais que tu l'avais jeté.

– Je t'ai dit que je gardais les bons. J'ai pensé qu'il pourrait me servir un jour.

Il m'effleure le poignet du bout des doigts.

Il est peut-être temps d'adopter la même technique.

– Recommençons depuis le début, suggère-t-il. Moi, c'est Jude.

– Grace, je murmure.

– Heureux de faire ta connaissance, Grace. En fait, j'ai attendu de te rencontrer pendant toute ma vie.

Je fouille son regard et j'y trouve ma vérité.

Détendant ma main, je laisse le bout de papier m'échapper. Le vent l'attrape et il s'envole pour finir emporté par le courant du ruisseau sous nos pieds.

– Et si j'ai besoin d'une autre seconde chance ? demande-t-il.

Je lui caresse la joue et lui réponds :

– Tu n'en auras plus jamais besoin.

– Je suis assez doué pour tout bousiller, me prévient-il.

– J'ai pris des cours de pardon, récemment.

Quand j'ai rencontré Jude, j'étais une femme brisée. Je le suis encore, mais avec lui, je me sens un peu plus entière. À nous deux, nous formons un ensemble quasi complet. Ses lèvres effleurent les miennes, ses bras musclés entourent mes épaules et il m'incite à approcher. Quand sa bouche se pose sur la mienne, je sais que j'ai trouvé mon éternité.

ÉPILOGUE

– Je crois que ce n'est pas droit, dit Grace.

Elle pousse un soupir de frustration tout en reculant pour observer le tableau sur le manteau de la cheminée.

Il y a deux camions de déménagement pratiquement pleins devant la maison et elle perd son temps à accrocher un tableau. J'abandonne le carton que je portais et la rejoins dans le salon pour lui faire une promesse :

– Je t'aiderai à l'accrocher plus tard.

Puis je l'attrape par la taille et la fais pivoter pour qu'elle me regarde.

– Je rêve de l'accrocher ici depuis que tu me l'as offert à Noël, me dit-elle.

– Alors, c'est toujours ton deuxième cadeau préféré ?

Elle me répond en secouant la tête :

– Non, c'est mon cadeau préféré de Noël dernier.

Surpris, je recule et la dévisage pour lui répondre :

– Je t'ai offert une maison à Noël dernier. Plus précisément, la maison dans laquelle nous sommes en ce moment même.

– Je le sais, ça, mais ce tableau en fait notre foyer.

La relâchant, je m'avance vers le tableau et ajuste sa position, puis lui demande :

– C'est mieux ?

– C'est parfait.

Je m'interromps pour l'admirer avec elle un instant. C'est mon premier véritable portrait. Spontanément, j'avais déjà peint Grace à plusieurs occasions, mais ce tableau-là m'a été inspiré par une photo que sa meilleure amie avait prise l'été dernier. Grace, Max et moi étions assis sur un gros rocher, occupés à regarder la mer. Escalader cette saleté n'avait pas été une mince affaire, mais nous y étions arrivés, en aidant Max tout le long. J'avais accroché la photo à mon chevalet et j'ai mis des mois à le peindre. Je ne sais toujours pas si j'ai réussi à retranscrire le vent dans ses cheveux ou la taille de Max entre nous deux, il semblait si petit. Je montrais quelque chose dans l'eau, mais en repensant à ce souvenir, parfaitement capturé, j'ai l'impression que c'était plutôt notre avenir que je désignais au loin.

La photo réussit la prouesse de montrer exactement ce que je ressens dans mon cœur depuis ces deux dernières années : c'est ma famille. J'espérais accorder ce même cadeau à Grace et en la regardant à cet instant, je sais que j'y suis parvenu. Je traîne un peu dans le séjour, m'imprégnant de cette sensation de foyer familial un moment de plus, avant de me remettre au boulot.

Il m'a fallu un an et demi pour convaincre Grace d'enfin emménager avec moi. Ensuite, il nous a fallu six mois pour faire des travaux dans la maison de ses rêves. Cette demeure a été mise en vente seulement quelques jours après sa décision, alors que je lui posais la question depuis plus d'un an, et j'ai su que c'était un signe.

Il y a encore beaucoup à faire sur les extérieurs de cette Vieille Dame Indigne avant de lui rendre sa gloire passée de l'époque victorienne, mais elle est parfaitement située. Perchée en haut de la falaise qui domine le centre-ville, dotée d'un grand jardin tout autour, elle s'élève comme un phare honorant le passé de Port Townsend. J'ai entendu bien des histoires atroces sur les rénovations de maisons anciennes, mais rien ne pouvait me décourager dans mon projet d'offrir son rêve à Grace.

Au final, ce projet nous a encore plus rapprochés. Nous avons fait démolir l'ancienne cuisine et retirer les sols pourris. Nous avons choisi les peintures et les carrelages ensemble. Nous avons assez merdé pour faire venir des entreprises professionnelles pour rattraper nos erreurs, mais je ne changerais rien à notre parcours.

— Au fait, dis-je en lui attrapant la main pour l'attirer vers la porte d'entrée. Nous n'avons toujours pas décidé quel nom mettre sur la boîte aux lettres : Kane ou Mercer ?

– Tant que ce n'est pas Kane-Mercer, répond-elle en plissant le nez de dégoût.

– Tu as été assez claire sur la question. Je sais ce que tu penses de ce nom.

Je la taquine. Lors des démarches juridiques pour faire clairement établir l'identité de Max, nous avons discuté de l'opportunité de changer son nom de famille.

– Kane-Mercer, ça fait nom de serial killer, reprend-elle.

Son argument n'a pas changé.

– Je pense toujours que Max Mercer, ça fait nom de super-héros.

– Alors c'est parfait, rétorque-t-elle. Ça lui va très bien.

Rien à redire là-dessus. Max est mon miracle. Sa gentillesse et son amour m'ont apporté plus de joie que je ne l'aurais jamais cru possible dans cette vie.

Mais elle ne détournera pas mon attention de ce débat :

– On en reparlera plus tard.

Elle sait que c'est une menace, mais elle se contente de hausser les sourcils comme pour me dire qu'elle accepte le challenge. Je dépose un baiser sur son petit sourire suffisant et retourne attraper le carton sur lequel est écrit « Max », celui que j'avais abandonné au pied de l'escalier.

Il dessine quelque chose, assis sur son lit. Je jette un coup d'œil par-dessus son épaule et repère trois personnages et une petite forme que je n'arrive pas à interpréter. Me laissant tomber sur le lit à côté de lui, j'attends qu'il arrête de dessiner et me regarde. Alors, signant en même temps que je lui parle, je lui demande :

– Qui dessines-tu, petit gars ?

Les implants cochléaires dont il dispose depuis deux ans nous ont demandé à tous de faire de grands changements. Nous avons de la chance, sa mère a fait tant d'efforts pour apprendre à signer que ça m'a encouragé à faire pareil. Être capable de communiquer avec lui grâce à un langage qu'il maîtrise l'aide doucement à associer les sons de nos mots aux mouvements de nos lèvres, ainsi qu'à ceux de nos mains.

La bataille a été rude, mais ça en valait la peine quand je le vois progresser aussi rapidement.

– Notre famille, signe Max en prononçant quelques consonnes au passage.

– C'est super, mais c'est quoi ça ?

Je désigne la forme en bas à gauche de la page.

– Notre chien, signe-t-il en souriant.

– Nous n'avons pas de chien.

– Pas encore.

Je crois que je sais déjà ce qu'il va nous demander comme cadeau à Noël. Je vais devoir en discuter avec sa mère. Même si je n'arrive pas à imaginer de plus parfait complément à ce nouveau chapitre de nos vies, sauf peut-être un truc.

– Je vais retourner bosser, dis-je à Max. Tu as tes vêtements prêts pour notre dîner de ce soir ?

Il bondit de son lit et court dans son placard. Sa chambre est la seule pièce de la maison qui soit vraiment installée. Inquiets, nous avons voulu faire une transition la plus sereine possible entre les maisons, et jusqu'à présent, il n'y a pas eu de problèmes. Il a tout aussi hâte que moi de rassembler notre famille sous un seul et même toit.

Max sort sa chemise et sa cravate à clip et me les montre.

– Bon boulot !

Il les laisse tomber par terre et court se jeter sur moi. Je l'attrape pour le serrer dans mes bras, puis recule un peu pour lui dire :

– Mieux vaut que tu retournes les accrocher.

Ce qu'il fait immédiatement. Je descends et tombe sur Grace aux prises avec un carton au milieu des marches devant la maison. Je le lui prends et vérifie à quelle pièce il est destiné avant de l'apporter dans la cuisine.

Dès que je le pose sur le plan de travail, je lui demande :

– On fait quoi ensuite ?

C'est Amie qui a créé cette pièce. Grace et moi étions complètement désarmés. Le carrelage métro couleur crème fait ressortir le mur et les placards noirs. Quelque chose dans le design cosy et le gros évier rustique confère à la cuisine une ambiance de centre du foyer. Bien entendu, l'énorme piano de cuisine Viking qu'elle a choisi servira beaucoup plus quand elle nous rendra visite que pour notre utilisation quotidienne.

– Je peux porter des trucs toute seule, annonce Grace en campant ses mains sur ses hanches.

Je me réjouis que plusieurs années plus tard, elle soit restée toujours aussi obstinée.

– Je ne veux pas que tu te fasses mal, Sunshine.

– Alors ça va nous prendre toute la journée, réplique-t-elle en levant les yeux au ciel.

En vérité, j'ai juste envie de faire ça avec elle. J'ai envie de porter les cartons de pièce en pièce, de déballer ma vie, avec elle à mes côtés.

– J'ai quelques trucs pour la chambre, finit-elle par dire.

Je la suis jusqu'aux camions, savourant la fraîcheur du printemps sur ma peau couverte de sueur. J'attrape notre tête de lit et la porte à bout de bras au-dessus de moi. Grace se dépêche de me passer devant pour tenir la porte. Le passage de l'escalier en colimaçon me demande un petit effort, mais je finis par la déposer dans notre chambre.

– Où tu veux mettre le lit ?

Elle regarde la pièce et son regard se voile d'un désir suggestif lorsqu'elle me répond :

– Partout.

Quand elle avance d'un pas chaloupé vers moi, je m'adosse au mur. Je l'attrape par le bas de son T-shirt et l'attire contre moi.

— Continue à parler comme ça, dis-je, et on ne terminera jamais. Tu ne veux pas de lit dans cette chambre ?

— On a un mur, remarque-t-elle. Et un sol, et même une douche.

Je n'ai pas besoin qu'elle me fasse l'inventaire de toutes les surfaces que nous allons devoir baptiser au cours des prochaines semaines.

— On a peut-être une douche, mais on n'a pas encore de serviettes, Sunshine.

— Bon d'accord, concède-t-elle en geignant.

Je ne résiste pas à la tentation de lui donner un petit avant-goût de ce qui nous attend.

Je la plaque contre le mur, puis passe mes mains sur ses épaules. J'ai envie de lui tenir fermement les bras au-dessus de la tête et de lui donner plus qu'un avant-goût, mais même avec le sang qui afflue dans ma queue, je suis conscient des mécanismes de réaction de Grace. Elle se sent en sécurité avec moi et je ne ferai jamais rien qui puisse lui nuire, alors je me contente d'effleurer sa clavicule de mes lèvres, trouvant le creux de son cou pour terminer sur sa bouche.

Je l'embrasse doucement, savourant sa lèvre inférieure si charnue, grognant en la sentant passer sa langue sur la mienne quand nos bouches s'ouvrent l'une à l'autre. Ensemble, nous apprivoisons l'art délicat de la séduction en prenant notre temps. Jusqu'à présent, cet apprentissage s'est révélé très satisfaisant.

Quand je m'écarte enfin, elle est toute rouge. Je tapote son nez du bout de l'index et lui dis directement :

– Je vais traîner le lit jusqu'ici. Pour cette nuit.

Elle se mord les lèvres en acceptant d'un signe de tête et je manque laisser tomber mes bonnes résolutions, jusqu'à ce qu'elle me repousse pour m'inciter à continuer à vider les camions.

– Allez, on retourne bosser, alors.

– Au fait, lui dis-je sur le pas de la porte, j'ai promis à Max qu'on mangerait chinois ce soir.

– C'est dimanche, dit-elle en souriant.

Son sourire me va droit au cœur. Grace Kane m'aime. Chaque fois que je m'en rends compte, je retombe amoureux d'elle. De cette femme qui chante trop fort dans la voiture et dont les sentiments sont trop féroces. Elle n'est pas aussi fragile qu'elle le pense, mais ça ne l'empêche pas de trop se soucier des autres. Elle apprend à se fixer des limites. Nous le faisons tous les deux. Chaque jour qui passe, nous progressons – ensemble, mais aussi chacun de notre côté –, mais nous trouvons toujours notre chemin pour nous retrouver.

Il y a un nombre désespérant de cartons dans le séjour. Nous avons réussi à vider les deux camions, mais il va nous falloir des semaines pour faire le tri dans nos deux vies. Je retrouve Grace assise en tailleur sur une pile de boîtes.

– Je ne sais même plus où est le papier toilette, admet-elle.

– On peut passer en prendre en allant dîner.

– Je croyais qu'on allait manger ici, dit-elle en plissant le nez.

– Tu sais où sont les fourchettes ? Les assiettes ? Le plus simple, c'est de sortir.

– Ils nous donneront des baguettes.

Elle a décidé de malmener mon plan pour la sortir de la maison !

– Je pense qu'on a besoin de s'éloigner un peu de toute cette pagaille.

Je lui tends la main et elle l'accepte. Je la tire pour l'aider à se lever et, une fois qu'elle est debout, j'en profite pour lui donner une petite fessée.

– Je ne pense pas avoir besoin de m'habiller pour aller au *Lucky Dragon,* dit-elle alors que Max descend les escaliers, vêtu de sa chemise et de sa cravate.

– Eh bien, lui, il est bien habillé, dis-je, feignant d'être surpris.

Elle ronchonne quelques phrases à propos d'une barre placée un peu trop haut et se précipite dans les escaliers. Je la rejoins, ouvre ma petite valise et en sort une serviette.

– Je croyais que tu ne savais pas où étaient les serviettes.

– J'aime être prêt, je lui réponds. En plus, je savais que je serais suant et transpirant à la fin de la journée.

– J'aime quand tu sues et transpires pour moi.

Elle dépose un baiser sur mon épaule avant d'aller fouiller dans quelques cartons.

Je prends une douche rapide, l'eau chaude détend mes muscles noués. La pause sous le jet d'eau brûlant me permet de me concentrer. Je suis là, avec elle. J'ai offert son rêve à Grace et j'ai réalisé le mien.

Quand je finis de m'habiller, je passe un coup de peigne dans mes cheveux et me donne quelques mots d'encouragement dans le miroir avant de descendre l'escalier.

— C'est tout ce que j'ai réussi à trouver, dit-elle en me montrant une petite robe d'été trop légère.

Je fronce des sourcils en me rendant compte que j'aurais dû aussi préparer une valise pour elle.

— Je ne voudrais pas que tu aies froid.

— Avec toi à mes côtés, c'est impossible. Où as-tu trouvé ça ? demande-t-elle en désignant ma chemise gris anthracite et mon jean.

— J'ai bien étiqueté mes cartons, je lui réponds avec un clin d'œil, ce qui lui fait lever les yeux au ciel.

Nous prenons sa voiture. J'ai dû jouer tous mes atouts quand sa vieille Honda Civic a rendu l'âme, mais elle a fini par accepter que je lui achète une Jeep Grand Cherokee. Elle n'a pas trouvé d'argument qui puisse contrer le mien : Max serait plus en sécurité dans une voiture plus fiable, et elle aussi.

Je vérifie deux fois que mon fils est bien attaché à l'arrière et nous grimpons à l'avant.

– Je regrette de ne pas pouvoir manger notre premier dîner à la maison, dit-elle avec mélancolie, le regard braqué sur notre maison alors que nous prenons la direction du restaurant.

– On fera ça dimanche prochain, Sunshine, promis. On fera venir Renée et on saura où sont rangés les couverts.

Ma remarque la fait rire et elle prend ma main.

– Je crois que tu as raison. Un truc de moins sur lequel stresser.

Il y a si peu de stress dans ma vie, maintenant qu'elle en fait partie. Finalement, mon passé ne me préoccupe plus. Encore que je me préoccupe de notre avenir. Il m'est plus facile de savourer mon quotidien, maintenant qu'elle le partage avec moi.

Le parking du *Lucky Dragon* est désert quand nous nous y engageons. Ce n'est pas exceptionnel, puisque généralement leur clientèle commande plutôt des plats à emporter, mais quand nous arrivons devant la porte, nous tombons sur un panneau marqué : « Réservé pour soirée privée ».

– Oh non ! s'exclame Grace en le lisant.

– Ce n'est pas ce qui va m'arrêter.

Je frappe à la porte vitrée et M. Cho m'ouvre rapidement. Horrifiée, Grace me dévisage comme si ignorer un panneau était un crime contre l'humanité.

– Jude…

– M. Mercer, m'accueille le patron. Entrez, entrez.

Le visage de Grace prend un masque de confusion. Max et moi échangeons un regard de conspirateurs, excités de voir nos manigances fonctionner, mais elle nous surprend.

– Qu'est-ce que vous mijotez tous les deux ? demande-t-elle d'un air intransigeant en entrant.

Je ne réponds pas pour minimiser les risques d'éveiller encore plus ses soupçons. M. Cho nous installe à une table au milieu du restaurant. Il a mis une nappe et un bouquet de marguerites dans un vase. Il a même allumé un photophore.

– C'est toi qui as tout arrangé ? demande-t-elle en regardant la scène.

– Je me disais qu'un jour aussi important méritait qu'on y mette les formes, mais j'avais aussi très envie de manger chinois.

– C'est une tradition, me taquine-t-elle pendant que nous nous installons.

J'avais déjà passé commande auprès de M. Cho pour nous assurer que tous nos plats préférés soient déjà prêts. Max est en pleine crise de croissance et il arrive à avaler pratiquement son poids en nourriture à chaque repas. Nous discutons de nos projets pour le jardin et Max commence son plaidoyer pour qu'on lui offre un chien.

Le sourire radieux de Grace ne la quitte pas de toute la soirée et je le peins dans ma mémoire. Un jour, j'en ferai un tableau, mais il ne sera jamais aussi beau que la réalité.

– Je n'arrive pas à croire que tu aies fait une chose pareille, dit-elle alors que M. Cho nous laisse la note avec trois biscuits.

– Je voulais que cette journée soit mémorable.

– Tu as déjà réalisé tous mes rêves.

J'arque un sourcil interrogateur, puis, lui prenant la main, je lui demande :

– Tous ?

Nous plongeons nos regards l'un dans l'autre. Nous être trouvés nous permet de vivre pleinement, mais ça ne veut pas dire que je n'ai plus de désirs et de rêves, et je veux leur donner vie, avec elle. Grace rompt notre lien et me passe l'un des biscuits. Le silence se fait quand nous nous lançons dans notre rituel. Elle est trop occupée à lire son message pour se rendre compte que le mien est encore sur mon assiette. Max me fait un clin d'œil. Puis il me donne son petit bout de papier.

– « Vous aurez un chien », lis-je à voix haute.

Voilà ce qui arrive quand on ne demande pas à un petit garçon ce qu'il a choisi de mettre dans son biscuit surprise.

– Très spécifique et parfaitement opportun, commente sa mère avec un regard suspicieux.

Max lève les mains pour prouver son innocence, mais son sourire espiègle vient contrecarrer toutes ses prétentions.

– Et sur le tien ? je demande.

Elle déglutit comme une boule dans sa gorge et je me rends compte que des larmes perlent au coin de ses yeux verts.

– Il est écrit que tous mes rêves deviendront réalité.

Sa voix se brise. Elle renifle, puis passe ses doigts sous ses yeux avant de me demander :

– Et que dit le tien ?

Elle a maintenant compris que j'avais truqué les biscuits, mais je pense encore être capable de la surprendre. Je le lui tends en répondant :

– Je ne sais pas.

– Tu triches. Quoi qu'il y ait d'écrit sur ce papier, maintenant, il ne pourra pas se réaliser.

– C'est moi qui ai créé les règles. Je peux les changer.

– Ah oui ? Qu'est-ce que tu veux changer.

Je me lève et viens me mettre à côté d'elle. Sa respiration s'accélère.

– À partir de maintenant, je pense qu'on devrait partager toutes nos prédictions d'avenir.

– Parfois, elles sont pourries, murmure-t-elle.

– Il n'y a personne d'autre avec qui je veux partager un avenir potentiellement pourri, lui dis-je en mettant un genou à terre.

Grace plaque sa main sur sa bouche quand je brise le biscuit révélant un morceau de papier coincé dans une bague avec un diamant. Je lui suggère alors :

– Pourquoi ne commencerait-on pas avec celle-là ?

Son regard ne me quitte pas. Elle tend la main et extrait le petit bout de papier de ses doigts tremblants.

– Je n'arriverai pas à le lire, admet-elle, je tremble trop.

Je prends la bague en laissant tomber le biscuit sur la table et la lui tends. Elle marque un petit temps d'arrêt avant de me permettre de la glisser autour de son doigt.

– Qu'y a-t-il d'écrit dessus ? demande-t-elle ne me donnant le papier.

Je le lui prends, mais je n'ai pas besoin de le lire.

– Il est écrit que je t'aime. Il est écrit que tu m'as donné plus d'amour que je ne pensais en mériter. Il est écrit que si on a traversé une tempête ensemble, on peut affronter n'importe quoi. Il est écrit que nous allons vieillir ensemble, sur des fauteuils à bascule devant notre maison. Il est écrit que tu m'as donné ton cœur et que pas un jour ne passe sans que je remercie Dieu pour ça.

– Ça fait beaucoup pour un si petit bout de papier.

Maintenant elle pleure, mais elle sourit encore.

– Désolé, dis-je en souriant aussi. Ce que je voulais dire, c'est qu'il est écrit une question : Veux-tu m'épouser ?

– Oui.

Elle a à peine le temps de me dire ce mot que je l'embrasse.

Max se fraie un chemin entre nous et je suis si content qu'il soit là pour partager ce moment où mon dernier rêve devient réalité.

Ce soir-là, nous sommes tous trop excités pour nous endormir. Quand Max finit par craquer, je descends à pas de loup au rez-de-chaussée, essayant de ne pas me prendre les pieds dans un tas de cartons. La maison est calme et, après quelques minutes de recherche, je trouve Grace devant la maison, à regarder l'océan.

– Il fait nuit, on ne peut pas apprécier la vue, lui dis-je.

– Je ne peux rien voir, dit-elle alors que je me mets derrière elle pour la prendre dans mes bras. Mais je sais ce qu'elle recèle.

Il y a bien des choses qu'on peut attendre de la vie : l'amour, l'espoir. À une époque, je me suis demandé si je méritais seulement qu'on m'accorde ces dons. Mais je m'y agrippais quand même, refusant de vivre dans un monde où les ténèbres les éclipsaient. Cette foi inébranlable a failli me détruire. Maintenant, avec elle dans mes bras, je suis sûr d'une chose :

J'ai toujours eu la foi, mais j'ai été sauvé par la grâce.

REMERCIEMENTS

Merci de m'avoir suivie dans cette histoire. Si vous l'avez appréciée, ayez la gentillesse de laisser une critique ou de la partager avec vos amis.

N'hésitez pas à me contacter, soit en m'écrivant à l'adresse :

genevaleeauthor@gmail.com

ou sur Facebook (facebook.com/genevaleebooks) pour me dire ce que vous en avez pensé.

Dites-moi tout, j'ai hâte d'en savoir plus.

J'aimerais aussi remercier Sharon Goodman, Elise Kratz et Melissa Gaston d'avoir été à mes côtés pendant que j'écrivais ce livre. J'ai hâte de pouvoir retravailler avec vous sur bien d'autres histoires.

Merci à Tamara Mataya de m'avoir fait bénéficier de son regard avisé et de son expérience.

Toute ma gratitude à Shawna Gavas pour ses notes qui m'ont aidée à poursuivre mon chemin, et pour ses corrections de dingue.

Merci à Shayla de m'avoir prêté son épaule, mais aussi d'avoir détourné mon attention.

Au groupe GLRC, vous gardez toujours la foi, même quand je vous fais prendre de nouveaux chemins de traverse, tous plus fous les uns que les autres. Je ne sais pas ce que je ferais sans vous. #TeamG

Merci à Ellie chez Love N. Books d'avoir travaillé avec ces incroyables photographes et à Franggy Yanez ainsi qu'à Stu Reardon pour la magnifique photo de la couverture[8].

Merci à Cassy Roop et à Pink Ink Designs pour la maquette.

Et à toutes les personnes qui me suivent depuis des années, merci d'être à mes côtés. J'écris cette histoire depuis très longtemps et ça fait vraiment du bien de pouvoir enfin la partager.

---

8. Il s'agit de la couverture américaine.

Composition et mise en pages
Nord Compo à Villeneuve-d'Ascq